徳 間 文 庫

医療捜査官 一柳清香
トロイの木馬

六 道 慧

徳 間 書 店

目次

〈主な登場人物〉

＊浦島孝太郎《うらしまこうたろう》

本編の主人公、苦労性で貧乏性な二十七歳。犯罪心理学の知識を武器に、趣味のフィギュア作りを活かして、事件現場のジオラマを作製。3Ｄ捜査として役立てている。オタクで彼女いない歴二十七年。そのせいなのか、モヤモヤ、ムラムラとイケナイ妄想をしてしまい、上司や同僚にからかわれる。前任者の上條麗子に見出されて、新行動科学課に引き抜かれた。

＊一柳清香《ひとつやなぎさやか》

自称・日本一の医者、三十八歳。日本で唯一メディカル・イグザミナー——医療捜査官の資格を持っている。その素顔を知ればだれもが驚く美人検屍官は、我が道だけを突き進んで、事件を解決に導く。

「犯人の顔が見えました」

という決め台詞が、今回、加わった。

＊細川雄司《ほそかわゆうじ》

優男《やさおとこ》の印象があるが、じつは空手の有段者。五十歳になって、課長に昇進した。

マメ男の本領発揮、甲斐がいしく清香の世話をして、相変わらず尽くしている。前シリーズでは目立たない存在だったが、新シリーズでは意外にも渋い雰囲気を持つ『おじさん』ぶりを発揮。どんな困難があろうとも、愛《いと》しい清香のためならば、不撓不屈《ふとうふくつ》の精神で乗り越える男。

＊本間優美《ほんまゆみ》

三十歳になったが、年齢の話はご法度。活躍を評価されて係長に昇進した。たとえ地下の穴蔵オフィスに追いやられようとも、数少ない恋話が出たのは、良かったのか、悪かったのか。

＊浦島真奈美《うらしままなみ》

孝太郎の妹で、驚異的な知能指数の持ち主。ミーハーであるため、昔、流行った法曹《ほうそう》ドラマに心酔《しんすい》し、四月に有名大学の法学部へ入学した。密かに思いを寄せる先輩は何度も落第して、彼女と同学年になっている。頭の回転が早く、悪態をつく反面、兄の孝太郎に的確なアドバイスを与えたりもする。じつはブラコンで、すらりとした長身だが、胸は、ない。

序章

「警視庁行動科学課を潰《つぶ》せ！」

男は言った。場所は官邸の執務室である。

「消すのは、一柳清香《ひとつやなぎさやか》だ。他のやつらはどうでもいいが、忌々《いまいま》しいあの女だけは許せない。なんとしても始末しろ」

壁には、ダーツの的に仕立て上げられた一柳清香の写真が掛けられていた。命令を受けた女は媚《こ》びを売るような目を返した。

「殺人は料金に含まれておりません。特別手当てをお願いいたします」

部屋にいるのは二人だけゆえ遠慮のない要望が出る。男は苦笑した。

「しっかりしているな。まるで女衒《ぜげん》、と、今時、こんな言い方はしないか。美人検屍官であれば取り澄ました顔で『もはや、死語かもしれませんが』と言い放つ場面だろう。年の割には、古風な女なんだよ」

「官房長官におかれましては、けっこうお気に召している ご様子。ああいう女に振りまわされてみたいという願望が、おありになるのでしょうか」

「馬鹿な」

男――官房長官は一蹴《いっしゅう》する。

「難事件を解決してきたからこそ、その功績に免じて目こぼししてきたつもりだ。しかし、医療の世界に切り込むとなれば、おのずと結果は見えてくる。わかっているだろうにな。タブーに手を出したら、どうなるか」

ダーツの矢で大きな執務机を神経質そうに叩いていた。動かない目は、真《ま》っ直《す》ぐ一柳清香の的に向けられている。暗闇の世界を自在に泳ぎまわる深海魚のような大きな目をしていた。

「思いどおりにやらせていただきますが、それでよろしいですか」

女の申し出に、ちらりと目を投げた。

「好きにしろ。ただし」

官房長官の言葉を、女は遮るように継いだ。

「わかっております。万が一、失敗したときは黙秘をつらぬきます。ですが、怠《おこた》りなく準備は整えました。治外法権特区内での騒《ちが》ぎに関しましては、所轄の警察官は関与《かんよ》しない旨、一筆書かせた次第です。むろん、ご褒美《ほうび》は必要ですが」

「わかった」

今度は官房長官が継いだが、ふと不安が湧いたのかもしれない。

「始末するための手筈《てはず》は大丈夫なんだろうな」

確認するように訊《き》いた。

「おまかせください。『最凶《さいきょう》の切り札』を用意しました。正体を見破るのは、いかに検屍官といえども無理でしょう。気づかないうちに忍び寄り、気づかないうちに役目を終えます。あれ以上の刺客はおりません」

「なるほど。だれに殺《や》られたのか気づかないうちに死ぬわけか。さながら美人検屍官VS美人女医といった構図だな」

「お言葉ですが、美人女医VS美人検屍官と言っていただきたいですね。こういった場合でも順番は大事です」

訴えに苦笑する。

「気をつけよう。噂では検屍官には新しい相棒ができたと聞いた。犯罪心理学を学び、3D捜査とやらを生み出した若いながらも優秀な警察官らしい。思いのほか、手強《てごわ》いかもしれないぞ」

「若い男の相手は得意です」

女は告げ、早口で言い添えた。

「年配の男性もですが」

「そういう正直なところが、きみの長所でもあり、短所でもある。だれもが認めるわけではないからな。いずれにしても」

官房長官はダーツの矢を持ち、狙いを定める。

「始末するのは、ただひとり」

軽く投げた矢は、清香の眉間《みけん》をつらぬいた。

刹那《せつな》、美しい眸《め》がくもったように見えた。謀《はかりごと》は密《ひそ》かに進められている。女は一礼して、官邸の執務室をあとにした。

第1章　小さな足跡

1

――国分寺駅近くのマンションで強盗事件、発生。

無線機から声がひびいた。

――付近を走行中の車輛《しゃりょう》は、現場に向かってください。

検屍官の一柳清香はすぐに答えた。

「了解しました。警視庁行動科学課の医療捜査官、一柳清香と浦島孝太郎《うらしまこうたろう》は現場に向かいます。怪我人がいた場合は手当ていたします」

覆面パトカーの屋根に赤色灯を載せ、サイレンを鳴らした。運転役の孝太郎は、ほとんど同時にアクセルを踏み込んでいる。師走《しわす》を迎えたばかりの国分寺駅近くで、時刻は午前十一時をまわっていた。

「十分程度で着きますね」

孝太郎はナビシステムを確認して、続けた。

「やはり、国分寺市内で強盗事件ですか。国分寺市戸倉の一戸建てでも二週間ほど前に、大金を盗まれた事件が起きているんですよ。被害金額は二千万円だったかな。強盗ではなく空き巣の被害でしたが、もしかしたら同じ犯人かもしれません」

推測をまじえた言葉を、清香が受ける。

「それで国分寺でのパトロールを申し出たのですか」

「はい。以前、自分がいた所轄や隣の区で大金を盗まれる空き巣被害があったんです。被害者はいずれもタンス預金をしていたんですが、なぜ、犯人は自宅に大金を置いているのを知ったのか。調べたのですが、被害者同士にこれといった共通点はなく、迷宮入りになりました」

「国分寺市戸倉の事件と結びつけたのは、さすがですね。また現れるかもしれないと思い、アンテナを張っていたわけですか」

「そんなところです」

「郊外のエリアになんでまたと思いましたが、金額の大きさを考えると無視できない事案です。被害者は特殊詐欺で手に入れた可能性もありますからね。詐欺グループが潜伏したり、拠点にするには、いいエリアではないでしょうか」

清香は言った。スーツはもちろんのこと、靴や医者の七つ道具が入った大きなバッグ、時計、アクセサリー類にいたるまでブランド品だった。父親は元警視総監、母親は美容関係の会社を営むセレブだったのだが、父親は辞任、母親は会社更生法を申請して、今は二人とも隠退生活を送っている。七光《ななひかり》清香と揶揄《やゆ》されたりしていた美人検屍官は、後ろ盾《だて》を失いながらも仕事を続けていた。

（午前中はご機嫌斜めのことが多いのに、今日は朝から機嫌がいいな。なにかいいことでもあったのか）

そんなことを思いつつ、かつて清香の相棒だった上條麗子《かみじょうれいこ》から渡された清香手帖の一部を思い出している。

〝検屍官は低血圧ゆえ、朝は非常に機嫌が悪い。軽くスルーするーがよし〟

駄洒落《だじゃれ》まじりの一文が甦《よみがえ》って、我知らず口もとがほころんだ。

「なにかいいことでもありましたか」

清香に問いかけられた。自分が思った内容をそのまま口にされたような感じがした。

「まさに今、自分もそう思っていたんです。検屍官こそ、いつも以上に溌溂《はつらつ》としていらっしゃいますね。頰《ほお》が艶々《つやつや》していますよ」

艶々はセクハラに聞こえたかもしれない。慌てて言い直そうとしたが、清香は極上の笑みを浮かべた。

「浦島巡査長が作ってくださったジオラマで、昨夜は麗子とテレビ電話をしながら、懐かしい『ごっこ遊び』をしましたの。優秀な二人の女性捜査員が事件を解決する警察官物語です。疲れが吹き飛びましたわ」

嬉しそうに告げた。孝太郎は清香と前の相棒・上條麗子のフィギュアと、捜査室のジオラマを一昨日《おととい》完成させ、渡していた。十月に異動したときに頼まれていたのだが、忙しくてかなり遅れたという経緯《けいい》がある。

孝太郎は事件が発生したとき、被害者のフィギュアや現場のジオラマを作製して事件解決に繋《つな》げている。俯瞰《ふかん》で事件現場を見られることから、３Ｄ捜査と呼ばれていた。そこに大学時代に学んだ犯罪心理学の知識を加えることによって、より早く事件解決の糸口を見つけられるのではないかと考えていた。

「そうでしたか。遅くなってすみませんでした。アメリカの上條警視とテレビ電話をしながらというのは、考えてもいませんでしたが、警視はお元気でしたか」

上條麗子はＦＢＩの研修を受けるために渡米していた。科学捜査において日本はどうしても遅れ気味になる。常に最先端の捜査をしたい検屍官コンビとしては、新たな情報を得るための研修が必要なのだろう。

「ええ。とても元気でした。あなたが作ったフィギュアやジオラマを見て、本当に驚いていましたわ。『浦島巡査長の３Ｄ捜査と犯罪心理学があれば、あたしは用無《ような》しだね』なんて冗談を言っていましたけれど」

ふと遠い目になる。清香を可愛がってくれた祖母が八月に病死、その後に上條麗子の渡米が続いたうえ、両親の隠退が重なってしまい、傍目《はため》に見ても大変な時期だったに違いない。時折、清香は物思いに耽《ふけ》ることがあった。

「自分はまだまだ上條警視にはかないません。苦手な英語をモノにして、いつかは渡米したいと思っていますが」

「あら、濃淡コンビの若手から電話ですわ」

清香は呟《つぶや》き、電話を受けた。濃淡コンビとは、機動捜査隊の猪俣順平《いのまたじゅんぺい》と野々宮《ののみや》遼《りょう》介《すけ》のことだが、前者は濃い強面《こわもて》、後者はあっさりした草食系であることから付いた呼び名のようである。二言、三言、話して終わらせた。

「野々宮巡査長からの臨場《りんじょう》要請でした。現在、向かっている旨、告げましたが、怪我人がいるらしいですね。沈んだ声の調子から推測すると亡くなられているかもしれません。マンションの玄関前で待っているとのことでした」

清香はそう言った後、

「そういえば、野々宮巡査長と飲みに行ったと聞きましたが、同い年なので話が合ったのではないですか」

私的な事柄に関する問いを投げた。遺体が苦手な孝太郎を慮《おもんぱか》って、話を変えてくれたのかもしれない。

「お言葉を返すようで恐縮ですが、自分と野々宮巡査長は同い年ではありません。彼は四歳も上です。以前、検屍官は二十八ではないかと仰っていましたが、今年で三十一だと思います。『彼女いない歴五年なんだよ。とうの昔に三十路《みそじ》を越えた大先輩で……だれか紹介してくれないかな』なぁんて言っていましたが、とうの昔に三十路を越えた？」

「四歳も上？　とうの昔に三十路を越えた？」

遮るような言葉と同時に、首筋が冷たくなったように感じた。危険な気配を察知したときに、妹の真奈美《まなみ》が言うところの『縄文人的機能』が働くのだ。ふたたび清香手帖の一文が浮かんだ。

〝年齢の話はご法度！〟

ついうっかりと掟《おきて》破りをしたことになる。

「あ、いや、怪我人は、強盗犯にやられたんでしょうか。そうなると、戸倉の事件とは関係ないかもしれませんね」

露骨に話を変えたが、清香は追及しなかった。

「あるいは、留守だと思って忍び込んだところ、家人《かじん》に出くわしたため、襲いかかったとも考えられます。出かけていた家人が帰って来たのかもしれません。同じ国分寺市内というのが引っかかります。戸倉の事件との繋がりの可能性は、残しておいた方がいいのではありませんか」

「ご助言に従います」

年の話にならなかったことに内心、安堵《あんど》していた。面パトは事件現場となったマンションの玄関先に到着する。孝太郎は清香を先に降ろして、玄関先で待っていた野々宮の指示に従い、面パトを停車させた。

「今日はついていませんね」

濃淡コンビの若手は渋面になっていた。靴の上にビニール製の足カバーを着けているのは、通路にまで血が流れているためかもしれない。ひょろりとした体軀《たいく》は草食系の印象を受けるが、コンビを組む強面タイプの上司・猪俣順平とは馬が合うのではないだろうか。悪態まじりの軽口をかわしながら、うまくやっている印象を受けた。

「被害者は亡くなられたのですか」

孝太郎は面パトを降りる。吐く息が白くなるほど寒かったが、清香はすでにマンション内のエントランスホールに入っていた。ついている、ついていないといった不謹慎な表現はNGだろうが、野々宮同様、孝太郎も遺体が苦手だった。

「はい。玄関先で亡くなっていました。救急車の要請は自分がしましたので四階に行ってください。通報者は同じ階の住人で、猪俣警視は被害者の家にいます。管理人は常駐する態勢ではないため、至急、来るようにという連絡をしました。そろそろ姿を見せるのではないかと思います」

濃《こま》やかな手配りを告げた。

「わかりました」

バッグを持ち、清香を追いかけた。エントランスホールにいた検屍官は、エレベーターに乗ってボタンを押している。彼女も足カバーと手袋を着けていた。玄関を見張る二人の制服警官は、好奇心たっぷりの目を向けていた。

「すみません。聞いたかもしれませんが、四階だそうです」

孝太郎が乗ったとたん、扉が閉まって上がり始めた。急いで足カバーと手袋を着ける。

「偶然でしょうが、このマンションも、かつて母が所有していましたの」

清香がぽつりと言った。しみじみした口調になっているように思えた。面パト内で遠い目になった理由を、遅ればせながら悟った。

(このマンションも、と言うからには何棟も持っていたんだろうな)

そういった財産は借金返済に充《あ》てられたのだろう。詳細は聞いていないが、母親の会社の債務整理は現在も続いているはずだった。

「気持ちを切り替えましょう」

清香は軽く自分の頬を叩き、エレベーターを降りた。孝太郎も後に続いてマンションの通路を歩いて行く。一階ごとに六世帯、六階建てのこぢんまりとした古いマンシヨンだった。

　エレベーターホールとは反対の通路の先に非常階段が設けられているのだが、事件現場の家から点々と非常階段の方へ血の足跡が続いているのが見えた。通路にはかなりの量の血が流れ出していた。

(血だらけだ)

　孝太郎は平静になるよう努《つと》めた。エレベーターの扉の音で気づいたのかもしれない。通路の真ん中あたりの部屋から、いかつい顔の持ち主が現れた。

「お待ちしておりましたよ、検屍官殿」

　猪俣順平、五十五歳。清香曰《いわ》く『こってこてタイプ』そのままの警察官だった。名は体を表すの喩《たと》えどおりに猪首《いくび》で頑健《がんけん》そうな体軀《たいく》をしている。昇進した余裕からなのか、後ろ盾を失った検屍官に同情しているのか。

　孝太郎が聞いていた話よりは、清香に対して好意的なように思えた。

「被害者は相沢利正《あいざわとしまさ》、六十六歳。娘と二人暮らしのようです。通報者の男性は会社へ行こうとして前を通りかかったときに、通路に残された足跡や、被害者宅の扉の下から通路に大量の血が流れ出ていることに気づいて通報。急ぎの仕事があると言っていましたが、自宅に待機させております」

　猪俣は、現時点で判明している内容を告げて、ビニール袋に入れた包丁を掲げた。

「凶器と思われる包丁は、ここに落ちていました」

事件現場を出てすぐの通路の右端を指し示した。チョークで囲ったのは猪俣だろう。出勤を止められた住人が、時折、扉を開けて不安そうな顔を突き出していた。

「検屍官、どうぞ」

猪俣は身体《からだ》をずらして中へ入るよう促した。

孝太郎はおそるおそる覗き込んだが、

「う」

思わず顔をそむけていた。古いマンションではあるものの、高級仕様の玄関先に、男がうつ伏せの状態で倒れている。玄関の三和土《たたき》にも通路同様、血が広がっていた。

「写真を」

清香の言葉で我に返る。

「は、はい」

孝太郎は、抱えていたバッグからデジタルカメラを取り出して写し始めた。無数の足跡もひとつずつ丁寧に撮る。犯人が非常階段を使って逃げた場合、足跡は一階まで続いていることが考えられた。万が一、住人に足跡を踏まれたら現場保全が危うくなる。

「検屍官。先に足跡を撮っておきます」

「わかりました。ざっと確認したところ、バッグや携帯といった所持品が見当たりません。犯人が持ち去ったのかもしれませんが、バッグの中身だけを抜いて捨てた可能性もあります。指紋が採取できるかもしれないので気をつけておいてください」

「わかりました」

孝太郎は答えて、まずは四階通路の足跡を撮り始めた。犯人は血を踏んだことに気づかなかったのかもしれない。慌てていたのではないだろうか。被害者宅に近い足跡は血の色がはっきりしているのだが、当然のことながら離れるに従って薄れてくる。

(やけに足跡が乱れてるな)

すぐに違和感を覚えた。足跡から考えると、たぶん犯人はスニーカーを履いていたのだろうが、通路に足を突いた瞬間、足首を捻《ひね》ったように跡が乱れていた。足跡をわかりにくくするための工作に思えなくもない。

だが、犯人にそんなことをする余裕があっただろうか。

(余裕があるならば、血を踏まないように気をつけたのではないか。それに足首を捻ったとしたら、足跡の輪郭も乱れると思うが)

手帳に記して、撮影を続ける。走っているうちに血は薄くなり、非常階段の足跡は目視《もくし》ではほとんど確認できなくなっていた。かすかに残っている足跡を頼りに、一階まで撮り終えた。

「ご苦労様」

ちょうど一階にいた野々宮が、労《ねぎら》いの言葉をかけてきた。マンションの前には駐車場があり、左手の方に駐輪場が設けられている。住人たちへの聞き込みを始めているに違いない。機動捜査隊だけでなく、所轄の警察官たちも手分けして行っていた。

「防犯カメラがありますね」

孝太郎は目を上げた。一階の非常階段に向けて、駐輪場の屋根に防犯カメラが設置されている。逃げた犯人が映っているかもしれなかった。

「マンションだけでなく、付近のデータも回収しておきますよ。早く現場に戻ってください」

「検屍官の話では、被害者はバッグを所持していないようです。犯人が持ち去ったのかもしれませんが、落ちていないか聞き込みのついでに探してください」

「了解しました」

野々宮は仕草で「早く行け」と示している。追いやられるようにして、孝太郎は四階に戻った。

2

四階の通路では、猪俣が通報者の男性に話を聞いていた。

「さっき話したとおりですよ。会社に行こうとして相沢さんの家の前を通りかかったら、扉の下から血のようなものが流れていたのが見えたんです。足跡も残っているじゃないですか。これはおかしいと思い、インターフォンを押してみたんですが、応答はありませんでした」

「それで扉を開けてみた」

猪俣の隣で、孝太郎もメモを取る。四十前後の通報者は、携帯を片手に持ち、何度も時間を確かめていた。

「はい」

「そうしたら、玄関に倒れている人が見えた」

「そうです。もう吃驚《びっくり》して、警察に連絡しました。相沢さんとは顔を合わせたときに挨拶する程度の付き合いなので交友関係などはわかりません。勤めていた会社も知りませんし、怪しい人物にも遭遇していません。あの、会社に行きたいんですよ。まだ解放してもらえないんですかね」

苛々《いらいら》と膝を揺すっていた。新たに到着した所轄の鑑識係の車が、駐車場に停まるのが見えた。

「今しばらくお待ちください」

男性との対応は猪俣にまかせて、孝太郎は現場の玄関に入る。清香は遺体の傍《かたわ》らに屈《かが》み込んで、状態を確認しながらタブレットに入力していた。外出先から戻ったところを襲われたのか、被害者はうつ伏せの状態でスーツ姿だった。

「先程も言いましたが、写真をお願いします」

清香の要望に応えた。

「はい」

遺体はたったひとりで亡くなったのだろうか。家族がいれば立ち会うはずなので、同居している娘は出かけているのかもしれない。家の廊下に上がって、反対側からも撮影した。

(それにしても、凄《すご》い血だな)

玄関の三和土全体が、血溜《ちだ》まりになっている。いったい、どれほど出血したのだろう。行動科学課へ異動する前は、主に窃盗犯を扱う所轄の刑事部捜査三課にいたため、遺体を見ることに慣れていなかった。

「ご遺体の胸元を見たいのですが、手を貸していただけますか」

「あ、はい」

孝太郎はバッグとカメラを廊下に置いた後、遺体を跨《また》ぐようにして抱え込み、仰向《あおむ》けにする。ワイシャツとスーツの胸元が真っ赤に染まっていた。込み上げる吐き気をこらえて写真を撮った。

「鋭い刃物、おそらく通路に残されていた包丁でしょうが、それで刺されたことによる失血死か。刺された時点ですでに即死状態だったか。流れ出た血の量から判断すると即死の可能性が高いかもしれません」

「血の量でわかるんですか」

「だいたい判断できます。急死した場合は、大量の血が流れ出るんですよ。死後硬直を見る限りでは、さほど時間は経《た》っていないと思われます。断定はできませんが、死亡推定時刻はせいぜい六、七時間前ではないかと」

「野々宮巡査長が防犯カメラのデータを回収しています。一階の非常階段近くにもカメラがありました。たぶん被疑者が映っていると思います。言い忘れましたが、マンションの管理人にも連絡済みとのことでした。そろそろ来る頃ではないかと思います」

「娘さんと二人暮らしとのことでしたが、いらっしゃらないのでしょうか」

清香の声が聞こえたのだろう、

「います」

猪俣が扉を開けて顔を覗かせた。

「犯行は見ていないようですが」

目顔《めがお》で廊下に面した扉を指した。いつも以上の仏頂面《ぶっちょうづら》になっている。玄関を上がってすぐの左側に風呂やトイレ、洗面所があって、右側にひと部屋という造りだった。

「家族がいるのですか」

清香は驚いたように立ち上がる。孝太郎同様、家族は不在だと思っていたに違いない。猪俣は廊下に面した部屋を目で指したままだった。

「娘がいます。相沢佳澄《かすみ》、年は二十八。それだけしか話しませんでした。なにが起きたのか理解できていないのかもしれませんが……ま、どうぞ、確かめてください」

言われるまでもない、孝太郎は静かに右側の部屋の扉を開けた。カーテンを閉め切った薄暗い部屋には、パソコンの青白い光が広がっている。その前に長い髪の女が座っていた。

画面を凝視したまま微動だにしない。動いているのは、キーボードを操る両手だけであり、彼女が見ているのはパソコンの画面だけだった。

「失礼いたします。警視庁行動科学課の一柳清香と申します。わたくしは医療捜査官であるとともに、日本でただひとりのメディカル・イグザミナー、略してMEの資格を持つ特別検屍官です。簡単に申しますと日本一の医者ですね。行動科学課は不審死や迷宮入りした事件、事故などを解明すべく設けられた部署なのですが」

清香にしては珍しく遠慮がちに部屋へ入る。

「あの、相沢佳澄さん。聞いておられますか」

　父親が刺されて気が動転してしまい、まともな精神状態ではないのかもしれないと考えたのではないだろうか。しかし、佳澄はなにも答えなかった。

「佳澄さん？」

　検屍官が腕にふれたとたん、

「うるさいわねっ」

　邪険に振り払った。両目は画面に向いたままだった。

「見ればわかるでしょう。あたしは今、忙しいのよ。邪魔しないでちょうだい。彼が気に入ってくれたから、交際を始めたところなの。このゲームがなければ生きていけないんだから、邪魔しないで！」

　孝太郎たちの方はまったく見ないで叫んだ。

「え？」

　数々の修羅場をくぐりぬけてきたであろう清香も絶句していた。佳澄は学園恋愛ゲームと呼ばれるインターネットのゲームに没頭しているらしい。おそらくゲーム用にカスタマイズされたパソコンを使っているのだろう。仮想世界に熱中している様子が見て取れた。

　猪俣も扉の前に来て「こりゃ、だめだ」とでも言うように頭《かぶり》を振っている。

（典型的なネトゲ女か）

孝太郎は手帳に記した。ガチャと呼ばれる課金システムを使えば、より楽しい思いを味わえるのだが、下手《へた》をすれば借金まみれという場合もある。佳澄は睡眠時間も削って没頭しているのではないだろうか。風呂にも満足に入っていないらしく、長い髪は雲脂《ふけ》だらけで、着ているスウェットの上下は、あまり清潔には見えなかった。化粧っ気《け》のない顔は皮膚が乾いた感じで、たくさんの湿疹ができていた。

「お父様が殺されたんです」

清香は言った。

「だから、なに?」

佳澄は答えながらも相変わらずキーボードを打ち続けていた。業を煮やしたのだろう、いきなり清香はパソコンのプラグを抜いた。

「あ」

唐突に画面が暗くなる。頭を冷やすにはいい策かと思ったが、それはまともな精神状態の相手にだけ通じることだ。

「このクソ女っ」

佳澄は清香に飛びかかろうとしたが、いち早く猪俣に後ろから抱え込まれる。逆上した女は、金切り声を上げて暴れた。

「なにするんだよっ、離せっ、離せってば!」

足をばたつかせるだけで身動きできない。猪俣は両腕を押さえているだけなのだが、完全に動きを封じていた。キー、キー叫びながら、自分を拘束する太い手首に咬《か》みつこうとするのだが、猪俣は佳澄の両手を上げたまま軽々と宙吊り状態にした。

「現時点では推測ですが、おそらく賊が侵入したと思われます」

清香は冷静さを失っていなかった。

「だから、なんだよって言ってんだろ。さっさと捕まえろって、犯人をさ。おまえたちは税金泥棒か、ええ、おとなしい一般人をこういう目に遭わせるのか?」

対する佳澄は、常軌《じょうき》を逸した目で睨《にら》み据えている。精神科医に診せれば、ゲーム障害という診断がくだされるのは間違いない。完全に依存症だが、生活のすべてをゲームに支配されてしまい、日常生活に支障が出ているように見えた。

「お父様は、ご自宅に大金を置いていましたか」

清香は質問を続けた。

「大金?」

金という言葉でわずかに正気を取り戻したのかもしれない。激しい動きや荒い息づかいが少しやわらいだ。

「はい。俗に言うところのタンス預金です。もしくは自宅の金庫に入れていたか。金利はあってなきが如《ごと》しの状態ですから、自宅に現金を置く方が増えているのではないでしょうか。二週間ほど前にも戸倉の一戸建てで空き巣の被害がありました。タンス預金していた大金を盗まれたのです。もしかしたら、相沢さんは運悪く賊に出くわしてしまい、刺されたのではないかと……」

「お金、そうだ、お金」

急に落ち着きをなくして、廊下の方を見た。清香が猪俣に合図して拘束《こうそく》を解かせる。佳澄は血まみれの父親を一顧《いっこ》だにせず、真っ直ぐリビングルームに足を向けた。

二十畳ほどのリビングルームの向こうに、八畳と六畳の洋間がある。フローリングの床では、お掃除ロボットがまめまめしく働いていた。後で鑑識が吸い取った中身を調べるだろうが、孝太郎はいったんスイッチを切って待機場所に戻した。

建物が古い割には、どの部屋も高級マンションらしい余裕のある造りになっており、クローゼットや押入も広々としていた。佳澄はお金、お金と呟きながら、右側の八畳の洋間に行った。

「金庫、クローゼットに金庫があって、その中にお父さんの退職金や貯金が」

孝太郎は清香と一緒に後ろから覗き込む。猪俣も隣に来ていた。クローゼットの床に置かれていた金庫は、吊り下げられたスーツやコートなどの洋服類に隠されていたが、賊は在処《ありか》を知っていたのだろう。扉が開いたままの金庫は空《から》っぽだった。

「ない！」

佳澄は、悲痛な声を上げた。

「ない、ない、お金がない。お母さんの形見の指輪やネックレスなんかもなくなってる。あぁ、どうしよう、お父さんに」

そこでようやく現実を認識できたらしい。

「お父さん」

我に返ったように呟き、立ち上がった。ネットゲームにのめり込むあまり、現実世界が仮想空間になっていたのはあきらか。玄関に行って凄惨な光景を見た瞬間、佳澄は崩れ落ちるように座り込んだ。

「………」

まさに茫然《ぼうぜん》自失という感じがした。娘による犯行、もしくは娘が第三者に依頼して父親を殺したという可能性もあるが、今の様子を見る限りでは、きわめて低いように思えた。父親を殺すよりもゲームの方が大事。

異常な暮らしぶりが、わずかな時間で読み取れた。

「あちらへ行きましょうか」

清香が促して、リビングルームに連れて行く。佳澄は瞬《また》きするのも忘れたように目を見開いていた。清香に導かれるまま人形のようにソファに座る。

「なにか飲み物を」

「買って来ます」

孝太郎の申し出を、猪俣が止めた。

「水がある」

上着のポケットから未開封の三百ミリのペットボトルを取り出した。孝太郎は蓋を開けて、清香に手渡した。

三人いる必要はないと思ったのだろう。猪俣は玄関に足を向けた。

3

「知らなかった、ぜんぜん気づかなかった」

佳澄は抑揚《よくよう》のない口調で言った。どれほど長い間、ゲームにはまっていたのだろうか。父親が裕福だったお陰で勤めなくても暮らせたのかもしれない。ゲーム漬けの日々だったネトゲ女は、金庫のお金という言葉で現実世界に戻った。

まさに現金な話である。

「お父様は、隠居生活を満喫《まんきつ》していらしたのですか」

清香が訊いた。

「いいえ、丸の内の商社を定年退職した後は、知り合いのクリニックの経理を担当していました。前の会社でも経理担当だったんですが、税理士の資格も取得したらしくて、身体が動く限り、頭がボケない限りは働くんだと……今朝は早めに出たのかもしれません。もしくは、六時か七時頃に戻って来たのか」

人が出入りする気配に鈍感《どんかん》なのは、ひたすらネットゲームにはまっていたからだろう。先刻、口汚く罵《ののし》った姿からは、想像もできないほど神妙に畏《かしこ》まっていた。ゲーム内では彼女の分身を粗暴な女に設定していたのかもしれない。二重人格を疑いたくなるぐらいに、おとなしくなっていた。

「お母様が亡くなられたのは？」

聴取役は清香にまかせて、孝太郎はメモを取る。鑑識係が遺体の検分を始めたようだが、猪俣がなにか言ってくれたらしく、リビングルームには入って来なかった。

「五年前だと思います。来年七回忌だと聞いた憶《おぼ》えがあるので」

もはや母親が死んだときも曖昧《あいまい》なようだった。

「ひとりっ子ですか」

「はい」

「わたくしも同じです。ご両親は溺愛《できあい》してくれたのではないですか」

清香は我が身と重ね合わせていた。両親が相次いで失脚した一連の騒動の折、孝太郎は思いもかけない検屍官の一面を見た。溺愛してくれたのは八月に亡くなった祖母だが、母親もまた、彼女なりの愛情を注いでいたのだろう。失うものはあったが、得るものの方が大きかったように思えた。

孝太郎はそんな印象を持っていた。

「そう、ですね」

口が重い娘に、清香は別の話を投げた。

「あなたの湿疹は、アトピー性皮膚炎かもしれませんね」

手袋を取って、佳澄の頰にふれる。

「アトピー性皮膚炎は、解明されていない部分が多い皮膚病のひとつです。そもそもアトピーという言葉自体、『奇妙さ』を意味するギリシャ語の『アトポス』に由来しているんですよ。昔から、わけがわからない病であることだけはわかっていたようですが、清潔に保って保湿すると痒《かゆ》みが治まるようです。後で保湿剤を差し上げますね」

さりげなく現実を再認識させたように思えた。ネトゲ女も肌荒れは悩みの種だったのかもしれない。

「あ、ど、どうも、ありがとうございます」

生気のなかった目に、ほんの少しだけ光らしきものが見えた、ように感じられた。

清香はこういうふうに相手の心に入り込むのが上手《うま》い。逸《そ》らしていた佳澄の目が、検屍官に向いていた。

大丈夫だと判断したのだろう、

「お父様は携帯を持っていましたか」

清香は聞き取りを開始した。

「ええ。父はお掃除ロボットと同じぐらいに、まめな性格だったんです。一日に何度も電話やメールをくれました」

お掃除ロボットを見やって、ふたたび検屍官に目を向けた。

「あたし、大学受験に失敗して引きこもりになっちゃったんですよ。人の目が恐《こわ》くて外に出られなくなりました。それでも母が生きていたときは、近所のスーパーへの買い物なんかには一緒に行っていたんですけど、亡くなったのがショックで……以来、ネットゲームにはまりました」

ぼそぼそと語り始める。清香の『現実に気持ちを向けさせる作戦』が奏功《そうこう》したようだ。

「そんなあなたを、お父様はさりげなく支えていた」

推測まじりの質問をした。さりげなくだったのか、かなり強引だったのかはわからないが、少なくとも父親は娘のことを気にかけていた。見放していないと知らせる意味もあって、こまめに連絡していたことは充分考えられる。

「は、い」

佳澄は俯《うつむ》いて唇を噛《か》みしめた。

「母が亡くなるまでは、料理なんか作ったこともなかったのに、習いに行って憶えたようです。元々凝《こ》り性なんですが、家庭的なお総菜から本格的な和風料理まで作ってくれました。すごく美味《おい》しかった」

思い出したのか、涙ぐんでいる。

「検屍官。ちょっと、よろしいですか」

玄関先にいた猪俣が、遠慮がちに顔を覗かせた。

「相沢利正さんの妹と言う女性が来ています。近くに住んでいるようでして、騒ぎに気づき念のために来てみたところ、事件現場は相沢家だったというわけです。エレベーターホールに待機してもらっています」

「わかりました。猪俣警視。すみませんが、佳澄さんに付いていてください」

立ち上がった清香に、孝太郎も続いた。入れ替わるようにして、猪俣が佳澄の隣に行く。せっかく天《あま》の岩戸《いわと》から引きずり出したのに、目を離した隙《すき》に戻られてはたまらない。遺体を調べ始めていた鑑識係に会釈《えしゃく》して、二人は通路に出ると、エレベーターホールに足を向けた。

簡単にそれぞれ自己紹介をした後、

「兄は大丈夫ですか、佳澄ちゃんは無事ですか？」

　叔母は訊いた。年は六十二、三。とるものもとりあえず急いで駆けつけたことが、普段着らしきスカートとカーディガン姿に表れているように思えた。エレベーターホールはかなり冷え込んでいたが、コートなしでも気にならないらしく、現場の家へ懸命に首を伸ばしていた。遺体は見えないものの、通路の血や非常階段へ続く血の足跡はいやでも目に入る。

「残念ですが、相沢利正さんは亡くなられました」

　清香の答えに「あぁ」と呻《うめ》くような声を洩《も》らした。

「佳澄ちゃんは？」

　気丈に顔を上げて問いかける。

「無事です。ネットゲームに熱中していたのが、幸いしたのかもしれません。賊の侵入や騒ぎにも気づかずにいたようですから」

「そうですか。なにが幸いするか、わかりませんね。兄は本当に佳澄ちゃんのことを心配していたんですよ。週に三回ほど家事ヘルパーさんを頼んでいましたが、わたしもできるだけ来るようにしていました。五年ほど前にお母さんを亡くしているので、佳澄ちゃんに寄り添える人間が必要だと思いまして」

　見守り役は多ければ多いほどいい。決してひとりではないと伝え続けるのが、アルコールや薬物、さらにはネットゲーム漬けといった依存症の人間を救う手だてになる。

「相沢さんの携帯番号はわかりますか」

清香の質問に頷《うなず》き返した。

「ええ。ここに来た後、何度か電話したんですが、呼び出し音が鳴るだけでした」

握り締めていた携帯を操作して渡した。清香もかけてみたが、やはり、呼び出し音が鳴り続けるだけだった。

「佳澄ちゃんは、しばらくの間、うちで預かろうと思います。うちは息子が二人なんですが、両方とも結婚したので今は一緒に住んでいません。ここにいるのは辛《つら》いだけだと思いますから」

ありがたい申し出だった。

「助かります。話は変わりますが、相沢さんはクローゼットに置いた金庫に、大金を入れていたようですね。タンス預金をしていたようですが金庫は空でした。これは残念ながら賊に盗まれたのではないかと思います」

清香の言葉に、叔母は頭《かぶり》を振る。

「いえ、兄はお金を銀行に移したんです。戸倉で空き巣に入られた事件がありましたでしょう。不用心《ぶようじん》だから銀行に預けた方がいいと、アドバイスしたんですよ。今までは実行しなかったんですが、なにか感じたんでしょうか。一週間ほど前に銀行に預金したうえで、わたしに通帳とハンコを預けたんです。カードは兄が持っていましたが、通帳はわたしの家にあります」

「では、お金は無事なんですね」

清香の声のトーンが高くなった。他者のことではあるものの、喜びを隠しきれないようだった。

「ええ、無事です。空き巣が腹立ちまぎれに火を点《つ》けたりすると困るので、金庫には四、五万、現金を入れておくと言っていましたから、盗まれたのは事実だと思いますが微々《びび》たる金額ですよ」

「失礼ですが、預金はどれぐらいあったのですか」

囁《ささや》き声の確認に、叔母は清香に顔を近づけた。

「五千万円ほどです」

かろうじて聞き取れる答えだった。

「宝石類はどうしましたか。金庫に入れたままですか」

「義姉《あね》の形見の宝石類ですね。それもわたしが預かっています」

「よかったわ。形見の品はお金では買えませんから。銀行に連絡して、一刻も早く口座の凍結手続きをしてください。カードで引き出されると厄介ですからね」

思わずという感じで『私』の口調になっていた。話の流れからすると賊は腹立ちまぎれに相沢を刺した可能性もある。それにしても、と、孝太郎は思った。

(なぜ、自宅にタンス預金していたのを賊は知っていたのか?)

戸倉の空き巣事件を調べてみようと思いつつ訊いた。

「相沢さんは丸の内の商社を定年退職後、知り合いのクリニックで経理の仕事をしていたようですが、趣味はなかったんですか。最近は健康のために山登りやハイキングをするシニアが増えているようです。いかがだったでしょうか」

「趣味は温泉巡りですね」

佳澄の叔母は寂しげに笑った。

「わたしは知らなかったんですが、都内にも温泉があるらしいんですよ。佳澄ちゃんをひとりにしていくのが心配だったんでしょう。近場《ちかば》の温泉巡りを楽しみにしていたみたいです。佳澄ちゃんは見ていてあげるから、たまには九州や北海道へ旅行に行けばと勧めていたんですが」

叔母の後ろでメモを取っていた所轄の警察官に、清香は聞き取り役を譲る。孝太郎は通路の足跡を調べ始めていた鑑識係の男性を目で指した。

「話を聞きたいんですが」

「行きましょう」

清香は頷いて、鑑識係のそばに行った。孝太郎は足跡の採取の邪魔にならないように屈み込む。

「変な足跡だとは思いませんか。履いていたのはスニーカーだと思うんですが、靴の滑り止めの線が乱れていますよね」

小声で訊《たず》ねた。五十前後の鑑識係は慎重に足形を採っている。後ろに立つ清香に気づいて会釈した。

「そう、やけに足跡が乱れているね。ぎゅっと足首を捻《ひね》るようにしたのかもしれない。こんな感じで」

手首を動かして足が通路の床に突いたときの状況を示した。

「いったん足を突いた後、足跡を消すためにやったのか。確かにわかりにくくなっているが、逃げる最中にいちいちそんなことをするかね。だいたいが足首を捻ったら、足跡の輪郭線もこんな綺麗に残らないと思うんだが」

ちらりと目を上げる。ベテランらしい自信が、自問まじりの問いかけに滲《にじ》んでいるのを感じた。

「自分も同じ疑問を持ちました。普通の足跡じゃないんですよね。もしかしたら」

たった今、思いついたことを口にする。

「だれかが足跡をなぞるように歩いたのかもしれません。最初にこの足の大きさの人物が走り、その後ろにいた人物が血の足跡を踏んでいった」

刹那、一陣の冷たい風が吹き抜けた。

血腥《ちなまぐさ》い風を受け、通路が静まり返った。

4

「つまり」

後ろに立っていた清香が言った。

「賊は二人だった可能性がある？」

「はい。最初に歩いた人物、一刻も早く逃げるために走っていたかもしれませんが、足の大きさは二十七か、二十八センチ。後ろにいた人物は、それよりも小さい足の持ち主でしょう。二十二、三センチぐらいですかね。事実だったとすれば、非常に冷静な行動だと思います」

孝太郎は、あらためて足跡を見た。

「賊はひとりだと思わせたかったのか、スニーカーの種類を特定させにくくするためなのか。いずれにしても、わざわざ足跡を踏んで逃げたわけです。防犯カメラのデータを精査すれば、必ず映っているのではないかと」

「検屍官」

野々宮がエレベーターホールで声を上げた。聞き込みをしていたはずだが、ジャージ姿の若い男を連れている。目が合うと、ぺこりと頭を下げた。二人はエレベーターホールに戻った。

「新聞配達員の方です。明け方、四時半頃でしたか」

野々宮の言葉に、配達員の男性は同意する。

「はい。このあたりの配達は、だいたい四時半前後になるんです。マンションの郵便受けに新聞を入れて他へ行こうとしたとき、非常階段を降りて来る黒い人影を見ました」

最近は戸別配達しないで、エントランスホールの郵便受けに新聞を入れる場合があった。集合住宅によって違うのだろうが、配る人間はその方が楽なのは確かだろう。

「何人でしたか」

清香はわざと人数を言わなかった。誘導尋問のようになるのは避けなければならない。

「ひとりだったと思います。最初は二人かなと思ったんですが、全身黒ずくめの男がひとりだけでした。見るからに怪しい感じがしたんで植え込みに隠れるようにしていたんです。襲われたら、いやですから」

「どちらへ行きましたか」

質問役は清香が担っていた。通路にいた他の警察官たちが、聞き耳を立てている様子が窺《うかが》えた。メモを取っている。

「国分寺街道の方です。非常階段を降りて来て、駐輪場を横目で見るような感じで通り過ぎ、通りに出たんです。ぼくはマンションの玄関近くにいましたから『こっちに来るなよ』と祈るような気持ちでした」

「全身黒ずくめと仰いましたが、その男は目出し帽でも被《かぶ》っていたんでしょうか。顔は見ましたか」

「目出し帽は被っていなかったと思いますが、薄暗くて顔はよくわかりませんでした。今朝は曇っていて雪が降りそうなほど寒かったじゃないですか。どんよりとした天気で暗かったんですよ」

「身長はどれぐらいでしたか。背の高いがっちりタイプ、中肉中背で痩せ型、小柄で痩せぎす、あるいは小柄で太っていた。いかがでしょう」

「背は高かったと思います。百八十センチ近かったんじゃないかな。身体はがっちりしているように見えましたが、ダウンジャケットみたいな黒い上着を着ていたので、よくわかりません。ああ、そうそう。黒っぽいリュックを背負っていましたね」

五千万円もの大金や宝石類を盗む予定だったとすれば、リュックは必要だっただろう。目論見《もくろみ》は外れて金庫にあったのは桁違《けたちが》いに少ない金額だった。

（でも、賊がひとりというのは納得できないな）

不可解な足跡が、通路に残っている。慌てて逃げた大男の後ろにいたのは、どんな人物だったのか。それとも後ろには、だれもいなかったのだろうか。逃げた男と思《おぼ》しき被疑者は、スニーカーを特定しにくくするために、靴底になにか細工をしていたのか。

（それもありうるか）

疑問符を付けておいた。

「検屍官っ」

被害者の家の前で、猪俣が叫ぶように言った。相沢佳澄と一緒に通路へ出て来たようだが、叔母は通路に座り込んでいた。孝太郎は清香とともに駆けつけた。

「ご遺体を見たのが、ショックだったようで」

猪俣は座り込んだ叔母の腕を握り締めている。佳澄が出て来るとき、目に入ってしまったのだろう。変わり果てた姿を見れば、だれでも大きな衝撃を受ける。

「鎮静剤です」

清香は医者の七つ道具が入った大きなバッグから薬を出して、水のペットボトルと一緒に渡した。引きこもり状態だった佳澄は顔色が悪くて当然だが、座り込んだ叔母も真っ青だった。清香が渡した薬をペットボトルの水で一気に飲む。

ふぅーっと息を吐いた。

「すみません。血の匂いを嗅《か》いだとたん、くらっときて」

通路の手すりを支えにして立ち上がった。血の多さだけでも衝撃的だろうが、肉親が実際に倒れている遺体を目にした驚きは言葉にできないのではないか。

「ご自宅まで送らせます。野々宮巡査長、銀行名を伺って、早急に連絡をしてください。カードを使われる前に口座を凍結させないと」

清香の申し出を受け、野々宮が二人の女性を引き受けた。

「わかりました。すぐに連絡します」

新聞配達員の男性は、帰るように言われていたのだろう。エレベーターホールにはいなくなっていた。

「しばらくの間、相沢佳澄さんには護衛役の警察官を付けた方がいいかもしれませんね。盗めなかった大金を狙って、再度、賊が来るかもしれません」

清香の提案を、猪俣が受ける。

「叔母さんの家に仮住まいするようですが、そこにも警察官を配備しますか」

「その方がいいと思います。相沢利正さんが亡くなられたのは本当に残念ですが、お金が残ったのは不幸中の幸いでした。娘さんの生活を立て直す助けになります。ゲーム障害の治療もしなければなりませんから」

その答えに、制服警官の呼びかけが重なる。

「検屍官。管理人が来ました」

猪俣コンビがきちんと伝えているらしく、聞き込みがスムーズに進んでいた。孝太郎と清香は三度、エレベーターホールに行った。七十前後の男性管理人は、月曜から金曜の午前十時から午後五時までが勤務時間帯であり、今日は用事があって遅くなったとのことだった。

「相沢さんは、時々、朝帰りすることがありました」

管理人は言った。

「わたしはこのマンションから徒歩二十分程度の一戸建てに住んでいるんですが、早朝にジョギングをしたとき、国分寺駅の近くで何度か相沢さんに会ったことがあるんです。お互いに会釈して別れただけですが、いつもきちんとしたスーツ姿でしたね。今も会社勤めを続けているらしく、どこかに出かけたときなどは必ずお土産をいただきました。礼儀正しい紳士でしたよ」

通路に残された血を見て、なんとも言えない表情になる。昨日まで元気に挨拶していた人間が、今日は変わり果てた姿で発見されてしまった。他人事《ひとごと》ではないと思ったのではないだろうか。

「娘さんは無事なんですか」

管理人が訊いた。

「無事です。しばらく叔母さんの家で暮らすことになると思います」

清香は答えて、聞き取りを続ける。孝太郎と猪俣は、メモを取ることに専念していた。

「相沢さんは、習い事などはしていなかったんでしょうか」

「さあ、そこまでは……ああ、そうだ。土曜日はマッサージに通っていると言っていましたね。今まで通っていた店が閉店してしまったため、できたばかりの新しい店に行き始めたと聞いた憶えがあります」

「店名や場所はわかりますか」

「郵便受けにチラシが入っていました。管理人室にまだ置いてあるかもしれません」

「では、それを見せていただきましょうか」

清香は話しながらも、事件現場を肩越しに見やっていた。そろそろ本庁から遺体を運ぶ車輌が着く頃ではないだろうか。

「検屍官。管理人さんからは、自分が話を聞いておきます。ご遺体に付き添っていてください」

「ですが」

躊躇《ためら》う素振りを見て、猪俣が申し出た。

「この後、もし空き巣被害の現場に行くのであれば、わたしが浦島巡査長と一緒に動きますよ。警視庁行動科学課は常に人手不足ですからな。臨機応変にやらないことには、必要な情報を手に入れられません。及ばずながら、お手伝いいたしましょう」

さすがは猪俣、小耳にはさんだ程度の話をしっかり覚えていた上、次の動きも読んでいた。

「浦島巡査長はいかがですか」

清香の確認に頷き返した。

「検屍官がよければ、自分はかまいません」

「では、お願いします。ご遺体の引き継ぎが終わった時点で、わたくしも空き巣被害の家に向かいます。あちらで合流しましょう」

「わかりました」

取って返した清香を見送り、孝太郎は猪俣や管理人とエレベーターに乗る。

「あの綺麗な女性が、検屍官なんですか」

管理人は意外そうに問いかけた。検屍官どころか、女性が医者になることにも驚きの目を向ける世代かもしれない。ましてあれだけの美人となれば、それだけでも好奇心をそそられるのは確かだろう。

「はい。一柳検屍官はME、メディカル・イグザミナーの資格を持つ日本で一番偉い医者なんです。不審死や変死を解き明かす医療捜査官でもあるんですよ」

「一柳？」

管理人は首を傾《かし》げて、エレベーターを降りる。後に続いた二人を不意に振り返った。

「もしや、検屍官は一柳薫子《かおるこ》さんの娘さんですか」

勢い込んで訊いた。

「え、ええ、そうです」

「ああ、やっぱり、そうでしたか。お顔を見た瞬間、一柳さんに似ているなと思ったんですよ。盆暮れはもちろんのこと、様子を見にマンションへ立ち寄ったときにも、けっこうなお品を頂戴しました。今回は大変な騒ぎに……」

遮るように、猪俣が空咳《からぜき》をした。

「治療院のチラシをお願いします」

野太い声で告げる。

「あ、そうでしたね。少しお待ちください」

管理人は昼間待機する一階の管理人室に入って、すぐに出て来た。手には一枚のチラシを持っていた。

「この店です。駅から徒歩十分程度の場所ですよ。相沢さんが以前、通っていた治療院が店仕舞いしてしまったので、どこかいい店はないだろうかと訊かれたときにチラシを渡したんです。相沢さんはたぶんここに通い始めていたと思います」

「ありがとうございました」

孝太郎は礼を言い、猪俣とマンションのエントランスホールを出る。遺体を運ぶ警視庁のバンが、駐車場に入って来たところだった。野々宮が付き添っていた相沢佳澄と叔母は、女性警察官が運転するパトカーに乗っている。気を利かせて女性警官を手配してくれたに違いない。

パトカーが出て行くと、入れ替わるようにしてバンが入って来た。面パトに歩きかけたとき、不意に孝太郎は首筋に冷たさを感じた。縄文人的機能が働くと同時に、一歩さがって振り返る。

突然なにかが降って来た。

5

孝太郎が立っていた場所に、植木鉢が落ちて砕け散る。

「………」

驚いて上を見た。だれかが誤って落としたのかと思ったが、通路に人は見当たらない。猪俣は後ろにさがって仰ぎ見ていた。

「だれもいないぞ」

不満そうに言い、壊れた植木鉢を見やる。

「危なかったな、浦島巡査長。直撃していたら大怪我になったのは間違いない。間一髪でよくかわしたじゃないか」

「は、はい。今になって冷や汗が出てきました」

「大丈夫ですか」

少し離れた場所にいた野々宮が駆け寄って来た。管理人も一緒だった。

「はい。どうにか直撃は免れました」

「悪戯《いたずら》にしては、たちが悪いな。よくこういうことがあるんですか」

猪俣の質問に、管理人は首を傾げる。

「いいえ、初めてです。通路の手すりには、物を置いたり、毛布や布団などを干さないように言ってあるんですよ。規約違反をする住人はいませんでしたが」

管理人も通路を見上げていた。

「意図的とは思えないが、聞き込みのついでに犯人探しもしてもらうか。先に乗ってろ」

猪俣に言われて、孝太郎は面パトの後部座席、野々宮は運転席に乗り込む。

「なんだか、ちょっと……いやな感じがしますね」

野々宮の呟きに孝太郎は同意した。

「はい。自分に向けられたものかどうかはわかりませんが、悪意を感じます。行動科学課に対するいやがらせかも……」

「それじゃ、聞き込みに行くか」

助手席に乗り込んだ猪俣の言葉で面パトは走り出した。孝太郎は謝罪する。

「お忙しいのに、すみません」

「気にしなくていいですよ」

野々宮は、ルームミラーを見上げて、答えた。

「猪俣警視は、一柳検屍官の大ファンなんです。一連の騒ぎで落ち込むかもしれないと言って、事ある毎《ごと》に臨場要請をしろと命じるんですよ。ありがた迷惑じゃないかと思うんですけどね」

助手席の上司に頭を軽く小突かれて、「イテッ」と小さな声を上げた。

「よけいなことは言わなくていい。えー、治療院の場所は東元町二丁目だな」

「今回の強盗殺人事件に関係あるかどうかわからないんですが、二週間ほど前に、国分寺市戸倉でも空き巣の被害がありましたよね。そのときはタンス預金していた二千万円を盗まれました」

孝太郎の言葉を聞き、猪俣は肩越しに後ろを見やる。

「しかし、戸倉の空き巣事件では、だれも傷つけられていないだろう。今回のは手口が荒っぽい。関連は薄いように思うがね。まあ、運悪く朝帰りしたか、出かけたものの忘れ物でもして戻ったところに、ばったり出くわしたということも考えられるが」

猪俣の推測に頷き返した。

「検屍官も同じ推測を口にしていました。戸倉の被害者にも聞き込みしたいと思っているんです。もし、同じ犯人の仕業《しわざ》だった場合、どうやってタンス預金のことを知ったのか、という疑問が湧きますよね。たまたまなのかも……」

「ゴールドリスト」

猪俣がぼそっと言った。

「え?」

目を上げた孝太郎に告げる。

「簡単に言うと金持ちの美味《おい》しい獲物が載った名簿だよ。ひと月ぐらい前だったかな。出まわっているという話を耳にした。もしかすると、タンス預金をしている獲物だけの名簿もあるのかもしれない。これを見た瞬間」

猪俣は、前を向いたまま持っていた治療院のチラシを後ろに突き出した。孝太郎はチラシを受け取って、見る。

「健康保険証が使えるのか」

さまざまなことが浮かんだ。健康保険証は、もっとも手近な情報入手カードだ。本名や年齢、住所が、あの小さなカードに記されている。治療院であれば治療しながらさりげなく家族構成なども訊けるだろう。金払いがいいか悪いかだけでも、現在の暮らしぶりがある程度はわかる。

「噂のゴールドリストが出まわって、タンス預金者が狙われているのかもしれない。

浦島巡査長が言うとおり、戸倉の被害者にも会ってみる必要があるかもしれないな」

「はい」

孝太郎は答えて、行動科学課の優秀な調査係、本間優美《ほんまゆみ》にメールを送っていた。戸倉の事件の被害者名や調書を送ってほしいと頼んだ。

「ここじゃないですか」

野々宮が面パトを停止させる。角を曲がって着いた先の店は、シャッターが降りていた。車を降りた孝太郎に続いて、二人も降りる。本日休業の貼り紙に連絡先が記されていたが、掛けた猪俣は忌々《いまいま》しげに舌打ちした。

「呼び出し音が鳴るだけだ。出やしねえ」

店内で電話の音が聞こえていた。

「経営者を調べてもらいます」

ふたたび優美にメールを送ったとき、

「ここに来たお客ですかね」

孝太郎は、少し先の歩道で足を止めた年配の女性に駆け寄る。大柄な男が三人もいて驚いたのかもしれない。年は七十代なかば、白髪になった髪は綺麗に纏《まと》められており、服装も量販店の品物ではないように見えた。裕福な老後を送る上品な老婦人という印象を受けたが、ゴールドリストに載りそうだった。

「失礼ですが」

と、孝太郎は警察バッジを出して、訊いた。

「こちらの店を利用なさっていたんですか」

「ええ。まだ二回しか来ていませんけれど、上手な先生がいるんですよ。それに健康保険証が使えるでしょう。安くていいわと思ったんですが、予約は昨日だったのに、シャッターが降りていたんです。電話をしてもだれも出ませんし、どうしたのかしらと思って来たんですよ」

三人を見やった後、

「なにかあったんですか」

声をひそめて訊いた。

「いえ、なんでもありません。経営者の方にちょっと話を聞きたいと思ったんです。ちなみに何人ぐらい先生はいたんですか」

孝太郎は代表して言った。

「オープンしたばかりだからかしら。七、八人はいましたよ。若い先生が多かったので驚きました。駅前やスーパーでチラシを配っていましてね。最初の一回は無料なんです。行かないのは馬鹿ですよ」

老婦人は笑ったが、無料に引かれて集まる羊のような獲物を、片っ端から食らう窃盗グループではないのか。

「他の治療院を探した方がいいかもしれませんね」

猪俣が口をはさんだ。

「無料《タダ》より高いものはないという結果になる場合もあります。息子や孫を名乗る不審な電話には、くれぐれも気をつけてください。電気、ガス、あるいは水道関係といった調査係の訪問は事前にお知らせのチラシが入ります。なんの連絡もなしに訪れる人物は要注意ですよ」

「あ、はい。わかりました」

老婦人は頷いて、踵《きびす》を返した。無料の治療に引かれて訪れた客は、ひとりや二人ではないだろう。それらをもとに特殊詐欺グループが暗躍することも考えられた。ちょうど優美からメールが来たため、三人は面パトに戻る。

「空き巣被害の家は、国分寺市戸倉二丁目ですね」

助手席の猪俣に携帯の地図を見せると、猪首の警視は太い指でナビシステムを操った。

「おれは警察官になりたての頃、ここの所轄にいたことがあるんだが、二十三区内に比べると郊外の警察は担当範囲が広くなる。自転車の見廻《みまわ》りが大変だったよ。毎日、足がパンパンになった」

太腿《ふともも》を叩いて苦笑いした。

「一軒の敷地面積も広いですよね。新しい建売住宅が多い区域は、そこそこの広さしかないようですが」

孝太郎の言葉を、野々宮が真面目《まじめ》な顔で継いだ。

「話を戻します。さっきの治療院ですが、やっぱり、怪しいですよね。オーナーとして届けられている男を当たってみるべきだと思います。浦島巡査長を送った後、もう一度、行ってみた方がいいんじゃないでしょうか」

「もちろん、そうするつもりだよ」

答えながら猪俣は、携帯を操っている。

「オーナーは五十歳の男のようだな。駐車違反のキップを切られたことはあるようだが、特に犯罪歴はなしと出た。名義貸しをしただけかもしれない。あるいは念願の店を持った正真正銘の経営者なのか」

「それにしては、雇い入れたスタッフの数が多すぎるように思います。しかも口裏を合わせたように店には来ていません。被害者の相沢利正さんが出入りしていたかどうかは、まだ確認できませんが、特殊詐欺の組織が後ろにいる可能性もあるような気がします」

話しているうちに孝太郎が口にした建売住宅が多い区域に入っていた。戸倉二丁目は畑や緑地帯も多いが、遺産相続などで土地を手放す農家もいるのではないだろうか。土地が三十坪足らずの小さな家が、軒を連ねていた。

不意に携帯がヴァイブレーションする。

「浦島です」

掛けて来たのは清香だった。

「空き巣被害の家に向かったと、優美ちゃんから連絡がありました。相沢さんのご遺体は、本庁の研究室に運ぶ段取りをつけましたので、わたくしもそちらに参ります。家の前で落ち合いましょう」

「わかりました」

すぐに終わらせて、二人に清香と合流する旨、告げた。猪俣の口もとがほころんだのを感じたが、よけいなことは言わなかった。

「嬉しそうですね、先輩」

野々宮がよけいなことを言った。

「おまえはひと言、多いんだよ」

「イテッ」

また、軽く頭を小突かれる。

「あれかな」

猪俣は、ナビシステムを確かめた。小さな家が建ち並ぶ中にあって、空き巣被害に遭った家は、門構えからして違っていた。土地は百坪以上あるだろう。瓦《かわら》屋根付きの木の門がいやでも目を引いた。大きな二階建ての家は建坪だけでも軽く四十坪を超えているのではないだろうか。新しくはないが、こまめに手入れされている様子が見て取れた。

ほどなく検屍官を乗せたパトカーも到着する。

「お待たせしました」

後部座席から降りた清香と合流して、孝太郎はインターフォンを押した。猪俣コンビは東元町二丁目の治療院の聞き込みを続けるのだろう。面パトから降りることなく、立ち去った。

6

優美が事前に連絡を入れてくれたのかもしれない。すぐに家主らしき初老の男性——優美の調査では坂口和輝《さかぐちかずき》、七十六歳が玄関から出て来た。清香を見て、あきらかに表情が変わる。大歓迎という感じで満面に笑みを浮かべた。

「行動科学課の刑事さんですね。坂口です。どうぞ、お入りください」

「失礼いたします」

清香の後に孝太郎は続いた。開けられた引き戸の向こうには、手入れの行き届いた美しい庭が広がっている。陽射《ひざ》しを浴びた松の木が、職人の腕前の確かさを披露していた。剪定したばかりなのかもしれない。案内されたリビングルームからも庭が堪能できた。

男性は手際よく茶の準備を整える。名刺を渡して簡潔に自己紹介した。

「女性の検屍官とは珍しいですね。翻訳もので女性検屍官の小説を読んだことがありますが、日本ではまだまだだと思っていましたよ」

渡された名刺を見て、驚いたように清香を凝視する。隣に座った孝太郎には目もくれず、美と知を兼ね備えた検屍官に食い入るような眼差《まなざ》しを注いでいた。

「わたくしは、いずれ検屍局を立ち上げるのが目標なのです。ご遺体はすべて解剖し、不明な点がないか確かめたうえで埋葬するのが、理想だと考えておりますから。覚せい剤などの使用の有無がわかるだけでなく、データが取れるじゃないですか」

清香は優雅な仕草で茶を飲む。坂口の視線を楽しんでいる様子が見て取れた。

「どれぐらいの割合で使用されているのか、年齢別や職業別の正確な情報が手に入りますからね。行政解剖や司法解剖は、国民全員に施されるべきではないかと、わたくしは考えております」

「なるほど。確かに一理ありますね。毒殺されたことに気づかれず、闇に葬られている人がいるかもしれない。犯罪性の有無に関係なく、解剖されるとわかれば、抑止力にもなりますよ。いや、素晴らしいお考えです。一柳検屍官の美しさと優秀さに脱帽ですよ」

手放しで褒めた。広い家にひとり暮らしなのだろうか。優美の調べでは妻と二人暮らしのはずだが、出かけているのかもしれない。人の気配がなかった。

「よく言われますが、何度、言われても嬉しいですわ。殿方の熱い視線や想いが、生きる力になります」

清香は答えたが、孝太郎と同じことを感じたのだろう、

「あの、失礼ですが、奥様は？」

率直な問いを投げた。

「娘の家に行っています。空き巣被害のせいで、タンス預金をしていたのがばれましてね。怒られましたよ。以来、気楽なおひとりさま暮らしを楽しんでいます」

頭を掻《か》きながら答えた。被害金額は二千万円だったはずだが、その割には平然としている。口にした台詞《せりふ》も負け惜しみとは思えない。家の中は整理整頓されており、孝太郎が母や妹と住む自宅よりも綺麗だった。

「悠々自適の隠居生活ですか」

清香は笑って、続ける。

「失礼ですが、現役時代はどのようなお仕事をなさっていたのですか」

質問役はまかせてメモを取っていた。

「普通の会社員ですよ。六十で定年退職した後、本格的に株を始めましてね。これが面白いように儲かるんです。最初は小遣い銭程度、稼げればいいと思ったんですが、今ではパソコンを何台か置いて、やっていますよ」

「まあ、素敵。才能がおありになるんですね」

持ち上げられて、ますます鼻の下を伸ばした。

「いやいや、検屍官ほどではありませんよ」

謙遜しながらも満更ではない表情になっている。緊張が解けたのを見て、清香は
「ところで」と切り出した。

「所轄の警察官に何度も訊かれたと思いますが、タンス預金のことをだれかに話しましたか」

「話していません。女房にだって言わなかったんですよ。銀行に預けると連絡が来たりして、気づかれてしまうじゃないですか。へそくりのつもりで、パソコンを置いていた部屋の金庫に隠しておいたんです。今は家具に見える金庫がありますからね。それに入れておきました」

「その金庫は、まだありますか」

坂口は、清香の質問に大きく頷き返した。

「はい」

「拝見できますか」

「いいですよ」

簡単に受け、立ち上がった。清香とともに立ち上がった孝太郎は、リビングルームの端に目が行く。

（お掃除ロボットだ）

メーカーは違うかもしれないが、刺殺された相沢利正の家のリビングルームでも、この掃除ロボットが活躍していた。後で話を聞こうと頭に留《とど》めて、案内されるまま広い家の二階に足を向けた。

「わたしの仕事部屋です」

開けた瞬間、孝太郎は小さな声を上げていた。デスクトップタイプのパソコンや、ノートパソコンが七、八台、置かれている。壁には世界各国の時を知らせる時計が掛けられており、ひと目で世界の時刻がわかるようになっていた。パソコンが止まるときはないのかもしれない。

「これが金庫になっているんです」

坂口は、キャビネットにしか見えない金庫の扉を開けた。中にはカード式の金庫が一台、組み込まれていたが、今はなにも入っていなかった。

「被害金額は二千万円でしたね」

清香の確認を渋面で受ける。

「はい。預金や退職金は妻が銀行に預けてありますので、幸いにも盗まれませんでしたが、やはり、がっくりきましたよ。退職金や年金は家族のものであって、わたしの自由にはなりません。会社を辞めたとはいえ、男には色々な付き合いがあるじゃないですか。隠退した後まで、チマチマ小遣いをもらうような暮らしはいやだったんです」

「先程、六十で定年退職した後、本格的にやり始めたと仰っていましたが、会社員のときも株をやっていたんですか」

孝太郎は訊いた。本格的に、という部分が引っかかっていた。

「なかなか鋭いですね」

唇をゆがめた坂口に、清香は婉然《えんぜん》と微笑み返した。

「期待のホープです。株はいつ頃、始めたのですか」

「妻には内緒で現役時代からやっていたんですよ。最初はそれこそ小遣いを貯めて元手を作りましてね。定年退職したときには、五百万前後あったんです。それをコツコツと増やして、ようやく貯めた二千万だったのに」

忌々しそうに虚空《こくう》を睨み据えたが、明日の生活費に困るわけではない。犯人がそこまで把握していたら恐ろしいことだと思った。

「この治療院には、通っていましたか」

孝太郎は治療院のチラシを見せる。

「いや、行っていません。わたしと妻は、この近くの鍼灸院《しんきゅういん》ですよ。先生の腕がいいんでね。他へは行く気になりません」

「ちょっと失礼します」

清香は言い置いて、廊下に出て行った。

「化粧室でしたら一階の方が広くて新しいです。リフォームしたばかりですので、そちらをお使いください」

坂口は好色《すき》心満載のお節介ぶりを発揮する。トイレを借りるつもりだったのだろう。

清香は淑《しと》やかに一揖《いちゆう》して、階下へ向かった。

孝太郎の視線に気づいたのか、

「美しい方には、美しい化粧室を使っていただきたいと思いましてね」

言い訳するように告げた。彼が女好きであろうがなかろうが、おそらく捜査には関係ないだろう。

「一階のリビングルームにあったお掃除ロボットですが」

別の疑問を振った。

「空き巣被害に遭ったときも使っていましたか」

「はい。ですが、空き巣被害のときのお掃除ロボットは、まだ警察から返してもらっていません。ないと不便だと妻が言うもんですから、仕方なく新しいやつを買ったんですよ。言うとおりにしたのに怒りはおさまらず、今は娘の家で孫の面倒を見ているわけですが、わたしは重宝しています」

「それじゃ、事件当時のお掃除ロボットは、所轄の鑑識係がお預かりしているんですね」

「そうです」

「どちらで買い求められたんですか」

その質問には、一瞬、沈黙を返した。

「ええと、どこだったかな。思い出したら知らせますよ」

坂口の答えが終わらないうちに、階下で大きな叫び声が響いた。なにを言っているのかまではわからないが、女同士であるのは甲高《かんだか》い声に表れていた。激突音のようなものも連呼している。

「妻だ」

階段を駆け降りる坂口に、孝太郎も続いた。階下の廊下では、清香と六十前後の女性が揉《も》み合っている。清香が馬乗りになって叫んだ。

「わたくしは警察官ですと言っているでしょう！」

太腿まであらわになった姿は、とても直視できない。

「嘘つくんじゃないわよ、地味な警察官がそんな派手なスーツ、着ているわけないわ。風俗の女に決まってる。だいたいがそれ、ブランド品じゃないの。どうせ坂口に買わせたんでしょ。最近、外出先から帰っても足が臭くないから、おかしいと思っていたのよ。いつから付き合っているの、ええ、白状しなさいよ！」

下になった女は負けじと声を張り上げている。いつもは非力な検屍官だが、顔を摑もうとする腕をしっかり押さえつけていた。

〝ふだんは運動神経ゼロの運痴だが、彼女自身が『やりたい』と思った事柄に関しては、恐るべき速さを発揮する〟

孝太郎の脳裏には、上條麗子から渡された清香手帖の一部が甦っていた。おそらく襲いかかられたため、恐るべき速さを発揮して押さえつけたに違いない。

「も、もうやめなさい」

坂口が狼狽《うろた》えながらも止めに入る。あらわになった清香の太腿に目が行っていた。

孝太郎は素早く検屍官に手を貸して、立たせる。

「証拠を摑んだわよ、あなた。どこの女なの、わたしが知らないとでも思ったの。気づいていたけど、気づかないふりをしていたのよ。株で稼いだお金は、あの女に注ぎ込んでいたのね。他にもまだ隠しているんでしょう。どこにあるのよ、出しなさいよ！」

妻は夫の襟元を摑み、さらに声を荒《あら》らげた。坂口は懸命に宥《なだ》めているが、怒りはおさまらない。

「あの方は、一柳検屍官だ。警察の方だよ」

何度目かの弱々しい訴えが、ようやく妻の耳に届いた、ようだった。

「え？」

向けられた目は、激しい当惑に満ちている。遅ればせながら悔恨も加わったかもしれない。清香は乱れた髪や服装を素早く直した。

「わたくしは、警視庁行動科学課の美しすぎる検屍官です。この美貌が罪であるのは重々承知しております。大好きな遺体解剖をするには、検屍官になるしかないと思い、メディカル・イグザミナーになりました。日本で一番偉い医療捜査官です」

「そ、それじゃ、本当に夫とは」

茫然自失の妻に、にっこり微笑《ほほえ》んで、言った。

「今はなんの関係もありません。ですが、明日のことは、わかりませんわね。坂口さんは魅力的なシニアですし、お金を稼ぐのもお上手……」

「検屍官」

孝太郎は慌てて止めた。

「それでは、失礼します。また、なにかありましたときにはお願いします」

清香のスカートが破れていることに気づき、それを隠すようにして、玄関に向かった。なにか言おうとする清香を目顔で押しとどめている。

「火に油を注ぐような言動を取らないでください」

「もはや、死語かもしれませんが」

清香は十八番《おはこ》を言った。

「人の不幸は蜜の味と言うじゃありませんか。他人事《ひとごと》だと思っているのかもしれませんが、浦島巡査長。今宵《こよい》は解剖に、お付き合いいただきます」

「………」

そうだった。

孝太郎はごくりと唾を呑む。早くも失神しそうになっていた。

第2章　ゴールドリスト

1

その夜。

「国分寺市東元町二丁目の治療院ですが」

猪俣が電話して来た。

「経営者の鍼灸師は、名義貸しをしただけだと、すぐに吐きました。事件に関わりがあるかもしれないと言ったとたん、真っ青になっていましたよ。月五万の約束で店をオープンさせたようですが、治療師として雇い入れた若い男女の中に、特殊詐欺の受け子をやった男がいましてね。逃げる寸前だったのを間一髪で確保しました」

電話越しにも得意そうな様子が感じられた。

名義貸し、特殊詐欺の受け子、そして、ゴールドリスト。健康保険証のデータを悪用される危険性がいっそう高まったのは確かだろう。任意同行した男を取り調べながら、背後関係を探っていた。

三日後。

孝太郎は、清香とともに国分寺市の所轄に来ていた。刺殺された相沢利正の司法解剖に関しては、まだすべての調査結果は出ていないが、現時点で判明した点を伝えるべく、捜査会議を開いている。しかし、集まったのは、署長と捜査一課の課長、さらに若手がひとりだけだった。

「ずいぶん大勢が参加してくれていますこと」

清香は皮肉たっぷりに言い、署長室のソファに座る三人を見やった。チョビ髭《ひげ》の署長とおっとりした公家《くげ》顔の課長は五十代で、そこに場違いな若手がひとり加わっている。居心地が悪そうな様子を見ると、部署にいたのを、とりあえず連れて来たという感じがした。

「あ、いや、一柳検屍官。先日、任意同行した治療院の男をはじめとして、一緒に雇われた他の若いスタッフも取り調べているんですよ。遊んでいるわけではありません。他は相沢利正さんの件で聞き込みに出ています。会議の内容は実況中継と言いますか」

細面《ほそおもて》で弱々しい印象の課長は、懸命に取り繕《つくろ》おうとしている。パソコンの画面を清香に向けて、続けた。

「現場の捜査員たちには伝わっています。質問も来ますので、お答えいただければと思っています。それでは……」

終わらないうちにノックの音が響いた。顔を覗かせたのは、殺人現場で足跡を採っていた五十前後の鑑識係だった。

「こちらで捜査会議が開かれると聞きまして」

帽子を取って会釈する。

「よろしいですか」

彼の問いかけに、清香は頷き返した。

「もちろんです。参加者がひとりでも増えるのは大歓迎ですわ」

すべて打ち合わせどおりなのだが、敢えて口にはしない。鑑識係もまた、狸親父《たぬきおやじ》ぶりを見せていた。

「現場の足跡で行動科学課から非常に興味深い意見が出ましてね。それを基にして、調べてみたんです。いや、それにしても、賑《にぎ》やかでいいですなあ」

笑いながら空《あ》いていた一人掛けの椅子に座った。清香は署長のデスクの前に行き、用意して来た書類の束を置いた。パソコンとプロジェクターは、孝太郎が準備し、操作する役目を担っている。もちろんボードも用意しておいた。

「では、はじめます」

清香の声でパソコンのスイッチを入れた。最初に映し出されたのは、被害者の相沢利正の遺体である。今までの司法解剖のときには、孝太郎は何度か失神したのだが、今回は最後まで解剖現場に立ち会うことができた。もっとも、いただけであって実際に手伝ってはいないが、今はそれでいいと検屍官に言われていた。

「被害者は心臓をひと突きされて、即死状態でした。大量の血が流れ出たのはそのためです。推測ですが、明け方近く帰って来たところに、運悪く犯人と出くわしたのでしょう。慌てた犯人はキッチンにあった包丁を取って、襲いかかった。凶器の包丁は相沢家を出てすぐの通路の右端に落ちていました」

「いいですか」

若手が挙手する。

「どうぞ」

清香は微笑して、促した。極上の笑顔に見えた。

「捜査一課の若林浩一《わかばやしこういち》です。先程、検屍官は即死状態と言いましたが、大量の血だけで即死したと断言できるのですか。そこまで言い切る根拠はなんですか」

なかなか熱心なようだった。清香の話を聞きながらメモを取っていたらしく、手帳を見ながらではあるが、真剣な目をしていた。

「根拠のひとつめは、揉《も》み合った形跡がないことです。刺された瞬間に絶命したため、玄関先に倒れていました。根拠の二つめは」

清香の合図を受け、孝太郎は用意していた映像を出した。被害者の歯を映した一枚だが、歯全体がピンク色に染まっていた。

「これはピンク・ティースと呼ばれる現象です。急死した場合に表れる特徴ですが、急死した全員がこうなるわけではありません。直訳すればピンク色の歯ですね。まあ、そのままですけれど」

「確かに」

若林は素直に答えて笑った。なんとなく、いい雰囲気になっている。行動科学課と鑑識係を加えてもわずか六人の会議の行方《ゆくえ》が、どうなることかと思ったが、若手の明るさと屈託なさに救われていた。

「大量出血、揉み合った形跡がない、ピンク・ティース。以上のことから被害者は、即死だったと思われます。現場には被害者の娘さんもいましたが、ゲーム障害だったのが幸いしたのでしょう、犯行には気づかなかったようです。行動科学課は、戸倉二丁目で起きた空き巣事件との関連を考えて、そちらの被害者にも話を聞いてまいりました」

清香に話を振られて、孝太郎は検屍官と場所を入れ替わる。今度は清香がパソコンを操作したり、ボードに書く役目を務めることになった。司法解剖や雑務に追われてしまい、プリントを作成できなかったことから、あらかじめ段取りを決めていた。

「二つの事件には、いくつかの共通点があります」

孝太郎は言った。

「被害に遭ったのはシニア世代で、大金持ちとはいかないまでも、比較的、裕福な老後を過ごしている家でした。さらに両家ともタンス預金をしていたんです。殺された相沢さんは、直前に銀行へ自宅にあった金庫のお金を移しておいたのですが、犯人はそれを知らずに侵入したと思われます」

「まさか、主が帰って来るとは思わなかったのかもしれません。とっさに包丁を手にした突発的な犯行の可能性があります。さらに両家とも鍵を壊されていません。このことから、犯人は合鍵を持っていたとも考えられます」

清香がボードに書きながら補足した。孝太郎は別の質問を課長に投げる。

「相沢利正さんですが、東元町二丁目の治療院へは行っていたのでしょうか」

「あ、えーと、スタッフに確認したところ、通い始めていたようです。一度目は無料だったらしく、相沢さんは喜んでいたという話でした」

立ち上がって答えた後、若手がまた、挙手した。

「あの、相沢さんは未明に帰って来たわけですが、どこに行っていたんですかね。まだ始発も動いていなかったと思うんですよ。定年後に勤めているクリニックでは、出張などはないということでしたが……」

「若林」

座ったままの課長が、小声で遮る。

「それを調べるのは、うちの仕事だ」

「あ」

若手の若林は一瞬、黙り込んだが、すぐに笑みを浮かべた。

「そうでした。すみません」

おとなしく座る。

「いいえ、どういたしまして」

清香は極上の笑顔のままだった。

「相沢さんがどこに出かけていたのかは、まだ判明しておりません。交際していた女性の有無を早急に調べる必要があると思います。ゲーム障害の娘さんを案じていた相沢さんは、泊まりたい気持ちをこらえて、家路を急いだのかもしれません。風俗で息抜きしていた可能性もありますので、範囲を広げて捜査していただければと思います」

「風俗はないと思います」

若林は立ち上がって言い切った。隣に座る課長が仕草でやめろと止めていたが、目に入らなかったのかもしれない。

「被害者は六十六歳のシニアです。自分の父は五十八ですが、もはや孫しか目に入らない枯爺《かれじじい》ですよ。古い表現では好々爺《こうこうや》とも言いますが、相沢さんは、とても風俗に行く年齢ではないと思います」

身近な存在を当てはめるのは、よくある考え方だが、シニアにも色々いる。空き巣被害に遭った坂口は七十六だが、清香に対して露骨なほど好色心を剝《む》き出しにしていた。年だからという固定観念は、今のシニアの真実を見誤ることになりかねない。

「ご意見のひとつとして承りましょう」

清香は、さらりと受け流して、孝太郎に目を向けた。

「なにもなければ、次に移りますが」

「一点だけ」

孝太郎は言った。

「知り合いの機動捜査隊の警視に聞いた話なんですが、巷《ちまた》ではゴールドリストの噂が出ているようです。空き巣や強盗、強奪といった悪事の標的——わかりやすく獲物と言いますが、美味しい獲物がリストアップされた名簿が存在するのかもしれません。頭に留めておいていただけると、新たな情報が入って来るかもしれませんので、いちおうお伝えしておきます」

一礼して、さがる。

「次は、相沢さんのマンションや付近に設置されていた防犯カメラのデータを解析した結果です。うちの調査係が徹夜でやってくれましたが、全部、終わったわけではありません。現在、判明していることをお伝えしたいと思います」

清香の話に従って、孝太郎はパソコンを操作し、プロジェクターの画面を切り替えた。

自転車置き場に据え付けられた防犯カメラは、非常階段を上がって行く黒ずくめの人物をとらえていた。

「まずは夜明け前、午前三時半頃の映像です。この後、おそらく相沢さん宅がある四階へ行き、中に入ったと考えられます。次は逃げたときの映像です」

しらじらと夜が明ける中、マンションの自転車置き場をバックにして、黒ずくめの男が映し出された。ダウンジャケットと思《おぼ》しき上着のフードを目深《まぶか》に被っているため、顔はよくわからない。黒っぽい靴を履いているように見えた。

「新聞配達員の男性の証言と一致する映像です。身長は百八十センチ前後、黒ずくめの服には、返り血が付いていると思いますが、この映像では顔同様、確認することができません。相沢さん宅に忍び込み、殺害した実行犯ではないかと推測されますが、現時点ではあくまでも推測です。新聞配達員の男性は、はじめは二人ではないかと思ったものの、降りて来たときにひとりだとわかった。そう証言しました」

最後の部分は、孝太郎が引っかかった証言だった。なぜ、はじめは二人だと思ったのか。途中でひとりは通路に戻ったのではないだろうか。この後、鑑識係に話をしてもらう段取りなのだが、それに繋がる話として、清香に発表するよう提言していたのだった。

「正面玄関近くに設置された防犯カメラのデータ解析は、現在も行っております。映っているのは住人だけかもしれませんが、映像の人物と住人を確認して、不審人物の有無を調べます。手伝っていただけると助かるのですが」

清香は、弱々しい公家顔の課長に目を向けたが、メモを取るのに必死で見ていなかった。若林がさっきのお返しとばかりに肱《ひじ》で突《つつ》いた。

「課長。防犯カメラの映像確認は所轄の仕事ですよと、検屍官は仰せです」

「え？」

顔を上げた課長は、慌てたように答えた。

「しょ、承知いたしました」

「それでは、鑑識係の課長」

清香は次に移る。

「行動科学課から二点、調査をお願いしました。前に出て、発表していただけますか」

「わかりました」

鑑識係が、孝太郎の隣に来る。用意しておいた画像に切り替えた。

2

二台の掃除ロボットが映し出されている。

「えー、二台とも、うちの証拠品保管所に置かれたままでしたが、行動科学課が調査の必要ありと言ったため調べました。一台は、戸倉二丁目の空き巣被害者、坂口さんの家で使用されていたもの。もう一台は殺害された相沢さんの家で使用されていたものです」

鑑識係は行動科学課の提案であることを敢《あ》えて口にした。署長や課長への皮肉が込められていたのは言うまでもない。美人検屍官の魅力はもちろんだろうが、それ以上に孝太郎の優秀さに感じ入ってくれたのかもしれなかった。

「犯人の遺留物などを調べるつもりだったのですが、お掃除ロボットには興味深い仕掛けが施されていました」

鞄《かばん》から出したビニール袋を、課長たちのもとに持って行く。ひとつのビニール袋に同じものが二つ入っていた。

「これは、もしや」

目を上げた課長に、鑑識係は大きく頷き返した。

「はい。盗聴器です。二台とも同じメーカーの盗聴器が仕掛けられておりました」

「それじゃ、被害者たちの個人情報は筒抜けだったわけですか⁉」

立ち上がった若林は、興奮気味に言った。

「被害者たちは、どこの電器店で買い求めたんでしょうか。メーカーは違っても、同じ電器店で買った可能性が……あ、すみません。うちで調べる案件ですね」

途中で気づいたらしく、苦笑して座る。鑑識係の合図を受けて、孝太郎は素早く画面を切り替えた。今度は通路に残された血の足跡が映し出されていた。

「えー、ご覧になるとおわかりでしょうが、これは相沢さんが住むマンションの通路に残されていた足跡です。我々の間ではゲソ痕などと言ったりしますが。わたしは見た瞬間から不可解な足跡だと思いました」

鑑識係は不意に所轄の若手を指した。

「はい、若手の若林巡査。どこがどう不可解だと思いますか」

「あ、えーと」

立ち上がって画面を凝視したが、なかなか答えが出ない。

「なんというのか、足跡にしては靴底の模様がはっきりしていないような」

　自信がなさそうな答えを、鑑識係は頷いて受けた。

「そのとおりです。犯人のものと思《おぼ》しき足跡ですが、通常はもっとはっきり靴底の模様が残ります。模様というか、正しくは滑り止めの模様ですね。おそらく犯人の足跡でしょうが、大量の血を踏んで外に出たため、あたりまえですが事件現場に近い場所の足跡は非常に鮮明です」

　説明の内容に従い、孝太郎は通路全体を引いて映した画面に変える。相沢家に近いほど血の色が鮮やかであり、離れるにつれて薄れていった。

「わたしは不可解な足跡だと思って採取していたわけです。そこに来た浦島巡査長が、同じ疑問を口にしたので驚きました。『こいつは優秀だぞ』、そんなふうに思った次第です。これは浦島巡査長の推測なのですが、最初に走って逃げた犯人の足跡を、だれかが踏むようにして行ったんじゃないか、と」

　思いきり持ち上げてくれたが、理解できない者もいたらしい。

「だれかが踏むようにして、とは、どういう意味ですか。影踏みみたいな感じで、最初に逃げた犯人の足跡を踏んで行ったということですか」

　若林が立ち上がった。

「そうです。わたしは浦島巡査長と同意見ですが、足跡をわかりにくくするため、これは靴のメーカーを判断しづらくするためだったのかもしれません。犯人と思しき者の仲間かもしれませんが、ほとんどの足跡は同じような感じになっていました」

話の進み具合に合わせて映像を変えた。いくつかの足跡を映し出したが、どれも靴底の滑り止めの模様は見えにくくなっていた。

「足跡をわかりにくくするため、ですか」

若林が独り言のように呟いた。なんとなくだが、納得できていないような雰囲気が感じられた。部署で会議の様子を見ていたに違いない。ノックの音が響く度、ひとり、二人と私服警官が入って来た。会釈して、署長や課長たちの後ろに立つ。

「疑問があれば遠慮なく、どうぞ」

清香に促されて、若林は首をひねりつつ立ち上がった。

「なんていうのか、自分は先程、言いましたように、影踏みのような感じ、遊んでいるような印象を拭《ぬぐ》いきれないんですよ。ですが、子供ならばまだしも、大人がそんなことをやるだろうかと思いまして。子供だったとしても血腥い現場じゃないですか。犯人らしき人物が付けた血の足跡を、わざわざ踏むような真似《まね》はしないと……」

「だから意図して取った行動、つまり、足跡をわかりにくくするためかもしれないと言ったんです」

鑑識係に繰り返されて、若林は「あ」と黙り込んだ。

数秒後、

「すみませんでした。ちょっと気になったもんですから」

一礼して、座る。

「気にしないでください。意見を出し合うのが大事です。それに遊びの気持ちがなかったとは言えないかもしれません。『小さな足跡の人物』と呼ばせていただきますが、鑑識係の課長とうちの若手が協力して、ひとつに見えていた足型から、どうにか二種類の足型を採ってくれました」

清香も鑑識係を持ち上げるのを忘れない。孝太郎は彼から渡された二つの足型を、ソファに座ったままの署長や課長たちの前に持って行った。若林が受け取って、順番にまわしていく。

いつの間にか署長室には、捜査一課の私服警官が十五名ほど集まっていた。自然に課長たちのまわりへ行き、二種類の足型を見ていた。

「大きな足型はスニーカーで、メーカーは現在調査中です。足の大きさは二十八センチ前後。身長などから判断すると、防犯カメラに映っていた黒ずくめの長身の男という可能性が高いと思います」

鑑識係が説明する。

「小さい足型はほっそりした靴。学校で使う上履きやバレエシューズのような、するりとしたタイプの靴だと思います。大きさは二十二センチ前後、女性の可能性もあるかもしれないと、一柳検屍官と浦島巡査長は言いました」

女性の部分で、ざわめきが広がった。残虐非道な殺人現場に女性がいたのだろうか。あるいは長身の男の恋人か妻、もしくは娘なのか。男女コンビの強盗なのだろうか……。

「犯人の子供、という可能性も、ありますかね」

若林が躊躇いがちに問いを投げた。

一瞬、沈黙が流れた。

だれもが考えたくない事柄だったに違いない。まさか、子供がこんなところにいるわけがない。血まみれの足跡を踏んでいくような真似をするはずがない。あってほしくない現実を前にして、警察官たちは言葉を失っていた。

「ありうると思います」

清香が沈黙を破った。

「今の子供たちは栄養状態がよくて、身体が大きいですから。身体を支える足も大きいとなれば、二十二センチという大きさは、驚くに値するサイズではありません。ただ、わたくしも足は二十二センチですので、いちおうお伝えしておきます。最近の状況を見ると大人の女性としては、小さめのサイズになりますね」

「補足します」

　孝太郎が継いだ。

「ほっそりした小さな靴という点から女性かもしれないと言いましたが、男性の可能性も捨てきれません。軽くて動きやすかったため、学校で履くような上履きタイプの靴を履いていたのかもしれませんので、とらわれすぎないでほしいと思います」

「男だったとしても若いですよね。足のサイズからすると、小学生か中学生ぐらいではないでしょうか」

　若林が自問まじりの言葉を発した。犯人は恋人か妻、さらに子供連れだった可能性も考えられるが……。

「新聞配達員は、非常階段を降りて来た人物はひとりだと証言しています。しかし、足跡は二種類、それでは、もうひとりはどこに行ったのか。幽霊のように途中で姿が消えたんですかね」

　皮肉まじりの反論を上げたのは、四十前後の私服警官だった。その疑問は孝太郎たちにも当然ある。

「ひとつ補足しておきます。話が前後しますが、黒ずくめの男は、未明に非常階段を上がって行く映像が残っていました」

　孝太郎は告げて、パソコンを操作する。時刻は午前三時半頃、忍びやかに非常階段を上がって行く人物の後ろ姿が映し出された。警察官たちは、ますます混乱の渦に落ちる。

未明に非常階段を上がって行った黒ずくめの人物、通路に残された足跡は二つ、非常階段を降りて来たのはひとりの男、では、途中で消えた人物はどこに行ったのか？

「『小さな足跡の人物』に関しては、エレベーターや階段、外に設けられた非常階段を使い、上がって行った映像がありません。そのことから、住人の可能性も考えられるのではないかと思います」

孝太郎は言った。

「警察が来る前に、住人のだれかが踏んだことは考えられませんか。たまたま出て来た子供が、血の足跡だとは思わずに、遊び感覚でなぞるように踏んで行った。それぐらいしか浮かびませんね」

若林は遊び感覚という考えから離れられないようだった。可能性としては薄いかもしれないが、孝太郎は念のために手帳にメモする。集まった警察官たちの熱気で、さして広くない署長室は暑いぐらいになっていた。

「もしかすると『小さな足跡の人物』は、マンションの住人なのかもしれません。犯人に脅されて協力したのか。あるいは犯人の仲間が、たまたま相沢さんと同じマンションに住んでいたのか」

清香が意見を述べた。

「二つの事件の共通点を纏めます」

促されて、孝太郎はボードに素早く書いた。

（１）被害に遭ったのはシニア世代。大金持ちとはいかないまでも、比較的、裕福な老後を過ごしていた家。

（２）両家ともタンス預金をしていた。殺された相沢利正は、タンス預金から銀行預金に替えていた。

（３）お掃除ロボットを使っていた。二台とも同じ盗聴器が仕掛けられていた。

（４）玄関扉の鍵を壊されていない。犯人は合鍵を持っていたのか？

「留守宅が多いかもしれませんが、一世帯ずつ丁寧に聞き込みを進めてください。東元町二丁目の治療院のスタッフについては取り調べを続行。特に特殊詐欺の受け子をしていた男の裏を徹底的に調べてください。さらに消えたと思われる共犯者が、住人に紛れ込んでいないか、防犯カメラの映像を精査してもらいます」

清香は、精査役は大丈夫ですね、とでもいうように、捜査一課の課長へ視線を送る。ソファに座っていた課長は立ち上がって頷いた。

「うちで精査します」

「そして、もう一点。お掃除ロボットの出所を調べてください」

最後まで言い終わらないうちに、行動科学課の細川雄司《ほそかわゆうじ》課長が、清香に素早くメモを渡した。

（いつ来たんだろう）

影が薄いので気づかなかったが、いつの間にか加わっていたらしい。所轄の私服警官の中に紛れ込むと、細川はほとんど目立たなくなる。

（影が薄いＫＵ課長か）

口もとに笑いが浮かびかけたものの、細川と目が合ってしまい、空咳をして真面目な顔を維持した。

「最新情報をお知らせします」

清香は渡されたメモを見て、告げた。

「空き巣被害に遭った坂口さん宅のお掃除ロボットは、国分寺市西恋ヶ窪のリサイクル店で買い求めたようですね。最寄り駅からは少し離れた店のようです」

細川は場所を記した地図を、捜査一課の課長に渡した。坂口に話を訊いたときは、どこで買ったのか思い出せなかったのだが、当人から連絡が来たのかもしれない。清香は話を続ける。

「相沢さん宅のお掃除ロボットについては、買った当人が亡くなられてしまったため、販売元はわかりません。もしかすると、同じリサイクル店かもしれませんので、ロボット本体と相沢さんの写真を持って行き、確かめていただくのがよろしいかと存じます」

と、私服警官たちを見まわした。

「わたくしの方からは以上です。なにかご質問は？」

声は上がらなかった。

「では、これで解散します」

申し渡すと散って行った。最後に残ったのは、署長と課長、そして、若手の若林巡査だった。

「一柳ドクター。ちょっと、よろしいですか」

細川に言われて、清香は従った。孝太郎にも目顔で来いと言っている。会釈して、署長室をあとにした。

3

細川が案内したのは、署の駐車場だった。そこには新車の黒いＲＶ車が停められており、運転席側の車体には警視庁行動科学課、助手席側の車体には医療捜査官とメデイカル・イグザミナーの文字が誇らしげに記されていた。

「どうぞ」

細川はまったく表情を変えていないが、この車を得るために、かなり苦労したであろうことは推測できた。オフィスが地下の薄暗い物置だった場所へ強引に移動させられた件を、気にしていたのではないだろうか。相当、無理を言ったからこその涼しい顔に思えた。

「まあ、すごい。うちの車なんですのね」

清香はさっそく乗り込み、広々とした車内を見やる。覆面パトカーの仕様は言うに及ばず、後部座席にはパソコンや医療器具、除細動器なども搭載されていた。座席は取り外して、そのままストレッチャーとして使えるらしい。

説明書を読むうちに、清香の目は輝いていった。

「簡単な手術であれば、ここで、できますわね」

「はい」

細川の鼻の穴が得意そうにふくらんでいる。

「ドクターが持ち歩いている医者の七つ道具はもちろんですが、最新の応急処置設備は整えました。地震や台風といった非常事態のときにも活躍できると訴えて、ようやく認められた次第です。むろん動く事務所としても利用できます」

「麗子のアイデアをちゃっかり実行するあたりが、いかにも細川課長らしいというか。上出来ですわ」

皮肉まじりの言葉に、孝太郎はどきりとしたが、

「ありがとうございます」

課長は平然と応じた。

確かに元相棒だった上條麗子は、『覆面パトカー内が事務所っていうのもアリかもよ。移動交番みたいな感じでさ』と言っていた。

「さっそくですが、事務所として使いたいと思います。さあ、君も乗ってください」

細川に促されて、孝太郎は清香に言った。

「検屍官、シートを元に戻します」

「はい」

後部座席のシートを元に戻して、後部座席に乗り込むと、まず最初に清香が座る。孝太郎は隣に座り、ドアを閉めた細川は運転席に腰を落ち着けた。

「殺害現場のマンションですが、本間係長から新たな配信がありました。徹夜作業が奏功したようでして、『小さな足跡の人物』の候補者を五人にまで絞り込んでくれたのです。ちなみに五人の中には、小学生と中学生がひとりずつ含まれています。念のために申し添えますが、あくまでも足跡から割り出した候補者であり、五人の中に犯

人がいるということではありません」

鞄から出したパソコンを操作して、相沢利正が住んでいたマンションを出した。署長室での会議のときには、まだ判明していなかったのだろうか。

「優美ちゃんのお手柄ですね」

清香は言い、ちらりと細川を見た。

「じつは所轄との会議前にわかっていたけれど、行動科学課のポイントを上げるために、この案件は言わなかったのですか」

鋭い質問にも動じない。

「はい」

「細川課長の狭量《きょうりょう》さが、うちの武器でもありますわね。わたくしと浦島巡査長には、とうていできませんもの」

「お褒めに与《あずか》りまして恐悦至極です」

「どういたしまして」

「…………」

お褒めの言葉だったのか？

大人すぎる会話ゆえ、ついていけないのか。二人が変わり者なのか。後者と考えて自分を納得させた。

「そうそう、猪俣警視に聞いたのですが、浦島巡査長の頭上に、植木鉢が降って来たそうですね。危ないところだったとか」

「確かに直撃していたら、今頃は病院か、下手をすれば墓の下だったかもしれません。いつものように首筋が冷たくなったんですよ。『あれ？』と思い、一歩さがって上を見たとき、ドカンと落ちました」

「あなたのそれはもう、霊能力ですわね」

「本間です」

パソコンの画面に優美が現れた。寝不足がわかるほどに顔がむくみ、目が腫《は》れぼったくなっていた。

「優美ちゃん、ひどい顔ですわね。今日は早く帰ってくださいい。ゆっくりお風呂に入って、わたしが教えた特別パックをしてくださいな。どんなときにも女性であることを忘れてはいけません」

「お言葉に甘えて、早めに上がらせていただきます。送った映像ですが、マンションの敷地内に設置された防犯カメラから玄関先を撮った映像です。まずは小学生の男児がひとり、中学生の女子がひとり、高校生の女子がひとり、あとは成年女性、そして、ひとりだけ成年男性がまじっています」

「おおよその身長は、割り出していますか」

清香の質問に頷き返した。

「はい。参考までに申しますと、成年男性の身長は百五十五センチ前後ではないかと思いまして、『小さな足跡の人物』の候補として加えました。それから年齢が若い順にしてあります。あぁ、もう眠くて駄目。あとは細川課長におまかせします」

優美は目を瞑《つむ》りながら一礼して終わらせた。清香がＤＩＹで仕上げた長椅子に直行し、横になるかもしれない。

「では、行動科学課の会議を始めます。我々が確認した後、所轄に知らせることにいたしましょう」

清香の合図で、細川がパソコンの画面を切り替えた。ランドセルを背負った小学生の低学年と思しき男児の推定身長は百三十センチ前後と下に出る。制服ではなく、普通の恰好《かっこう》をして、スニーカーを履いていた。

「殺人現場に遭遇した顔つきではありませんね」

検屍官の呟きを、細川が継いだ。

「年齢順と言っていたので次は中学生の女子でしょう。身長は百五十センチ、制服姿です。事件が起きたのを知っているのかもしれません。非常階段の方を見ていますね」

三人目は女子高生で、制服姿に大きなマスクを着けているため顔はよくわからないが、身長は百五十五センチ前後の痩せ形だった。朝はかなり寒くなっているのに、コートは着ていない。リュックタイプの鞄を肩に掛けていた。

「事件に気づいていないのか、非常階段の方は見ませんでした。リュックを見て思い出しましたが、わたしの新しいバッグはリュックタイプにもなるんです」

独り言のような清香の呟きを、孝太郎はすべてメモしている。むろんバッグの部分は省いていた。

次は三十前後の女性で出勤時という感じがした。ウールのコートらしきものを着て、ロングブーツ姿だった。映像から割り出した優美の調べによると、身長は百五十五センチ前後で小太りと記されていた。

「最後は、彼です」

細川の言葉と同時に、ラフな服装をした四十前後の男性が出た。自営業や自由業、飲食店関係といった雰囲気で、量販店の品らしきダウンジャケットを羽織っている。ジーパンの裾から黒いショートブーツが覗いていた。

「小学生の男児以外は、全員、靴は革靴でしたわね」

「ですが、検屍官。靴は簡単に履き替えられます。履き替えて、鞄やリュックに入ればわかりません。革靴はあまり気にする必要はないと思います」

孝太郎の反論に、小さく頷き返した。

「確かに。どの人物も怪しいと言えば怪しいですし、無関係と思って見れば、そう見えてしまいます。足の大きさを基にして身長を割り出した結果、絞り込まれた五人なわけですから」

「では、この絞り込みの結果ごと所轄に渡します。まず五人が本当にマンションの住人であるのかを確かめてもらったうえで、あらためて聞き込みに行ってもらいましょう」

細川の確認に、清香は同意する。

「そうしてください」

「それから空き巣被害に遭った坂口和輝さんですが、お掃除ロボットを買い求めた店を思い出してくれたのは幸いでした。念のために確認しがてら、もう一度、話を伺いに行ったんです。捜査は粘《ねば》っこくが基本ですね」

細川はさりげなく自分の手柄だとアピールする。

「西恋ヶ窪でしたか。リサイクル店に行ってみましょう。新車の動きも見てみたいですし、あとは話しながら……」

携帯がヴァイブレーションしたのだろう。清香は「失礼」と言い置いて、車外に出て行った。

「坂口さんですが、自宅は戸倉二丁目です。リサイクル店とは目と鼻の先なのに、なぜ、すぐに思い出せなかったんですかね」

　孝太郎は気になった事柄を問いかけた。

「年のせいで物忘れがひどくなっているのかもしれませんね。大型電器店で買い求めたと思い込んでいたと言っていました。領収書を探して判明したようです。おや、若手の若林巡査が来ましたよ」

「あの」

　若林は、運転席の窓を軽く叩いた。細川は不機嫌さをあらわにして扉を開ける。冷気が流れ込んで来た。

「なんですか」

「すごい装備の車ですね。あぁ、いいなあ、この新車の匂い。うわ、除細動器まであるじゃないですか。ということは、医療器具も揃っているわけですね。そうか。それで医療捜査官やメディカル・イグザミナーという文言が車体に書かれているのか」

　甲高い声や赤くなった頬に、興奮気味なのが浮かび上がっていた。細川はますます渋面になる。孝太郎は険悪な空気になるのを避けるべく、心の準備をした。

「なにか用ですか」

　二度目の細川の問いは、凍りつきそうなほど冷たかった。孝太郎であれば、そのまま廻《まわ》れ右の場面だが、若林は怯《ひる》まなかった。

「あ、はい。うちの課長から行動科学課に加わるように言われました。人手不足だろうから手伝うようにと申しつかった次第です。車、運転しますよ。自慢じゃないですが、運転、上手いんです」

「そう、自慢するほどのことではありませんね。ついでに言うと、うちは間に合ってます。従って真っ直ぐ部署にお帰りください」

閉めかけた扉を、若手は素早く手で止める。

「ちょ、ちょっと待ってくださいよ。御用聞きを追い返すみたいな言い方をしないでください。そうそう、浦島巡査長は、フィギュアでジオラマを作って、3D捜査をするらしいですね。でも、今はパソコンで簡単に3D捜査ができるじゃないですか。いちいちフィギュアを作る手間をかけなくても……」

「自分の部署に戻りたまえ」

細川は背後の警察署を指さした。

「辛辣《しんらつ》な物言いをする若手は、うちには要《い》りません」

「なるほど」

若林は少し考えていたが、

「それじゃ、辛辣な物言いをする年寄りは、いてもいいってことですか?」

鋭く切り返した。お肌の手入れを怠らない細川の実年齢を知っていたとは思えないが、もしかすると、調べていたのかもしれなかった。

（うーん、一理ある反論だな。検屍官と課長とのやりとりは、まさに辛辣以外のなにものでもないから。あ、いや、別に検屍官と細川課長が、年寄りだと言っているわけじゃないですけどね）

などと感心したり、心の中でのみ言い訳している場合ではなかった。

「行動科学課は、君を必要としていません。捜査一課の公家顔をした課長に、わたしがそう言っていたと伝えてください」

「わっかりましたぁ」

若林はしらじらしく敬礼をして、踵を返した。孝太郎は駐車場の片隅に立つ清香を見たが、深刻な表情でまだ電話をしていた。

「なんだ、あの言葉遣いは。今時の若いやつは、と、思わず文句を言いたくなりますね」

細川の呟きを、孝太郎はおそるおそる継いだ。

「あの、呼び戻した方がいいんじゃないでしょうか。所轄での捜査がやりにくくなるかもしれませんよ」

「もはや、死語かもしれませんが」

突然、細川は清香の口調と表情になった。

「若林浩一、二十五歳は、人身御供《ひとみごくう》ですわ」

取り澄ました顔で言ったが、気持ち悪いだけだった。

「……普通に話してください、課長。鳥肌が立ちました」

フルネームを知っていたのは、事前調査をしていたからだろうか。だいたい人身御供などという古くさい表現を、と、そこまで考えて思った。

（そういえば、若林巡査も『御用聞き』と言っていたな）

たまたまだろうが、死語になりかけている言葉を使ったのが少し引っかかった。心を読んだように、細川が告げる。

「若林巡査は、一柳ドクターへの貢《みつ》ぎ物、あるいは生贄《いけにえ》。もしくはドクターの目を引きつけておく囮役《おとりやく》と言った方がわかりやすいかもしれませんね。『御用聞き』という古風な表現を使ったのは、偶然ではないでしょう。古風なところのあるドクターの好みを熟知しているのです」

ドクターと三回も言ったところに、課長の熱い想いが込められているのを感じた。が、孝太郎は軽くかわそうとする。

「考えすぎじゃないですか。確かに『御用聞き』のくだりは……」

「行動科学課攪乱《かくらん》作戦ですよ。ドクターの目と心が若林巡査に引きつけられているうちに、すべての手柄を所轄のものにする企《たくら》みです。チョビ髭署長あたりが考えた策じゃないでしょうか。暇を持て余しているように見えました。色々と調べたんでしょう」

話しているうちに、清香が戻って来るのが見えた。件《くだん》の若林は、年嵩《としかさ》の上司らしき私服警官と面パトに乗り込み、運転手役を務めて発進させる。またしても、わざとらしく最敬礼をして通り過ぎて行った。

4

「お待たせいたしました。では、西恋ヶ窪のリサイクル店に行きましょうか」

清香が乗るのを待って、細川は運転席でシートベルトを締める。

「はい」

自分の力で手に入れた新車を傷つけられるのはたまらないと思ったのだろう、

「わたしが運転します」

念を押すように言った。

「わかりました」

孝太郎は清香の隣に座る。シートベルトを掛けながら、検屍官は口を開いた。

「後でこのマンションへ行ってください」

運転席の細川にメモを渡して、続けた。

「昔の知り合いから診察を頼まれましたの。たまたま、わたくしの姿を国分寺駅の近くで見かけたそうです。懐かしさでつい、と、電話をして来た理由を言っていましたが、医療捜査車、わたくしはメディカル・イグザミナーの頭文字を取ってＭＥ号と名付けましたが、性能を試すいい機会だと思いますので」

医療捜査車のＭＥ号という言葉に、孝太郎は思わず笑みを浮かべていた。救急車ではないし、民間の医療車でもない。ＭＥ号は、なかなかいいように感じられた。

「了解です」

細川が答えた。

「そういえば先程、若林浩一巡査が来たようですが、どんな用件だったのですか。行動科学課の応援要員として名乗りを上げてくれたのかと思いましたが、違うのでしょうか」

なにげない口調を装っていたが、細川同様、フルネームを知っていたことに正直な気持ちが表れている、ように思えた。

「いえ、彼からそのような申し入れはありませんでした。新車に興味を持ったようです。運転したいなどと言っていましたが、早く仕事に戻れと言って追い返しましたよ。浦島巡査長の３Ｄ捜査について、パソコンで出来るじゃないかと馬鹿にしたような言い方をしていたんです。行動科学課のやり方には合わない警察官だと思いますね」

細川は申し入れがなかったと嘘をついたうえ、若林の悪口まで口にした。

「本当ですの？」

訊かれてしまい、仕方なく認める。

「ええ、まあ、一般的な意見としてだと思います。悪気があったわけではないと」

「そうですか」

スタートした車の窓から、清香は前方に名残惜《なごり》しげな目を投げている。孝太郎は遅ればせながら、会議のときに検屍官が極上の笑みを浮かべていたのを思い出していた。

（チョビ髭署長の読みは、正しかったわけか）

男狩《マンハント》りから男喰《マンイーター》いに変化した異名もまた、いやでも浮かんでいる。孝太郎は行動科学課への異動が決まった後、先輩から喰われないように気をつけろと言われたが……好みではないのかもしれない。清香から艶《つや》っぽい誘いはいっさいなかった。

（それはそれで、なんとなく、つまらないような）

では、喰われたいのかと言えば、という繰り返しになる。複雑な気持ちを知ってか知らずか、

「細川課長。空き巣被害に遭った坂口さんですが」

清香が仕事に話を戻した。孝太郎はゆるんでいた気持ちを引き締める。

「お掃除ロボットは、株をやっていた部屋には入れなかったのでしょうか。リビング

ルームの掃除だけをしていたのでしょうか」

「という話をしていました。ただ、奥さんとリビングルームで退職金や預金、年金の話はしょっちゅうしていたようです。犯人は金があると思って、留守宅に忍び込んだのではないでしょうか。お掃除ロボットに仕掛けた盗聴器は、在宅か留守かを確認するための役目もあったのではないかと思います」

運転しながら細川が答えた。

「ですが、犯人は二階の部屋にあった金庫から見事に盗みました。奥様でさえ知らなかった隠し金庫の存在を、なぜ、知っていたのか」

清香の自問に同意する。

「自分にも同じ疑問がずっとあります。仮に坂口さんがリビングルームでだれかに電話をして隠し金庫の存在を話した場合は、その相手に伝わった可能性はあると思いますが、坂口さんは携帯を持っていますし、わざわざリビングルームの固定電話を利用するかどうか。可能性としては、きわめて薄いように思います」

「そうなると、お掃除ロボットに仕掛けられた盗聴器は、在宅か留守かを確認するためのものだったのでしょうか。あとは金持ちかどうかを知るための情報収集器だったのか。わたくしは仕掛けられた盗聴器の存在を知ったとき、現代版『トロイの木馬』みたいだと思いました」

「面白い考えですね」

細川が同意した。

『トロイの木馬』は、古代ギリシャの伝説的なトロイア戦争に登場する木馬の話である。スパルタの王妃ヘレネが、トロイアの王子パリスに誘拐されたため、王妃を奪還する目的で作り物の木馬に兵士を潜ませて敵地に侵入したことに起因する奇策とされていた。

現代版の場合は、お掃除ロボットに盗聴器を仕込み、個人情報を得て悪事に利用する。さながら盗聴器が兵士で、情報が王妃だろうか。

「坂口さんはだれかにタンス預金のことを喋《しゃべ》ってしまい、狙われたのか。二つの事件では、どちらの家も自宅の玄関の鍵を壊されていません。どうやって合鍵を手に入れたのかも気になります」

孝太郎の言葉を、清香が受けた。

「喋った相手は女性かしら」

首を傾げつつ、続ける。

「二千万円、貯めれば自慢したくなります。奥様の様子を見ればわかりますが、坂口さんは女性関係が派手だったご様子。今も交際中の女性が、いるのかもしれません」

「わたしもそう思いまして、坂口さんに探りを入れてみたのですが、今はいないの一点張りでした。もしかすると」

ルームミラーを見上げた細川に、清香が告げた。

「風俗の女性、でしょうか」

課長は無言で頷いた。赤信号で停止したとき、二人の目が孝太郎に向いた。

「え？」

慌てて頭を振る。

「いや、自分は風俗通いはしていません。家は台東区のうえ、吉原のすぐそばですが、だからこそなんですよ。小さいときから、そういう女性たちの姿を見てきたせいか、風俗にはとうてい行く気になれませんでした。試したことはありませんが、苦界《くがい》に身を沈めた女性を前にしても、その気にならないと思います」

「苦界に身を沈めた女性とはまた、ずいぶんと古風な表現をしますね。では、質問です。吉原では現在で言うところのキャッチをなんと呼びますか」

清香の問いに即答した。

「牛太郎《ぎゅうたろう》です」

「ピンポーン、正解です。では、スケベイスはご存じ？」

「は？」

「潜望鏡は……」

「ドクター」

細川が止めた。スケベイス、潜望鏡は気になったが、吉原の話である。訊き返す勇気はなかった。

「やっぱり、浦島巡査長は年の割に古い感覚を持っているんですね。それで最初から違和感がなかったんですわ。行動科学課に馴染《なじ》んでいましたもの」

褒め言葉が響いたとたん、

「え」

首筋が冷たくなったように感じた。妹の真奈美が『縄文人的機能』と呼ぶ危険感知システムが作動しかけていた。ふとルームミラーを見やると、細川の冷たい目が見えた。

「あ、あの」

「止まらない、想いの先に、待つ闇夜」

細川の口から得意の警告川柳とも言うべき一句が出た。ぼそっと耳もとで囁かれると、首筋が冷たくなるのは間違いない。

「あら、新しい川柳ですわね。ええと、前のは確か」

「『可愛いと、思った瞬間、蟻地獄』です」

孝太郎は続けて、「もしかしたら」と推測を口にした。

「警告川柳で閃《ひらめ》いたんですが、坂口さんは西恋ヶ窪のリサイクル店に交際中の女性、もしくは交際していた女性がいるんじゃないでしょうか。あれこれ調べられるのはまずいと思い、お掃除ロボットを買い求めた先は忘れたと初めは言ったのかもしれません」

「ありえますね。もしや」

清香も閃いたのかもしれない。

「その女は詐欺グループの一味であり、これはと思った獲物にハニートラップを仕掛けて、情報を得ていたのではないでしょうか。また、情報をより確実なものにするために、盗聴器付きのお掃除ロボットを売りつけたことも考えられるのでは?」

と、目を上げて言った。

「さすがは、ドクター。浦島巡査長の考えをさらに一歩進めるあたりに、女性ならではの鋭い洞察《どうさつ》力を感じます。いずれにしても、西恋ヶ窪のリサイクル店には監視役の警察官を手配する必要がありますね」

細川の提案を即座に実行する。

「公家顔の課長に連絡しておきますわ」

清香は電話を掛けた。信号で停止したME号の運転席で細川は、ルームミラー越しに孝太郎を見やった。

「吉原の話に戻りますが、正しく言うと吉原という地名は存在しません。『台東区千東四丁目』が公式の地名です。近隣には鉄道の駅がなく、都会にありながら陸の孤島の感すらある。聞いた話では、家賃が二割程度、安いようですね」

「はい。以前に比べれば今は静かなもんですが、まあ、女性が深夜、ひとりで歩く場所ではないですけどね。山谷と呼ばれていた場所の宿泊施設には、外国のバックパッカーが泊まるようになっています。女性の泊まり客も増えていると聞きました」

首筋は相変わらず冷たかったが、可能な限り平静を装った。もしや、と、考えたくない想像が湧いてくる。

（元いた部署の課長は、検屍官の好みを知っていたんだろうか。待てよ。先輩はそういった事柄を把握していたがゆえに、喰われないように気をつけろと言ったのか）

人身御供、生贄、貢ぎ物、囮役という言葉が、頭の中でぐるぐるまわっていた。清香を引きつけておくゴールドリストならぬ『囮役リスト』が警視庁にはあるのだろうか。

「知っていますわ」

連絡を終わらせた清香が続ける。

「麗子と捜査に行ったことがあるんです。その頃から外国人のバックパッカーが来ていました。今はインターネットがありますからね。山谷の宿泊施設は、安くて、いちおう部屋の鍵が閉まるじゃありませんか。女性客が増えているのは、東京が安全な都市だという証《あかし》かもしれません」

「吉原は、お祭りが多いんですよ」

孝太郎は明るい話題になるように努《つと》めた。

「『節分おばけ』や『花魁道中』、あとは吉原神社のお祭りがありますからね。ふだんは静かですが、一般市民が参加する行事があって、面白いです」

「年が明ければ、すぐに節分ですわね。優美ちゃんも誘って、みんなで行きたいですわ」

「空き巣被害の男性に話を戻します」

今度は細川の言葉で、背筋を伸ばした。

「はい」

「もう一度、坂口さんに訊いてみますが、妻がいない場所でなければ真実は話さないと思います。別居生活には終止符を打ったらしいんですよ。ドクターの挑発が引っかかっているのか、話をしている間中、妻はそばにいました」

「あら、若手の若林巡査ですわ」

清香の華やいだ表情や声は、喜びにあふれていた。ＭＥ号は西恋ヶ窪近くのリサイクル店に到着していたのだが、若林も上司と聞き込みに来たのだろう。店から出て来た彼は、孝太郎たちに気づき会釈した。

「まいりましょうか」

検屍官はにこやかに促したが、

「いえ、あとにしましょう」

細川は言うが早いか、なかば強引に車を方向転換させる。唖然《あぜん》として見送る若林を尻目に、国分寺駅の方へ向かった。

「待ってください、細川課長。リサイクル店は詐欺グループの拠点のひとつかもしれないんですよ。わたくしたちも行って……」

「本庁まで動いているとわかれば、詐欺グループはすぐに撤退してしまうかもしれません。連中たちの逃げ足が速いことは、ドクターもご存じのはずです。美人検屍官の噂話は、郊外にも広まっている可能性がなきにしもあらず。ここは慎重に行動すべきではないかと思います」

美人検屍官のくだりで、上がりかけていた清香の眉毛《まゆげ》が普通の感じになった。

「そう、ですわね。軽々しい行動は慎《つっし》むべきかもしれません」

またもや名残惜しげな目を投げていたが、それ以上は追及しなかった。まだ次の機会があると思い直したのかもしれない。

（幸いだったと思うんだな、若手の若林巡査。喰われずに済んだんだから。もっとも、Uターンした真の理由など彼は知る由《よし》もないだろうが）

ひとりで納得していた。

「えーと、次は国分寺駅近くのマンションですね」

細川の呟きを、清香は笑顔で継いだ。

「はい。吉原の高級店で店長を務めていた男性の、デリバリーヘルス店ですわ。わたくしが風俗のテクニックを教えていただいた店です。女性たちを診察してほしいという依頼がありましたの。マンションの駐車場にME号を停めさせていただき、彼女たちの簡易診察を行いたいと思います」

笑顔で言った。

「えっ」

孝太郎は目を剝《む》いた。風俗のテクニックとは、店で客に行われる技のことを指しているのだろうか。もしや、清香には風俗嬢の経験があるのか。

（いや、まさか、いくらなんでも……そんなことはない、はずだ）

スケベイス、潜望鏡という未知で卑猥《ひわい》な言葉が、さまざまな推測を運んでくる。ムラムラと妄想が湧き上がってきた。

（落ち着け）

懸命に言い聞かせていた。

5

そのデリヘル店は、国分寺駅から徒歩十五分程度のマンション内にあった。

「お久しぶりです、一柳先生」

出迎えた男は四十代なかばぐらいだろうか。伊藤《いとう》と名乗ったが、落ち着いた物腰のスーツ姿は、風俗店の店長というよりも中堅会社の経理といった印象を受けた。三LDKの部屋は、玄関を入ってすぐの左側に風呂やトイレ、洗面所。廊下を挟んだ右側にひと部屋、廊下の先に十畳程度のLDK、ベランダに面して六畳の洋間が二つという造りだった。

ベランダに面した洋間のひとつには、すでに二人の女性が待機している。昼デリも行っているに違いない。伊藤は一緒に出迎えた五十前後の女性を妻と紹介した。

「懐かしいわ、侑子《ゆうこ》さん。一年半ぶりですね。そのせつはお世話になりました」

清香は丁重に挨拶する。孝太郎たち三人は、待機室の隣室に案内されていた。応接セットが置かれていたが、「そのせつは」という言葉で、ふたたび妄想モードになりかけた。

（やはり、風俗嬢をやっていたのか？）

赤くなった孝太郎の様子に気づいたのだろう、

「面白い女性ですよね、一柳先生は」

侑子は笑って、言った。

「伊藤の店に来たとき、男性を悦《よろこ》ばせるテクニックを教えてほしいと言ったらしいんです。当惑しながらも伊藤は、わたしにその役目を振りました。ご存じないかもしれませんが、風俗講習師をやっているんですよ」

吉原の近くに住む孝太郎は、父から風俗講習師の話を聞いた憶えがある。

「知っています。初めて店に出る女性たちに、さまざまな技術やしきたりを教える人ですよね」

孝太郎は答えた。

「そうです。お客様に満足していただくために必要な技術を教える仕事です。もちろん、わたし自身もかつては風俗嬢でした」

侑子は講習の内容をかいつまんで説明した。挨拶の仕方から服の脱がせ方、身体の洗い方など接客全般を教える。講習はマットの使い方やフェラチオといった具体的な内容にまで及んだ。

「彼女はここで月に一度、セミナーを開いているんですが、招かれて吉原だけでなく、地方の店へも足を運びます。一番大事なのは『風俗を辞めた後に幸せになること』だと繰り返し教えているんですよ。今売れる秘訣《ひけつ》を学んでおけば、辞めた後の仕事もうまくいくだろうし、結婚しても旦那さんに愛されるだろう。そういう考えが、ベースにあるんです」

伊藤が補足して、続ける。

「仮称ですが、うちは風俗嬢短期大学と位置づけています。技術的なものを教えながら、メンタル面をどう支えていくか。そもそもやる気がある子は、ちょっと後押ししてやるだけで売れますからね。さほど問題はないんです。では、やる気がない子や自信のない子、さらに心を病んでしまった子は、どうすればいいのか」

「講習は『自分はイケてないし』という、ネガティブな部分を持っている女の子のネジを締めてあげるだけの作業なんです。そうするとモチベーションが上がるじゃないですか。ちょっと結果が出ると嬉しいから頑張る、頑張ればまた、売り上げが上がるっていう『正の連鎖』が生まれるんです。まあ、これは風俗だけではなくて、どんな仕事にも言えることかもしれませんけどね」

今度は侑子が言い添えた。

「心を病んでしまった子」

伊藤は、視線で隣室を指した。

「二人のうちのひとりは、一流大学を卒業して、一流会社に就職した女性なんです。

安くない利子を取られる奨学金を借りるのがいやだと言いましてね。学費をきっちり稼いで、吉原の高級店を無事卒業しました。ところが」

ふう、と、大きな溜息をついた。

「心を病んでしまい、吉原に戻って来たんです。結婚が決まっていたのに、どうしたんだろうと思ったんですが……婚約者だった男性の友人が、吉原時代に彼女の客だったという残酷な結果になりましてね。自業自得だから仕方ないと言っていましたが、こたえたんでしょう」

重い口調のまま続けた。

「寂《さび》れていく一方の場所ですからね、吉原は。NS、ノースキンがあたりまえになっていまして、わたしはちょっともう、店の方針についていけなくなったんですよ」

辞めた理由を告げる。

「彼が目をかけていた子は、ノースキンのせいで梅毒に感染してしまったんです。四月に睡眠薬を飲んで練炭自殺しました」

侑子の短い言葉に、伊藤の深い苦悩が見え隠れしていた。清香が長電話になったのも、そういった事柄が原因だろう。

「色々あった結果、今はこちらでデリバリーヘルスですか」

清香は、ぽつりと言った。遠い目をしていた。

「こいつと二人でここを、年を取ったり、心を病んだ元風俗嬢の受け入れ場所にしているんです。ただ、慈善事業じゃありませんからね。働きたい、まだ働けると自ら望む女性には、仕事をしてもらっています。綺麗事だけでは、できません」

伊藤は、反論の気配を感じたに違いない。清香を仕草で制して、さらに話を進めた。

「もちろん堅気《かたぎ》の店、ゆくゆくはカフェのような店をやりたいと考えてはいるんです。国分寺近辺や国立、府中、近頃、人気が高い調布あたりでもいい。でも、先立つものがなければ実現できませんよ。それじゃ、と、てっとり早く稼げるデリヘルをやっているわけです」

正直に吐露《とろ》したように思えた。

「そんな状況なのに、わたしの心配まで、してくださって」

清香もまた、正直に応じたのではないだろうか。

「父は警視総監を辞めて、いえ、正しくは辞めさせられてだと思いますが、ただのおじいさんになりました。母は美容会社の債務整理に追われています。会社更生法が適用されましたが、株券はゴミ同然の有様。細々と美容関係の店を営むと決めたようですが、よほどのことがない限り、株が高値になることはないでしょうね」

そこまで言って、目を上げた。

「あら、いやだ。つい愚痴を……」

「店長！」

突然、扉が開いた。

「朱実《あけみ》が譫言《うわごと》を呟いちゃって、様子がおかしいんです。熱があるみたいで」

「わたしが」

清香は大きなバッグを抱えて立ち上がる。待機室になっていた隣室へ足を向けた。

ソファに頭を預けるようにして、朱実と思しき女性が天井を見つめている。意味をなさない譫言を呟いていた。

「朱実さん、わかりますか。医者の一柳清香です。日本一偉い医者ですからね。安心してください、大丈夫ですよ」

日本一偉いの部分が心に届いたのか、

「い、医者？」

朱実の目が、清香に向いた。

「はい。おまかせください」

力強く請け合った。孝太郎はいつも感心させられる。知識や技術に自信があればこその言葉だろうが、ここまで言い切れる医者が今、日本にどれぐらいいるだろう。自然に尊敬の念が湧くのだった。

「か、掻き出さなきゃ駄目ですか、やっぱ、やっぱり、子宮の中で固まっちゃっているんですか」

朱実は意味不明な問いかけをする。

「客とセックスをするときに使うローションのことですよ」

伊藤が補足した。

「我々の間には、都市伝説的な話が広まっていましてね。ローションは子宮内で固まってしまうため、それを掻き出さなくてはならないと伝わっているんです。嬰児《えいじ》を掻き出すように、ね」

説明に頷いて、清香は朱実の手首に触れる。

「脈を計らせてください。細川課長、バッグから体温計と血圧計を」

「はい」

細川は体温計と血圧計を出して、まずは熱を計り、次に血圧を手際よく計る。こういうとき、ほとんど手伝えない自分が、孝太郎はなさけなかった。

「経口補水液を買って来ましょうか」

申し出に清香は頭を振る。

「バッグに入っています。出しておいてください」

「わかりました」

持ち上げると、バッグはかなりの重さがあった。これを常に持ち歩くのは、重労働ではないだろうか。たまにしか使わないものも多く、いつ出会うとも知れない患者のために常備している検屍官に、ふたたび畏敬の念を覚えていた。

「熱がありますね」

清香は言った。

「駐車場に医療設備を整えた行動科学課の車があります。そこで詳しく診察しますが、まずはこちらで子宮内を診ます。隣の部屋まで歩けますか」

「だ、大丈夫……」

「わたしが連れて行きます」

伊藤は軽々と抱き上げた。身体全体が熱いのかもしれない。いっそう険しい表情になった。

「ごめんなさい、侑子さん。店長にお姫様抱っこしてもらえるとは思わなかった」

必死に笑みを浮かべる朱実が痛ましかった。それでも軽口が出た点に、医者の手当てを受けられる安心感が表れているように思えた。

「つまらないことを気にしないの。後で腰が痛いとか言い出すかもしれないけど、そのときはマッサージしてあげるから」

「侑子さん。申し訳ありませんが、手伝ってください」

清香に言われて、侑子の顔が引き締まる。

「わかりました。手を洗って来ます」

「わたしも」

二人揃って洗面所へ行った。待機部屋に残された孝太郎と細川を、もうひとりの女性が交互に見やる。

「警察の方なんですか」

女性が訊いた。年は三十代なかば、すらりとした長身で美人の部類に入るだろうが、顔には吹き出物がたくさんできている。顔色の悪さも気になった。

「はい」

孝太郎は答えた。

「国分寺駅近くのマンションで、殺人事件がありましたよね。ネットのニュースで見ましたが、殺された相沢さん、たぶん吉原の高級店の常連さんだと思います。わたしのお客様ではありませんでしたが、わたしがいた店に来たこともありました。いつも行っている店の女の子が生理休暇だったときなんかは、他の店で遊ぶんでしょうね」

「本当ですか？」

孝太郎は思わず細川と顔を見合わせていた。もしかしたら、伊藤夫妻とニュースに出た相沢の話をしていたのかもしれない。

「ちょっと確認してもらえますか」

細川は携帯を操作して、相沢利正の写真を出した。

女性は数秒凝視した後、

「間違いないと思います。品のいい上客って今は珍しいんですよ。遊び方が綺麗で金払いがいいと、男性スタッフがよく言っていました。吉原界隈《かいわい》ではけっこう顔を知られていた人ですよ。明け方近くにタクシーで帰る姿を、何度か見かけたことがあります。たぶん店長も知っていると思いますよ」

大きな手がかりが出た。清香と細川の推測どおりだったわけだが、空き巣被害に遭った坂口はどうなのか。犯人は上客の情報が載ったゴールドリストを手に入れたのだろうか。

（そうか。吉原で自宅の鍵を盗まれたことも考えられるな）

ふと閃いた。荷物を預けたとき、密かに鍵のスペアを作られてしまった可能性もある。服を脱いで無防備になる場所だ。スペアキーを作るつもりだったら、たやすくできたのではないだろうか。

事件解決に向けて大きく一歩、進むかもしれなかった。

第３章　囮役《おとり》

1

翌日の午前。

「亡くなられた相沢利正さんは、吉原の高級店の上客でした」

伊藤は躊躇《ためら》いながらも認めた。所轄の取調室で事情聴取をしていた。

「検屍官たちが来る前、話していたんですよ。五年ほどになるかもしれません。奥さんが亡くなられた後、風俗通いを始めたようですね。そのこともあったので検屍官に連絡したんです。ただ……やはり、守秘義務があるじゃないですか」

苦笑いして、続ける。

「なかなか切り出せなかったんですよ。侑子はもう辞めたんだから、いいじゃないかと言っていましたがね。なんというのか、その、男ってのは、つまらない義理人情に縛られちまっているようで」

ネタ元は絶対にばらさないという約束をしたうえで話してくれた。

「たまにですが、相沢さんはうちの店にも来てくれました。馴染みの店で指名する女の子が、休みだったときでしょうね。金払いがよくて、気持ちのいい爽《さわ》やかな遊び方をする方でしたよ。女の子の具合が悪いときなどは、見舞いの品まで送ってくれましてね。ああいう客ばかりならなあ、と、我々はいつも言っていました」

不慮《ふりょ》の死を遂《と》げたことが本当に残念そうだった。相沢と闇世界との関わりは、いっさいなかっただろうと、伊藤は断言した。

「今の客は、たちが悪いんです。少し馴染みになると『外引き』をして安く遊ぼうとするんですよ。女の子にも駄目だと言っているんですが、馬耳東風、柳に風です。平気で規律違反をする」

外引きとは、お店を通さずに女の子が直接、客に会うことだ。高級店ならば来店する度に五、六万前後、支払わなければならないが、二、三万、渡せばオーケーという話になる。ますます店は売り上げが落ちるうえ、女の子は危険な目に遭う確率が高まるのだが……。

「『女の子のネットワーク』がネット上にあると聞き、わたしもアクセスしてみたんです。主に出稼ぎに来ている外国人同士で情報交換しているようですが、日本人同士の風俗関連もあるんですよ。どこの店の方が儲かると聞けば、いとも簡単に移って行く。一生懸命、面倒を見たのに平気で飛びますからね。いやになってきますよ」

これ以上ないほどの渋面になっていた。清香は空き巣被害に遭った坂口和輝についても、写真を見せたうえで訊ねた。

「坂口さんですか」

伊藤は頷き返した。

「彼も高級店の常連客ですね。坂口さんは長いですよ。そうだな、かれこれ二十年、いや、三十年以上になるかもしれません。吉原が全盛だった頃なんか、皆勤賞もののときもありました。好きなんでしょうね、後腐《あとくさ》れなく遊べる風俗が」

三十年来の常連客となれば、妻も平静ではいられまい。女性問題で頭を悩ませて来たのは、夫妻のやりとりに浮かび上がっていた。

「お客様の貴重品は、どうしていましたか。フロントで預かったりしていたのですか」

清香が訊いた。質問役は検屍官が担っていた。空き巣被害に遭った坂口家と、結果的に押し込み強盗のような形になった相沢家には、いくつかの共通点がある。どちらの家も玄関扉は壊されていないというのが、そのうちのひとつだった。

「店によって違いますが、うちはフロントで預かっていました。女の子の個室に鍵付きのロッカーを置いている店もあります。店や女の子を信用できない客は、個室のロッカーに入れていたんじゃないでしょうか。それでも心配な客は、最低限の金しか持たずに来ました。料金を払ったら財布の中身は千円札が数枚という客もいましたね」

急に思い出したらしい。

「そうそう、潔癖症で床に敷くシートやタオルを持参した客がいましたよ。貴重品を入れたバッグを抱えたまま、サービスを受けたらしいですが、女の子が面白可笑《おか》しく話すもんですから大爆笑でした」

目を細めて笑った。やはり、風俗店の店長というよりも、堅い仕事に就いている課長クラスといった感じがする。伊藤が性的な話を口にする度、孝太郎はなんとなく違和感を覚えていた。

「事件には直接関係ありませんが、吉原の低迷を招いた原因はなんでしょうか。伊藤さんの考えを聞かせてください」

清香に問われた後、

「色々あると思いますが、ひとつの要因として考えられるのは『振り替え』でしょうね」

少し考えて答えた。

『振り替え』とは、指名で来店した客に店が嘘を言って、別の女の子をつけることだ。吉原という街の信用を大きく失墜《しっつい》させた出来事とされている。

「馴染みの女の子がいるからこそ、客はまた来ようと思うのに、行ってもいないとなれば足が遠のきますよ。新しい子がよければいいかもしれませんが、いくら美人でも冷たい対応をされればね。いつもの子はどうしたとなるじゃないですか。まあ、そういう気持ちはわからなくもないんですが」

語尾を呑み込んだことに気づいたのだろう、

「売れっ子が対応できる一晩の客数は、限られますものね」

清香が推測をまじえて答えた。売れっ子と売れない子、さらに新しく入ったばかりの子などなど、店側にも色々都合がある。売り上げを重視すれば『振り替え』といった裏技を使わざるをえないように思えた。

「はい」

伊藤は短く同意した。デリヘルについては不問に付すという約束もしていたが、やはり、自分のマンションで話をするときよりも口数が少ない。慎重になっている印象を受けた。

「相沢さんですが、奥様が亡くなられた後、風俗通いを始めたと伺った憶えがあります」

確認の言葉を投げた清香に、伊藤は頷き返した。

「そう言った憶えがあります」

「過去に遡《さかのぼ》って……」

「無理ですよ」

伊藤は先んじて言った、ように思えた。

「相沢さんや坂口さんが指名していた女の子はだれなのか、指名していた時期はいつなのか、指名していた女の子が代わった時期はわかるか。そういった質問には答えられません。ここまでが精一杯です」

たとえ店に確認しても、台帳はないと断られるのは確かだろう。店と契約をかわしたわけではないが、暗黙の了解とも言うべき仁義を破って、伊藤は話をしてくれた。坂口と相沢が風俗の高級店通いをしていたと認めてくれただけで、よしとするしかなかった。

「朱実さんですが」

清香は話を変えた。

「一度、精密検査を受けた方がいいと思います。生理不順のうえ、生理になると苦痛が激しいとのことでした。昔は我慢するのがあたりまえだった生理痛も、現在はうまくコントロールできるようになっています。激しい生理痛の裏には、思わぬ病が潜んでいるかもしれませんからね。必要ならば信頼できる医師への紹介状を書きます」

「ありがとうございます。検屍官とお知り合いになれたのは幸いでした。親身になって相談に乗っていただけるのは、本当にありがたいです」

「たいしたことはできませんが、お金の問題があるようならば、朱実さんには一時、生活保護を受けてもらうのがいいと思います。侑子さんがいるので大丈夫だと思いますが、なにもかも、ひとりで背負っては駄目ですよ。できることとできないことの境目を、自分でわかっておかないと」

言った後、清香は肩をすくめた。

「なぁんてね。いつも相棒だった麗子に言われていたことなんです。わたしは見切り発車でがむしゃらに突き進んでしまうでしょう。『後始末はいつも、あたしがやるはめになるんだから』って、怒られました」

私的な「わたし」を使う笑顔が眩《まぶ》しかった。いや、眩しいだけでなく、可愛らしくて美しかった。孝太郎がそう感じた瞬間、

〝止まらない、想いの先に、待つ闇夜〟

取調室にはいない細川の囁きが聞こえた、ように感じられた。つい周囲を見まわしていたが、むろん取調室に影が薄いKU課長の姿はない。部署のパソコンで取り調べの様子を見ているはずだった。

「取り調べに応じていただきまして、ありがとうございました。それでは、わたしはこれで失礼いたします」

清香は切り上げて、所轄の警察官にバトンタッチする。孝太郎は検屍官と一緒に取調室の外へ出た。

「甘いですな」

廊下で待ち構えていた課長が言った。

「自宅でデリヘルをやっているんでしょう。できなくなるぞ、と、暗にほのめかせば、素直になりますよ。伊藤が勤めていた吉原の高級風俗店。高級店は何軒かあるようですが、働いていた女が窃盗グループと通じていたのかもしれません。あるいは窃盗グループ、これは詐欺グループと通じている可能性もありますが、こういった悪党のグループから意図的に風俗店へ送り込まれたのか」

どこかおっとりした公家顔が、今は悪代官を思わせる形相《ぎょうそう》に転じていた。変貌ぶりの原因はわからないが、もしかしたら、警視総監失脚の裏に隠れた諸々の事実を知ったのかもしれない。鬼の首を取ったような顔になっていた。

「課長が仰るとおりだったとしても、おそらく女の子は辞めているはずです。相沢さんの一件がありますからね。事件直前まで勤めていたとしても、窃盗グループは引き上げさせるでしょう。万が一、窃盗や詐欺といったグループと関わりがなかった場合は、まだ勤めているかもしれませんが」

清香の言葉に猛然と反論する。

「それを吐かせるのが、我々の仕事じゃないですか。検屍官と伊藤との関わりはこの際、横に置いてくれませんかね。新たな被害者が出るかもしれないんですよ。早急に窃盗グループを検挙しないと」

廊下の片隅で不愉快な話が続いた。孝太郎は細川を目で探したが、本庁に戻ってしまったのか、見当たらなかった。

「承服《しょうふく》できません」

清香は言い、毅然《きぜん》と顎《あご》を上げた。悪代官顔の課長は、対抗するように眉をかすかに上げた。

「承服できる、できないという話ではありません。吉原の風俗店を家宅捜索して、窃盗グループを一網打尽《いちもうだじん》にしなければならないんです。すでに死人が出ているんですよ。次の被害者が出る前に……」

「先程も言いましたでしょう、窃盗グループの女が吉原の風俗店に潜入していたとしても、とうの昔に引き上げています。似たような事件が続いたのは、すでにゴールドリストがあるという証ではないでしょうか。無駄なことはしない方がよろしいと存じます」

遮って、前に出る。課長は押されるように下がった。

「う、いや、だが、本当にゴールドリストがあった場合は、新たな被害者が……」

「口を開けば同じ台詞ばかり。ゴールドリストがすでにあった場合は、吉原の風俗店を家宅捜索しても無意味なんです。それよりも西恋ヶ窪のリサイクル店のお掃除ロボットはどうなったんですか。相沢利正さんの品物も、同じ店のものだったんですか。あのリサイクル店こそが、窃盗グループの拠点のひとつなのかもしれません。今も監視役を付けていますよね」

切り返すと、課長は「あ」と返事に詰まった。

「まだ報告を聞いていませんでした」

最後まで言い終わらないうちに部下から呼ばれた。折悪《あ》しくと言うべきか、課長にとっては折良くだったのか。清香の携帯に連絡が来たらしい。

「優美ちゃんですわ」

「自分がお掃除ロボットの話を聞いておきます」

孝太郎は言い置いて、部署に足を向けた。細川の姿を探したが、駐車場に停めたME号の中にいるのか、部署にはいなかった。

2

廊下での様子を見ていたに違いない、

「かなり激しいやりとりになっていましたね」

若手の若林が、近づいて来た。警察官たちは聞き込みや取り調べに就いているのだろう。部署にいたのは若林だけだった。

「うちの課長は、強い者には弱く、弱い者には強くの典型なんです。当初、警視総監失脚の詳細を知らなかったらしいんですが、聞いたとたんに豹変《ひょうへん》したわけですよ。無理に検屍官のご機嫌伺いをする必要なしと判断したんでしょう。わかりやすくていいと、ぼくは思っていますけどね」

やはり、と、思う内容を告げた。

「西恋ヶ窪のリサイクル店の調べは、どうなっていますか」

孝太郎は受け流して、訊き返した。醜聞《スキャンダル》好きはどの所轄にもいるが、若林はそれこそ典型ではないだろうか。強い者には云々《うんぬん》話も、課長譲りの傾向があるように感じられた。

「空き巣被害に遭った坂口家と殺された相沢家の品物は、両家ともに西恋ヶ窪のリサイクル店から買われたお掃除ロボットでした。今朝、店主夫妻と二人の従業員を任意同行して、取り調べを始めています」

顎を動かして自分のデスクに案内する。机に置かれたパソコンには、店主らしき中年男の取り調べの様子が映し出されていた。

「捜査一課の警察官は聞き込みに出ているので、聴取しているのは捜査三課の窃盗班の係長です」

「なぜ、課長ではなくて、係長が取り調べをしているんですか」

孝太郎は素朴な疑問を口にする。部署に残っているのは、若林のみ。指揮官クラスはひとりもいなかった。

「もしかしたら、定例会議かもしれませんね」

若林はさらりと重要な答えを返した。要するに行動科学課を蚊帳《かや》の外に置いた所轄だけの会議が開かれているのだろう。あるいは細川だけは参加しているのか。

細かい点を気にし始めたら、きりがない。孝太郎は取調室の様子に集中する。

「二台の掃除用ロボットには、盗聴器が仕掛けられていた」

係長が切り出した。三十代後半で名前はわからないが、顔だけは知っていた。同席しているのは、他の部署の私服警官ではないだろうか。本庁や二十三区内の所轄と違い、この警察署はどこか家庭的な雰囲気が漂っている。暇な部署はないものの、手空《てす》きの警察官が手伝う流れが自然にできているようだった。

「また、同じ質問ですか。さっきも言いましたが、盗聴器のことは知りません。持ち込まれた電気製品を、いちいち分解して確かめませんよ。特にお掃除ロボットは人気が高いですからね。入荷したその日に売れてしまいます。入荷待ちしている客も、何人かいるぐらいですから」

店主はうんざりしたように答えた。五十前後だろうか。禿《は》げ上がった額が、油でも塗ったようにテラテラ光っていた。汗を掻いているのかもしれない。

（彼にとって、まずい状況になっているのか）

冷や汗であれば、裏を読まずにいられなかった。あらかじめ仕掛けておいた盗聴器から得られた情報を使い、窃盗グループの空き巣部隊が動く。相沢利正の場合は運悪く出くわしてしまったため、慌てた犯人が包丁で刺した。

（だが、お掃除ロボットを小金持ちのシニアに行き渡らせるのは、そんなに簡単じゃない。安く買い取れるとしても数が揃わないだろう。そうなるとだ。ゴールドリストに載った獲物の情報は、風俗店で得た可能性が高いんじゃないだろうか）

孝太郎は、二つの事件の共通点に、被害者たちが吉原の風俗店を利用していた件を書き加えた。もしかすると、健康保険証を利用できる治療院も、無関係ではない可能性があった。むろんゴールドリストが存在しているという前提なのは言うまでもない。

（治療院のオーナーは、名義貸しをしただけだったが、スタッフは国分寺市を中心にして集められている。窃盗グループが治療院のスタッフになって、客の資産状況を確かめていたか）

これも疑問符入りで書き足した。今回の強盗殺人事件を受けて窃盗グループは、少しの間、活動休止することも考えられた。

「今、聴取しているリサイクル店のオーナーには、妻がいますよね」

孝太郎はリサイクル店のスタッフを確認する。

「ええ、いますよ」

若林は携帯の画面に、三十代の垢《あか》抜けた女性を出した。もとは水商売をしていたのかもしれない。禿げ上がったオーナーとは、少し不釣《ふっ》り合いな印象を受けた。リサイクル店のオーナーの妻イコール、情報収集役なのではないだろうか。あるいは意図して坂口にお掃除ロボットを売りつけたことも考えられる。

（坂口さんは、まんまとハニートラップの罠にはまったか。いや、相沢さんも、そうだったのかもしれないな）

取り調べの様子を見ながら、思いつくまま手帳に書き記した。

「ずいぶん詳しい事柄を記していますよね。写させてもらってもいいですか。うちが知らない話も多いように感じます」

若林は手帳を覗き込んで訊いた。

「あ、いや、これはまだ、検屍官にもお伝えしていない内容です。現時点ではあくまでも自分の推測にすぎませんので、ご容赦ください。そうそう、マンションの通路に残されていた血の足跡ですが」

素早く話を変えて、問いかける。

「『小さな足跡の人物』に該当した人はいましたか」

「ああ、二人、いましたよ。ひとりは小学三年生の男の子でした」

若林はまた、携帯を操作して該当者のひとり目を出した。判明した時点で教えろよ、と内心思ったが、こらえた。

「小学三年生で足の大きさが二十二センチですか。大学一年生の妹の足は二十四センチですが、中学生のとき以来、足の大きさは変わっていません。小学生と中学生の時代が、一番大きくなる時期なんですかね」

手帳を盗み見されるのはいやなので、隠すようにして書いた。若林は気になるらしく、何度も目を向けていた。

「言われてみれば、自分も足の大きさは中学生のときに決まったような気がしますよ。あれ、高校生のときだったかな？」

自問している場合じゃないだろうと思うのだが……どうも調子が狂う相手だった。

孝太郎は決して苛々するタイプではないのに、気がつくと小さな反感をいだいている。

（怒らせて本音を引き出す策かもしれないな。あるいは、うちが抜け駆けするんじゃないかと警戒しているんだろうか）

若林が張り付いているのは、好奇心もあるように感じられたが、目を引きつけておく囮を兼ねた監視役の可能性もあった。もっとも張り付きたい相手は孝太郎ではなく、美人検屍官ではないだろうか。孝太郎の手帳を気にしつつも、部署の出入り口にもチラチラと目を向けていた。

「もうひとりの候補者は、だれですか」

強い口調で言い、こちらに気持ちを引き戻した。

「え。ああ、彼女です」

次に出たのは、三十前後の成人女性だった。通勤に出るときの映像が、玄関先を撮った防犯カメラのデータに残っていた。

「足の大きさが二十二センチだとしても、採取した足型にピタリと合致するかどうかはわからないですよね。現時点では上履きタイプのほっそりした靴としか、わかっていないわけですから」

孝太郎の問いに、若林は同意する。

「そうですね。靴の種類やメーカーを特定するべく、鑑識係の課長が頑張っていますが、まだあきらかになっていません。判明した時点で絵踏《えぶみ》かな」

笑って告げたのは、またしても古風な表現だった。

「絵踏なんて、江戸時代の話じゃないですか。隠れキリシタンを暴き出すために、キリストの絵を踏めと迫ったらしいですが」

「間違いではありませんが、より正確に言う場合は、潜伏キリシタンと言います」

若林は頭《かぶり》を振りながら言った。

「一般に、江戸時代の禁教化で密かに信仰を守り抜いた人を『潜伏キリシタン』、明治になって禁教が解かれた後もカトリックに復帰せず、潜伏期以来の儀礼や行事を守り続けて来た人々を『かくれキリシタン』と便宜的《べんぎ》に呼び分けています。細かいことですが、当事者たちにとっては重要な問題ですからね」

「へぇえ、詳しいんですね。もしかしたら、若林巡査は歴史が好きなんですか」

一歩進めた問いを投げる。古風な男すなわち、歴史好きなのではないか。そうであるならば、清香と趣味が合うはずだ。

「よくぞ訊いてくれました」

膝を打って、続けた。

「自分は無類の歴史オタクなんですよ。はまったのは、中学生のときに見た某テレビ局の大河ドラマだったんですけどね。そこから興味を持って本を読んだり、各地のお城を見学するために、旅行をしたりするようになりました。噂では、一柳検屍官も歴史好きの歴女だとか」

「そうらしいですが、歴史について語り合ったことはないので、よくわかりません」

素《そ》っ気《け》なく答えたが、若林はマイペース男の本領を発揮する。

「語り合いたいなあ、酒でも酌《く》み交わしながら。そういえば『美女と野獣』ならぬ、

『美女とおじさん』は、どこに行っているんですか。二人とも出て行ったきり、戻って来ませんよね」

　思わず噴き出しそうになる。

　ぐっと笑いを呑み込んだのを察したのだろう、

「うまいでしょ？　ぴったりですよね、『美女とおじさん』。また、一柳検屍官が若く見えるんですよ。それでよけいに『おじさん』が際立っちゃって」

　若林は調子に乗っていた。よくある流れと言うべきか、いつの間にか部署に来た細川が、彼の後ろに立っていた。孝太郎は視線で教えたのだが、まったく気づかない。

「検屍官はどこがよくて、付き合っているんですかね。付き合っているんですよね、『美女とおじさん』は。本庁では有名な話らしいじゃないですか。いくらでも相手がいそうなものなのに、よりにもよってバツイチの地味な……」

「あ、あの、二十二センチの足跡ですが、やはり、靴の種類やメーカーが特定された後、候補者に絵踏をしていただくのがいいかもしれませんね。自分としては絵踏よりも、『シンデレラの靴』と表現したいですが」

　必死に後ろを見ろと促すのだが、無邪気に笑っていた。

「いやだなあ、浦島巡査長。急に話を変えるのは不自然ですよ。もしや、おじさん話は行動科学課ではご法度ですか。鞭《むち》打ちの刑の後、市中引き廻しのうえ獄門《ごくもん》になったりして。吃驚したんですが、自分の親父と八つ違いなんですよ。もちろん親父の方が年上なんですが、細川課長も立派なおじさんで……え？」

そこで若林は後ろを見た。

「どうも。バツイチの地味なおじさんです。おじさん話は、別にご法度ではありませんよ。どんどんしてください」

細川はにこやかに答えて、孝太郎に目を向ける。

「それにしても、浦島巡査長。あなたがいるところには、おじさん話ありですね。いつも盛り上がっているじゃないですか」

こちらにお鉢が回ってきた。

「あ、い、いや、そんなことはない、ないと、思います。たまたま課長と検屍官の姿が見当たらなかったので」

語尾は口の中で消えた。

「絵踏のアイデア、いいじゃないですか。うちでは浦島巡査長の表現である『シンデレラの靴』を使いたいですね。靴の種類やメーカーが特定できた暁《あかつき》には、住人たち全員に試してみていただきましょう。幸いにも三十六世帯程度のマンションです。さほど時間はかかりませんから」

「ちょ、ちょっと仕事が、あ、そうだ。鑑識係に催促するように言われていたんですよ。失礼しまーす」

若林は敬礼して、部署を飛び出して行った。

「若手の若林巡査は、本当に無礼な男ですね。いちいち語尾を伸ばしたり、敬礼したりするあれが癇《かん》に障ります。とはいえ、『おじさん囮大作戦』はうまくいったようなので、よかったですよ」

細川は仕草で「来い」と示して、歩き出した。孝太郎は急いで隣に並んだ。

「なんですか、『おじさん囮大作戦』というのは」

つい『おじさん』の部分で小声になっていた。細川は警察署を出て、駐車場に停めておいたME号に足を向けた。

「わたしに目を引きつけておけば、好奇心旺盛で傍若無人なマイペースの若手警察官をかわせるじゃないですか。現時点で伝えられることと駄目な内容がありますからね。ああいう手合いは、言ってもわからないんですよ。だから『おじさん話』で煙に巻くという囮大作戦です」

「はあ」

大作戦というほどの作戦ではないような気がしたものの、口にするのは控えた。むしろ若林こそが、囮を兼ねた監視役だったのではないか。なるほどと孝太郎は納得している。

（若林巡査は、ここでよけいなことを口にしてしまうんだな）

控えめな性格がいいのか悪いのか、

「戻りました」

細川は、オフィスの入り口で言うように告げ、ＭＥ号の扉を開けた。

3

車の中は暖房が効いていた。清香が使っているオーデコロンではないだろうか。芳《かぐわ》しい薔薇《ばら》の薫りが漂っていた。

「優美ちゃんから連絡が来ましたので、動くオフィスに来ました。新しい相談が、行動科学課の専用電話に寄せられたそうです」

清香は言って、扉を閉めるように仕草で促した。孝太郎は細川が運転席に落ち着くのを待って、後部座席に乗り込み、扉を閉めた。

「新たな相談内容は、優美ちゃんに話していただきましょうか」

検屍官がマウスを動かすと、待機画面から優美のアップに切り替わる。昨日の疲労困憊《こんぱい》した顔はどこへやら、輝くばかりの若さと可愛らしさを取り戻していた。今朝は真っ直ぐ所轄に来たため、孝太郎は優美に会っていなかった。

「おはようございます、浦島巡査長」

声にも張りが感じられる。

「おはようございます。今日は晴れやかな顔をしていらっしゃいますね、本間係長。お肌がピッカピカですよ」

昨日はゾンビのようでしたが、と、言いたかったが、これはこらえた。

「そうですか」

ふふん、と、優美は鼻を鳴らして、続ける。

「昨夜はゆっくりお風呂に入った後、一柳先生に勧められた特製パックを使ったんです。熟睡できたのもよかったんでしょうね。朝、起きたら自分でも驚いちゃいました。まるで赤ちゃんのようなお肌だったんで」

自分の指で輝く美肌を突いてみせる。画面越しにも弾力が見て取れた。

「そう、赤ちゃんのようなお肌ですよ。検屍官、その特製パックは当然、お母上の会社で売っていたんですよね」

孝太郎は、疑問まじりの質問をする。男の目から見ても変化を感じられるほどの効果を上げるパックがあったのに、なぜ、倒産したのだろう。美容業界というのは、人気商品がひとつだけでは維持できない世界なのだろうか。

「売ってはいませんわ。特製パックは、わたしが考えたパックなんですの。母の会社の化粧品を三種類ほど混ぜて使うんです。優美ちゃんは今も〈ＳＡＹＡＫＡ〉の製品を使ってくれているので、なにをどう混ぜるのか、以前、配合を教えてあげたんです」

「『年齢肌に即効チャージのサヤカパック』と謳《うた》えば、売れますよ、きっと」

「年齢肌ぁ？」

清香とパソコン画面の優美の声が、見事にシンクロした。

〝年齢の話はご法度！〟

という清香手帖の一文が甦る。

「あ、す、すみません。お二人の話ではなくて、一般的な意味です。だいたいそんな感じの謳い文句が多いんじゃないかと思いまして」

「でも、いいアイデアかもしれませんわね。後で母に連絡してみます」

清香は呟いて、優美を見た。

「始めてください」

「はい。今朝、届いていた相談内容は何件かあるのですが、わたしが一番気になったのは立川の南北市民病院の件です。相談者は女性で、お父上が南北市民病院の脳神経外科に入院。手術したとのことでした」

「非常に優秀な脳神経外科医がいることで知られている病院です。それを売りにしている面もありますね。脳に疾患を抱えた患者さんが診察してほしいと訪れているようですが、わたしが聞いたときには、ええと、何年先でしたっけ?」

清香の問いを、運転席の細川が受ける。

「二年先です」

「そうでした。二年先まで診察予約が、埋まっていたんです。重篤《じゅうとく》な場合は亡くなってしまうかもしれません。もちろん緊急性が高い患者さんは、予約を無視して診察し、手術を執り行うようですけれど」

「相談者のお父様が、まさにそのパターンだったらしいんですよ」

優美が言った。

「ですが、幸いにも早めに診察を受けられて入院、すぐに手術という流れになったらしいんです。手術は無事に終了して家族一同ほっとしたのも束《つか》の間《ま》、患者さんは手術後わずか三日で亡くなりました」

告げた声が重く沈んだ。心なしか、輝いていた肌が一瞬、光を失ったように感じられた。

「医療過誤《ミス》ですか」

孝太郎の問いかけに、優美は頭を振る。

「違います。病院の病室のベランダから転落死したようです。念のために調べてみたんですが、先月にも一件、屋上から転落死した患者さんがいました。約ひと月前ですが、このときは自死として扱われたらしいですね。この転落死事件があったので、わたしは引っかかった次第です」

「もしかしたら、最初に転落死した方も、脳神経外科の患者さんだったんですか」

二度目の質問には、清香が答えた。

「今回は膵臓《すいぞう》ガンが発見されたことによる入院だったようですが、半年前に脳腫瘍の手術をしていますね。南北病院は脳神経外科の山内三千雄《やまうちみちお》部長が有名で、彼が病院の看板医師なんです」

医師の名前が、孝太郎の記憶と繋がる。

「思い出しました。テレビで見たことがあります。確か謳い文句は『神の手を持つ脳外科医』ですよね」

「はい」

清香は頷いて、続けた。

「今の若い医師たちは、外科医になるのを嫌う傾向があるんです。それでよけいに確かな手術ができる病院が少なくなっているんですね。そう遠くない未来に、日本では手術ができなくなるかもしれません」

「なぜ、外科医を嫌うんですかね」

「先程、君が言ったじゃありませんか」

細川が笑いながら告げた。

「医療過誤、ですか」

念のために確認する。

「そうです。心臓や脳、胃や腸といった手術をした場合、残念ながら亡くなる方もいます。そうなったとき、遺族はすかさず医療過誤専門の弁護士に相談して、訴えるんです。手遅れのときもあると思うんですが、近頃はすぐに訴えるんですね。若い医者が尻込みしてしまい、訴えられる可能性が少ない内科医や精神科医になるのも、無理からぬことなのかもしれません」

清香の説明を、細川が継いだ。

「以上のような理由で、南北市民病院の脳神経外科は大忙しなのでしょう。なぜ、患者さんが転落死したのか。まずは相談者に話を聞きに行きますか。お住まいは国立なので、さほど遠くはありませんので。退院した後の通院といった問題も考えて、南北市民病院を選んだことも考えられると思います」

「国分寺市の空き巣事件と強盗殺人事件に関しては、どうしますか。タンス預金をしていた比較的裕福なセレブを狙った点から見ると、同一犯の可能性が非常に高いと思います。鑑識係の課長は行動科学課に協力的ですが、他の警察官たちは今ひとつ信頼できません。『病院転落死事件』を担当すると聞けば、当然、不快感を示すでしょう。

必要な情報が入って来なくなることも考えられますが」

孝太郎の意見を、優美が受けた。

「ちょうど二つの事件についての情報が挙《あ》がったところなんです。それもあったので連絡いたしました。わたしが推測した足のサイズが二十二センチの候補者ですが、五人の鮮明な顔写真を携帯に送ります。ちなみに五人とも、マンションの住人でした」

そう言った後、

「もうご覧になりましたか。すでにご存じの情報でしたか」

早口で確認した。彼女は何台ものパソコンを使い、本庁だけでなく所轄の情報収集もしている。ハッカーまがいの仕事ぶりなのだが、情報共有したくない相手の場合はやむを得ないと考えていた。

「いえ、まだわたしは見ておりません。見たのは防犯カメラの曖昧《あいまい》な映像だけです」

清香は、孝太郎と細川に「どうですか」というような目を投げたが、二人はほとんど同時に「見ていない」と頭を振った。

「だれも見ていないようです。送ってくださいな」

「わかりました」

ほどなく、それぞれの携帯にメールが流れた。免許証の写真を提供した者もいたが、多くは携帯で撮影した写真だった。二十二センチのサイズに該当する者が二名だったことは、すでにわかっている。

「あら」

「おや」

不意に清香と細川が声を上げた。孝太郎は隣席の検屍官の携帯を覗き見る。制服を着た女子高生と思しき少女の素顔が画面に出ていた。自撮りした一枚かもしれない。自宅のような部屋を背景にしていた。

「知っている人なんですか」

孝太郎は、二人を交互に見やりつつ訊いた。同時に清香手帖の一文を思い浮かべている。

〝検屍官は人間の顔を憶えるのは大の苦手だが、一度会った人間であれば顔の骨格を記憶できる。当人曰く『美しき骨格記憶術』によって、相手が変装しても、すぐに見破れる特技あり〟

清香らしい特技といえるかもしれない。

「いいえ。知りません」

「わたしも知らない少女ですが……おかしいですね。五人全員の鮮明な写真を見たのは初めてです。マンションの住人だという話も、本間係長の報告で知りました。浦島巡査長は把握していましたか」

細川の質問には、すぐさま否定する。

「いえ、課長が口にした件は把握していません。自分が見たのは検屍官と同じく曖昧な防犯カメラの映像と、足のサイズが二十二センチだった二人の写真――小学三年生の男の子と、三十前後の成年女性の写真だけです」

「若手の若林巡査は、意図的に伝えなかったのかもしれませんね」

細川の言葉を補足する。

「自分も同じ疑いをいだきました。本間係長が挙げた五人の候補者のサイズを、本当にちゃんと測ったんでしょうか。あるいは真実を伝えているのか、疑問が残ります。それから若林巡査ですが、行動科学課の目を引きつける囮役と監視役を務めているのではないでしょうか」

「課長の命令かもしれませんが、要するに我々を蚊帳の外に置きたいのでしょう。相沢利正さんの件は、強盗殺人事件ですから自分たちだけで解決したいと考えているに違いありません。ポイント独り占め作戦じゃないでしょうか」

口調は普通なのだが、顔つきが憎々しげなものになっていた。

「細川課長の顔、悪代官みたいですわ」

清香が朗《ほが》らかに笑った。

「国分寺の所轄の課長と同じですわね。はじめはボンヤリ眉毛の公家顔と思ったのですが、いつの間にか悪代官顔に変わっていましたの」

「あ、自分も検屍官とまったく同じ感想をいだきました」

孝太郎は同意する。若林によると、清香の醜聞を耳にしたとたん、変貌したらしいが、その部分は敢えて言わなかった。

「悪代官顔はやめましょう、細川課長。キャラクター的に似合いますけれど、似合いすぎて、つまらないと思います。意外性があった方が、面白いですから」

清香から追い打ちをかけるような言葉が出たが、

「国立に行きますか」

細川は告げ、シートベルトを締めた。

「ちょっと待ってください」

優美が止める。

「たった今、新しい情報が入りました。『小さな足跡の人物』は自分であると、ひとり、名乗り出たようです」

「え」

孝太郎は、頭の中で該当者を思い浮かべる。想像したとおり、血の足跡をわざと踏んで行ったのだろうか。犯人の仲間なのか。あるいは……。

「署に戻ります」

清香の言葉に従い、ME号を降りた。

4

名乗り出た『小さな足跡の人物』とは——。

「下の階が騒がしいなと思って、様子を見に行ったんです」

優美が挙げた五人のうちのひとり、成人女性の小林麻由子《こばやしまゆこ》、三十二歳だった。亡くなった相沢利正の真上の部屋に住んでいる。事件が起きたのは静寂に満ちた未明だっただけに、扉の開け閉めだけでも音が響くのだろう。気づいたのは不自然ではなかったが……。

「細川課長。わたしに取り調べをさせてほしいと申し入れてください」

清香の訴えを聞き、細川は即座に受けた。

「わかりました」

急ぎ足で部署を出て行ったが、パソコン画面では取り調べの様子が続いている。部署にいた数人の私服警官は、後ろに立って眺めていた。

「階段で降りたんですが、通路に血の足跡が続いていました。どうして、あんな行動を取ったのか、自分でもよくわかりません。わたし、なぞるように、足跡を踏んで行ったんですよ。そのときに履いていたのは、自宅付近で用足しをするときに使う上履きです。中学生のときに使っていたメーカーの品を利用しています」

すでに提出された上履きの靴底には、被害者の血が付いていた。スニーカーの足跡を踏んで行った靴に、ほぼ間違いないだろうとなっている。さらに孝太郎と鑑識係の課長が採取した二つの足跡のうちのひとつと合致《がっち》していた。

（自己顕示欲が強いタイプには見えないな）

孝太郎は今朝、書き加えた『小さな足跡の人物』に関する自分の推論を確認し直している。

〝自己顕示欲が強いタイプあるいは抑圧された状況下、つまり、気持ちを押し殺して生きているような環境にいるため、異常な行為によって無意識のうちに「自分はここにいる」と訴えたのだろうか？〟

疑問符だけ新たに加えて、画面に目を戻した。

「ふだんは、これを履いているわけですか」

悪代官顔の課長が訊いた。自ら取り調べを行うほどの重要案件なのに、行動科学課への連絡は来ていない。もはや意図的に排除しようとしているのは明らかだった。

「はい。先程も言いましたが、自宅付近ではこの上履きを使っています。安くて、軽いし、滑りにくいじゃないですか。勤めに行くときは踵《かかと》のある靴なので、自宅付近ではできるだけ足に負担をかけない靴にしています。外反母趾《がいはんぼし》なんですよ」

苦笑いを浮かべた。

外反母趾は足の親指が外側へ曲がり、中足骨が内側へ突出する変形のことだ。女性に多く、中足骨の突出部は、靴に当たって痛く同部の滑液包《かつえきほう》が炎症を起こして腫脹する。

日常的にかなりの苦痛を伴う疾患であるため、清香であればすかさず現在の状況を聞き、治療法についてのアドバイスをしたかもしれない。そういったやりとりをしているうちに、本音がポロリと出るときもある。

しかし、課長はさして興味を覚えなかったようだ。

「お勤めは新宿の証券会社ですか。ご両親と三人暮らしだが、お二人ともすでにかなりのお年なんですね」

淡々と話を進める。

「わたしは、父が四十歳、母が三十六歳のときの子供なんです。やっと授かった子供だったらしくて弟妹には恵まれませんでした。両親ともに持病があるので、わたしが仕事をしながら家事を担《にな》っています」

「お勤めしながらでは、大変ですな」

課長の口から出たのは、気持ちのこもらない儀礼的な、冷たいとさえ感じられる言葉だった。麻由子の頬がかすかに強張《こわば》ったように見える。ふっと唇に浮かんだ笑みは、課長への嘲笑なのか、自嘲だったのか。

答える前に小さな吐息が出た。

「そうですね。だから色々と鬱憤《うっぷん》がたまっていたんだと思います」

眼前のような男をいやというほど見て来たのだろう。唇の笑みや吐息は、諦めの気持ちかもしれなかった。

「それで、血の足跡を踏んでしまった？」

何度目かの問いを投げた。

「はい」

麻由子は辛抱強く答える。

「不審者は見なかったんですか」

「見ませんでしたが、後から考えて恐ろしくなりました。犯人に出くわしていたら、わたしも亡くなった方、相沢さんでしたか。事件の目撃者として始末されていたかもしれません。事件に遭遇した人間がよく口にする言葉かもしれませんが……まさか、自分が住むマンションで、こんな事件が起きるとは」

小さく頭を振っている。細川が戻って来て、清香の耳元になにか囁いた。孝太郎は目顔を受け、検屍官とともに取調室に向かった。

「失礼します」

清香はノックして、扉を開ける。

「選手交代です」

すでに伝わっていたのか、課長と部下が廊下に出て来た。相変わらず悪代官顔で、擦れ違いざまに冷ややかな一瞥《いちべつ》をくれる。入れ替わるようにして、二人は中へ入った。

簡単な自己紹介の後、

「階下に降りるとき、恐くありませんでしたか」

清香は訊いた。事件の直接的な内容ではなく、気持ちに関する質問が意外だったのかもしれない。

「え？」

麻由子は首を傾げた。

「真夜中というか、未明の真っ暗な時間帯です。ひとりで階下に行くのは、恐くなかったですか。わたくしは臆病なので絶対に無理なんですね。小林さんは勇気がおありだなと思ったんです」

「あ、いいえ、わたしも臆病な方ですが、お酒を飲んでいたんですよ。それで少し気が大きくなっていたのかもしれません。確かめたら、すぐに戻って来ようと思い、ダウンジャケットを羽織っていきました。寒かったので」

「ええ、確かに寒かったです。吐く息が凍りつきそうなほどでした。現場の確認ですが、血の足跡をなぞるように踏んで行き、非常階段で五階に戻った。今、鑑識係に再確認しているのですが、間違いありませんか」

再確認しているのは、非常階段に上履きの足跡が残っていたかどうかだ。非常階段からは、階下に向かうサイズが二十八センチのスニーカーの足跡しか採取されていない。鉄製の凹凸が激しい非常階段ゆえ、上履きのような軽い靴跡は残りにくいのかもしれないが、上に向かう非常階段からもまた、上履きの足跡は発見されていなかった。

「はい」

麻由子は答えた。硬い表情になっているように見えた。

「外反母趾だそうですね」

清香は別の話を振る。今までの流れとは無関係に思えるが、靴に関わる質問という点が重要なのではないだろうか。孝太郎は緊張した。

「あ、ええ、はい」

躊躇いながらの答えになっていた。

「わたくしは日本一の医者なんです。もちろん優秀だからこそ、日本一なのですが、後で診察いたしましょうか」

「けっこうです」

断固とした口調に思えた。やさしそうな顔立ちをしているが、ひとりっ子で両親の世話を一手に担《にな》わなければならず、色々な場面に遭遇してきたのかもしれない。芯が強そうな印象を受けた。

「よろしければ、足を拝見させていただけませんか？」

清香は、わざとらしく机の下を覗き込んだ。麻由子は防犯カメラのデータどおりのスカート姿で膝までのロングブーツを履いていた。

「…………」

一瞬、微妙な間が空いた。

疑われているのは、わかっているはずだ。

「いいですよ」

軽い口調で言い、ロングブーツを片足ずつ脱ぎ始める。ストッキングを穿《は》いていたが、両足の親指の根元がかなり変形しているのが見て取れた。素人目《しろうとめ》にも痛みの度合いが想像できるが、医者であればもっと強く感じるだろう。

「お辛いでしょう」

驚いたことに清香は、その場に跪《ひざまず》くや、麻由子の片足を自分の膝に乗せた。だれでも狼狽《うろた》える場面に違いない。

「あ、あの」

「失礼ですが、土踏まずがほとんどない扁平足《へんぺいそく》ですね。外反母趾を発症しやすいと言われています」

「…………」

引っ込めようとした足首を、清香はそっと押さえた。

「女性に多い外反母趾は、手術をしてもまた戻りやすくて、完治するのはむずかしい疾患《しっかん》とされています。ハイヒールなどは以《もっ》ての外と言われていますが、わたくしは予防を兼ねて靴の中敷きを特注しているんですよ。さほど高い値段を出さなくても、自分に合ったインソールを買えますので、よろしければご紹介しましょうか」

「あ、わ、わたしも中敷きは特注品です。お気遣い、ありがとうございます。パンプスよりもブーツの方が楽なんですよ。温かいですしね」

答える麻由子の頬は、赤く染まっていた。女性相手に赤面しているわけだが、無理もないと思った。美しい検屍官が跪き、自分の足をブランド品のスカートの上に乗せている。申し訳なさや案じてくれる嬉しさ、恥ずかしさなどが入り交じって頬が赤くなるのではないだろうか。

（これが検屍官の巧みなところだ。意表を衝《つ》いて相手の気持ちにすっと入り込む）

孝太郎は感心しながら見守っている。

「そうですか」

清香は答えて、麻由子の足を床に戻した。

「失礼な真似をいたしました。お許しください。捜査上、必要なので拝見させていただきましたが、お気持ちを害した場合はお詫びいたします」

立ち上がって丁重に一礼する。孝太郎も検屍官の後ろで頭をさげた。麻由子は恐縮したように、顔の前で右手を振る。

「いえ、とんでもない。当然の取り調べだと思います。人がひとり、亡くなられているわけですから」

検屍官に心を許した瞬間かもしれない。

「お詫びついでに申します。小林さんから提出された上履き、うちの課では『シンデレラの靴』と名付けましたが、あれを履いて現場検証をさせていただきたいのです。よろしいですね」

有無を言わせぬ語調で切り出した。慈愛あふれる聖母から厳しい魔女に変わったように思えた。

「あ、は、はい」

麻由子は当惑気味に答えた。清香の変貌ぶりに、頭が追いついていないのではないだろうか。

「女のわたしから見ても、検屍官は素敵です。美しいだけでなく、優秀で理知的。スタイル抜群のセレブ医療捜査官。非の打ち所がないですよね」

急に清香を褒め始めたが、内容とは裏腹に表情や声は重く沈んでいる。言いたいのは検屍官の話ではないように感じられた。清香も気づいたに違いない。

「話したいことがあれば仰ってください。聞くぐらいはできますよ」

座って促した。

「正直に申し上げますが、成功者、つまり勝ち組の人を見ると苛々するんです。なぜ、わたしだけが親の世話をしなければならないのか。婚活をしても両親のことを話したとたん、相手は冷たくなる。先程、課長さんにも話しましたが、鬱憤がたまっているんだと思います。異常な行動を取った理由は、自分なりにわかっているんですが」

ひとつ溜息が出る。

「失敗したり、うまくいかなくて落ち込んでいるとき、だいたいの人間は『成功している人の不幸』を望んでしまうそうです」

孝太郎は遠慮がちに意見を述べた。清香が素早く立ち上がって席を譲る。会釈して、椅子に座った。

「続けてください」

後ろに立った検屍官に促されて、孝太郎は話を再開させる。

「心理学者たちは、今お話しした心の動きを『シャーデンフロイデ』と呼び、ごく当たり前のことだと指摘しています。そうやって心のバランスを取っているから、わたしたちは自分の失敗や不幸から立ち直れるわけですし、『悪い人』にならずにすんでいる。小林さんは、普通の人だと思います」

「成功した人を引きずりおろすために、ネットに悪口を書いたりするのは、『迷惑な人』『悪い人』になるかもしれません」

清香が補足した。

「でも、わたくしもよく思いますよ。『このやろう、うまくやりやがって』とか、『ふざけるんじゃねえ！』なぁんて」

らしくない口調に、麻由子の口もとがゆるんだ。

「そうですか。検屍官みたいな方でも、そう思うんですね」

「はい。ハーブを利用すると手軽な気分転換になりますよ。リラックスしたいときは、ローズヒップとハイビスカス、レモングラスのブレンドがお勧めです。クエン酸とビタミンCが含まれているので疲労回復の効果があるため、スポーツをするときなどにも向いています。寝つけないときは、カモミールティーというように、効能を知って上手に使うのがコツですね。よろしければ、配合例を差し上げましょうか」

気取らない説明と申し出を、麻由子は躊躇いがちに受けた。

「あ、もし、いただけるのであれば」

「わかりました。後で届けますね。それでは、これで失礼します。なにかありましたときには、遠慮なく呼びつけてください。すぐに駆けつけますから」

辞儀をして清香は取調室を出る。孝太郎も一礼して、あとに続いた。

5

「中学校の上履きが『シンデレラの靴』ですか」

悪代官顔の課長が、またしても待ち構えていた。

「そうなると、我々は姫君に仕える下僕ですかね。まあ、公僕ですので否定はしませんが、取り調べの内容は主に外反母趾の件でした。あれでなにがわかるんですか」

嘲笑が、後ろに控えていた数人の部下たちにも伝わっていた。若林は曖昧に苦笑いでごまかしている、ように感じられた。

「なにもおわかりにならなかったのですか」

清香は逆に訊き返した。課長はあからさまに眉をひそめる。

「は?」

もったいをつけやがって、どうせ、たいした話じゃないに決まっている。さも重要なふりをして捜査を掻き回すつもりなんだろうが、そんな策にだれが乗るか。

言葉にはしなかったものの、表情で告げているように思えたが、清香はまったく相手にしなかった。

「非常に重要な事実があきらかになったのですが、気づかない方にとっては、猫に小判ですね」

　皮肉を返して、さらに言った。

「あらためてお願いいたしますが、課長。うちが知らされていない案件がいくつかあるようですが、『シンデレラの靴』の現場検証の模様は必ず送ってください」

　清香の確認に、課長は無言で小さく頷いた。

「それから西恋ヶ窪のリサイクル店の夫婦及び、二名のスタッフの取り調べはどうなっていますか。坂口家と相沢家の両家ともに、同じリサイクル店からお掃除ロボットを買い求めたのは、偶然とは思えません。背後に窃盗グループや詐欺グループ、あるいは両方行う半グレ集団かもしれませんが、黒幕の存在を感じます」

　はいはい、というように、ニヤニヤしながら頷き返している。

「しばらくの間、店主夫妻を泳がせて、接触して来る者を突き止めるのが、いいのではないかと考えています。先程、会議で決まったんですよ。行動科学課へ伝えるように言ったんですが、まだ伝わっていませんでしたか」

　しらじらしい台詞を吐いた。馬鹿にしきっていたが、清香はあくまでも丁重に応じた。

「今、伺いました。では、これで失礼します」

　会釈した清香の後ろで、孝太郎は声を上げる。

「ひとつだけ、よろしいですか」

「どうぞ」

課長は渋々という感じで促した。

「空き巣被害に遭った坂口さんですが、リサイクル店の妻と交際していたというような話はしていませんか。スタッフのひとりが若い女性でしたので、もしかすると、相手は彼女かもしれませんが」

「なるほど。ハニートラップか」

若林が同意するように呟いた。

「ありえるんじゃないですかね、課長。これと思った獲物に色仕掛けで近づき、盗聴器を仕掛けたお掃除ロボットを売りつける。狙いを定めた獲物の家の留守や在宅を確認したり、資産状況を調べたいと考えている連中にとっては、まさに宝をもたらす電子の箱。やつらが欲しい情報は筒抜けです。これは自分の推測ですが、殺された相沢さんも、ハニートラップに引っかかったのかもしれませんよ」

優秀さをアピールするには最高の場だったのかもしれない。声に力がこめられていたように感じた。

「うちの若手は使えるでしょう？」

課長は親バカならぬ、上司バカぶりを発揮する。

「３Ｄ捜査と犯罪心理学でしたっけ。さっき言ってましたよね、シャーデンなんとか」

「シャーデンフロイデです」

言い直した清香に、苦笑いを返した。

「ああ、それそれ。うちには行動科学課のようなご大層な特技はありませんがね。地道にコツコツと聞き込みをしながら、刑事として必要な能力をつけているんですよ。行動科学課の科学力とやらは必要ありません。いつでもお引き取りください」

「はい。失礼いたします」

清香はにこやかに会釈して、踵を返した。少し離れた場所にいた細川も、二人の後ろに加わる。

「小林麻由子さんは、嘘をついています」

検屍官は独り言のように呟いた。麻由子がどんな嘘をついているのか、なぜ嘘をついているのか、という話はいっさい口にしなかった。

（まさかとは思うが）

ハニートラップを仕掛けたのは、小林麻由子なのだろうか？

署の入り口で、三人は坂口が任意同行されて来たのを見た。空き巣被害に遭った被害者なのだが、妻を気にして語れない真実があるのではないだろうか。

ろうか？

「戻りましょうか」

孝太郎の申し出に、清香は頭を振る。

「大丈夫です。若手の若林巡査が聴取の模様を送ってくれますから」

自信たっぷりに断言した裏に隠れているのは……細川を気にして語れない真実、だろうか？

「………」

孝太郎が首筋に悪寒《おかん》を感じたとき、

「一柳検屍官」

玄関の方から制服警官が呼んだ。

「面会人が来ています。一柳検屍官に話があると言っているんですが」

制服警官は背後を見やる。玄関の外にいた短髪に長身の男が、かすかに目顔で会釈した。年は二十七、八。黒いダウンジャケットにジーンズ姿で、今時の若い男にしては珍しく細い目に鋭い光を宿している。暗く危険な雰囲気を放っているように感じられた。孝太郎はどこかで見たことがあるような気がしたのだが……思い出せなかった。

だが、顔の骨格で記憶する検屍官は違ったらしい。

「もしや」

ハイヒールの音を響かせて玄関を出、男に近づいて行った。孝太郎と同じような印象を持ったのだろう。細川が急ぎ足で隣に並び、検屍官を追い越した。

「失礼ですが、どなたですか」

腕で清香を止め、訊ねる。

「渡辺健次《わたなべけんじ》、二十八歳。警視庁行動科学課の一柳検屍官ですか」

渡辺の目は、真っ直ぐ清香に向けられていた。射るような眼差しから庇《かば》うように、細川は後ろに追いやるのだが、検屍官は仕草でそれを制した。

「はい。一柳清香です」

一歩前に出る。

「おれが相沢利正さんを殺しました。顔を見られたので、とっさに台所にあった包丁で刺しました。自首しますが、警視庁に身柄を保護してもらうのが条件です。できれば行動科学課にお願いしたいと思い、ここに来ました」

理路整然と告げた。孝太郎は台本を読んでいるような印象を受けたが、緊張しているのかもしれないと思い、手帳に記すにとどめた。

ただならぬ事態であるのを察したのだろう、

「わかりました」

清香は答えた。ME号は玄関脇の狭い駐車場に停めてあるのだが、通りに面した駐車場は人目につきやすい。何事かと思って足を止めたのではないだろうか。ひとり、二人と立ち止まって目を向けていた。

(殺人犯が本庁に身柄を保護してほしいと申し出るとは)

それだけ危険が迫っているのだろうか。背後の組織に始末されるのを懸念しているのだろうか。恐いほど真剣な目に、真実が表れているように思えた。

「とりあえず、ここは人目があります。車の中で話しましょうか。本庁に問い合わせた後、連行という運びになると思います」

「お願いします」

頷いた渡辺を、細川が身体検査する。制服警官も当然、行っただろうが、背後の組織は清香の命を狙っているのかもしれない。念には念を入れていた。細川は逮捕時間を告げ、渡辺の手に手錠を掛けた。

「あちらへ」

ME号を示して歩き出した瞬間、

「うぁ」

不意に渡辺が呻いた。野次馬に紛れ込んでいた男が、凶器を右脇腹に突き立てていた。渡辺が苦痛に顔を歪《ゆが》めるのと同時に、細川が襲撃者の腕を特殊警棒で打つ。玄関先にいた制服警官は、警棒で後ろから男の右肩あたりを打った。

「あ……」

よろめいた渡辺を、清香が支える。サバイバルナイフだろうか。慌てて孝太郎も抱え込んだが、右脇腹に突き刺さったままのナイフを気丈にも刺された本人が引き抜いた。

「くっ」

血が出るほど強く唇を噛みしめる。

「ME号に！」

清香の叫び声で、孝太郎は動いた。渡辺を肩で担ぐようにして、ME号へ向かった。襲撃者は新たに加わった制服警官たちに取り押さえられている。細川はこちらを気にしながら指示していた。

「浦島巡査長は彼の服を脱がせてください」

検屍官は素早かった。車に乗り込むや片側のシートをストレッチャー状態にして、反対側のシートを折り畳む。彼女の大きなバッグや、車に装備されているケースから、必要な医療品を出して揃えた。ウエットティッシュで手を拭き、消毒薬で消毒した後、手袋を着けるまで何秒かかっただろう。

その間に孝太郎は、渡辺のダウンジャケットやジーンズ、スニーカーを脱がせた。警察官らしく、スニーカーの大きさが二十八センチであるのを確かめている。渡辺は意識を失いかけているのかもしれない。朦朧《もうろう》とした様子で宙に目を彷徨《さまよ》わせていた。

「傷を上にして横になってください」

清香の言葉が聞こえただろうか。

「左を下にして横たわれますか」

孝太郎は耳元で言い、検屍官に言われたとおりの体勢にさせた。遅ればせながら扉を閉める。麻酔注射を打とうとした清香の手を、渡辺は血まみれの手で握り締めた。

「ま、待て、そ、その前に」

「話してはいけません。出血が激しくなります」

「オ、オッド・アイ」

渡辺は声を振り絞るように言い、意識を失った。孝太郎はもう一度、訊いたが、答えられなかった。

「麻酔を打ちます。あなたは車を運転してください。近くの救急病院へ……」

「お待たせいたしました」

細川が来て、運転席に乗り込んだ。おじさん課長の顔を見たとたん、孝太郎も気を失いかけたが、失神している場合ではない。急いで手を拭き、消毒して、手袋を着けた。

「一番近い救急病院へ向かいます」

細川が告げた。

動き出したＭＥ号の後部座席だった場所では、手術が始まろうとしている。孝太郎の頭では、渡辺の言葉がぐるぐるとまわっていた。

オッド・アイ。

左右の目の色が違う人をそう呼ぶらしいが……見えているのは、渡辺健次の右脇腹から出る赤い血だけだった。

第4章　オッド・アイ

1

翌日の夜。

「調べてみましたが、『オッド・アイ』の正体はわかりませんでした」

細川は報告した。

「インターネットのハンドルネームなのか、半グレの仲間うちのコードネームなのか。ひとりなのか、複数なのか。どのあたりを拠点にして、どんな悪事を行っているのか。現時点ではまったく不明です」

自首した来た渡辺健次の手術は成功したが、肝臓や大腸をかなり激しく損傷しており、集中治療室で予断を許さない状態が続いている。彼の若さと親から授かった頑健な肉体が、悪魔のような襲撃者の一撃を跳ね返してくれるのを祈るしかなかった。

また、襲撃者の男は完全黙秘をつらぬいており、雑談にも応じず、名前すら判明していない。年齢は四十前後、暗い目をした中肉中背の半グレタイプ。指紋やDNA型を犯罪者データに照らし合わせてみたが、正体はわからないままだった。

「仮に国分寺で起きた二つの事件——『国分寺窃盗・強殺事件』が『オッド・アイ』の仕業だった場合、ひとりではなく、複数の窃盗グループという可能性が高くなりますね」

孝太郎の言葉を、清香が継いだ。

「浦島巡査長が言うとおり、西恋ヶ窪のリサイクル店が拠点のひとつであるのは、おそらく間違いないでしょう。店主は取り調べの間中、冷や汗を掻いていました。無表情な若い妻よりも、ずっと正直なのではないでしょうか」

無表情な妻の部分で、孝太郎はパソコンの画面を切り替える。若手の若林巡査は律儀に取り調べの様子を送って来ていた。空き巣被害に遭った坂口和輝は、渋々ではあるもののハニートラップを認めている。取り調べているのは悪代官顔の課長で、画面には坂口の見るからに不機嫌そうな顔が映し出されていた。

「ええ、まあ、なんというのか」

曖昧に言葉を濁していたが、事ここに至ってはと観念したのだろう。

「付き合いました。いや、でも、たった一度です、一度だけです」

早口で補足し、続けた。

「そのときに、お掃除ロボットを勧められました。以前から欲しいと妻が言っていたので、買っただけのことです。女とは一度しか会っていません。そういう関係を持ったのも、このときだけです」

お掃除ロボットを買ったのは、浮気の罪滅ぼしという気持ちもあったのではないだろうか。まさか、買い求めたお掃除ロボットに盗聴器が仕掛けられているとは思いもよらなかったと補足した。

（やはり、最初に買った店を思い出せないと言ったのは浮気が原因か）

孝太郎はメモに書き加える。

聴取は続いた。

「なるほど。女との寝物語に、あんたは大事なお宝の話をしたわけか。我が家の隠し金庫には株で儲けた二千万もの大金が眠っていますよ、と、得意げに吹聴《ふいちょう》したってことだな」

課長は問いかけではなく断定した。

「まあ、そんなところですね」

仕方ないという感じで認める。

「相手は店主の妻か、それとも若い女性スタッフか」

悪代官顔で訊くと一瞬、間が空いた。

「……店主の妻、です」

坂口は答えたが、不自然なほどの渋面になっていた。店主の妻は垢抜けた三十前後の女であり、年齢差を考えれば渋面になるのは相手ではないだろうか。

（要注意だな。気になる）

一瞬間が空いた点と坂口の渋面を、手帳に記して二重丸をつけた。

「好みのタイプではなかったのでしょうか」

清香の意見を、細川が受ける。

「そうかもしれませんね。坂口は吉原に通っていたときは、とにかく店で一番若い美人を指名していたようです。どちらかと言えば小柄な少女っぽい雰囲気の女性を選んでいたとか。ロリコンの気《け》があるのかもしれません。若いというよりも、幼い素人タイプが好みのように感じます」

「垢抜けた雰囲気を持つ店主の妻は、熟しすぎていて、あまり好みではなかったのかもしれませんね。男馴れしているように感じますもの」

「自分は未成年者の存在を考えてしまいますが、若い女性スタッフの年齢は二十三歳で未成年者ではありません。店主の妻が相手ではなかった場合、坂口はいったい、だれと付き合ったのか」

孝太郎の考えを、細川が受ける。

「浦島巡査長の推測に、わたしも同意します。店主夫妻、もしくは妻が紹介したことも考えられるのではないでしょうか。あくまでも、個人的な推測ですが、坂口には願望があるのかもしれません。幼い十代の少女を自分好みの女性に育てていく。そう、映画のマイ・フェア・レディのような気持ちが根底にあるのかもしれませんね」

「マイ・フェア・レディなんてまた、細川課長は本当に古き良き時代の昭和タイプですね。今時の若い人は知りませんわ」

「知ってますよ、映画だということぐらいは。一九六〇年代の映画は、すごく新鮮に感じます。古さを感じるどころか、むしろ新しい印象を受けます」

孝太郎は答えて、パソコンの画面をもう一度、切り替えた。

「次は本日の午後、執り行われた小林麻由子の現場検証です。行動科学課が命名した『シンデレラの靴』――実際は中学のときに使っていた上履きを、新たに買い求めて自宅用として使用していたわけですが、それを履いて、相沢利正さんの殺害現場であるマンションの通路を歩いてもらった映像が先程届きました」

全員、見るのは初めてだった。先日と同じスカートにコートを羽織った麻由子は、丸く線で囲われたスニーカーの足跡を、一歩ずつ踏みしめるようにしながら辿《たど》って行った。足が痛いのかもしれない。跳ぶような軽やかさは、まったく感じられなかった。

「顔には出していませんが」

清香が言った。

「痛みを懸命に我慢しているのではないでしょうか。わたしが嘘をついていると言った理由は、やわらかい布製の上履きだと靴の中で足が動いてしまうため痛いんです。ぶつけたときは言うに及ばず、歩くだけでも、かなりの痛みを感じると思います」

「普段用に使うことに違和感がありますか」

孝太郎の質問に答えた。

「ええ。逆にしっかりとした作りのスニーカーは、値段も張りますが中で足が安定して動きにくくなる。履くときはちょっと大変かもしれないのですが、履いてしまえば、どうにか歩けるんですよ」

「そうか。上履きは、履くときは楽でも素材がやわらかい分、足を守ってくれないわけですね。地面や床の衝撃を、もろに感じてしまう」

孝太郎の言葉に頷き返した。

「はい。上履きの布が足の変形した部分にこすれるだけでも、相当な苦痛だと思います。おまけに上履きは底も薄いですからね。コンクリートの床が親指に当たって辛いんじゃないでしょうか。見てください、この真剣な顔」

清香が指さした先には、ぐっと目を見開き、唇を引き結んだ麻由子が映し出されていた。

警察の現場検証で緊張している部分はむろんあるだろうが、それよりも痛みをこらえている表情と考えた方が自然なように感じられた。

「浦島巡査長は『小さな足跡の人物』について、こう分析しました」

細川が手帳の一部を読み上げる。

「自己顕示欲が強いタイプ、あるいは抑圧された状況下、つまり、気持ちを押し殺して生きているような環境にいるため、異常な行為によって無意識のうちに『自分はここにいる』と訴えたのか？」

目を上げて、言い添えた。

「最後の部分は疑問符つきです」

あらかじめ記しておいた手帳の内容に、孝太郎は手を加えて清香に提出していた。犯罪心理学を学んだ者の推論なのだが、優美を含む三人は熟読してくれる。

「わたしは、両方の可能性があると思いますわ。元々自己顕示欲が強いけれど、それを表に出せない環境、浦島巡査長が言ったような抑圧された状況下ですね。そういった中にいるので本当の自分を出せずにいる。それが血の足跡を見た瞬間、思わず表に出たのではないでしょうか」

「ありえますね。『小さな足跡の人物』は、両方を併《あわ》せ持つタイプかもしれません」

孝太郎が手帳に書き足すのを横目で見ながら、清香は続けた。

「仮に小林さんがそうだったとした場合、仕事と両親の介護で疲れ果てているのでしょう。逃げたいけれど、そんな親不孝な真似はできない。せめて仕事を辞められれば介護だけに絞り込めるものを、おそらく金銭的にむずかしいのではないでしょうか。ダブルケアはきついと思います」

「そこに自分の病気が加われば、トリプルケアです。ああ、そうだ。離婚して子供でもいた日には、フォーケア、まさに四面楚歌《しめんそか》ですよ。行政の支援を積極的に利用するしかないでしょうね」

孝太郎は自分なりの考えを口にした後、

「いかにも、ありきたりな心のこもらない言葉になりました」

だれに言うでもなく呟いた。父が肺ガンの手術をしたとき、介護の大変さはある程度、実感していたが、一番の担い手は母の聡美《さとみ》だったことから、補助的な役割しか果たせなかったこともまた、実感していた。

「小林さんの場合、まだ自宅で介護できるのでしょう。もしかすると、両親が病院や介護施設はいやだと言っているのかもしれませんが……一度、ご自宅の様子を見に行ってみましょうか」

向けられた清香の問いと視線を、孝太郎と細川はほとんど同時に受けた。

「はい」

「了解です。話を戻しますが、二件の『国分寺窃盗・強殺事件』の共通点を今一度、確認したいと思います。時系列で言いますと、最初に坂口家の空き巣事件が起きて、その後、相沢利正の強盗殺人事件となります。わかりやすくするために事件のアタマに国分寺をつけ、新たな共通点を加えたうえで訂正した部分もあります」

細川は言い、読み上げた。

(1) 被害に遭ったのはシニア世代。大金持ちとはいかないまでも、比較的、裕福な老後を過ごしていた家。

(2) 両家ともタンス預金をしていた。殺された相沢利正は、タンス預金から銀行預金に替えていた。

(3) お掃除ロボットを使っていた。二台とも同じ盗聴器が仕掛けられていた。販売したのは西恋ヶ窪のリサイクル店。店主夫妻やスタッフに接触して来る者がいないかを確認するため、わざと泳がせている。

(4) 玄関の鍵を壊されていない。犯人は鍵を持っていたのか?

(5) 相沢利正と坂口和輝は、吉原の風俗店に通っていた。

「以上の五点です」

終わらせた細川の後、孝太郎は自分なりに纏めた意見を述べる。

「所轄は『国分寺窃盗・強殺事件』の実行犯は渡辺健次、二十八歳であり、『小さな足跡の人物』は小林麻由子であり、渡辺健次を刺した犯人は黙秘中の名無し男だと断定しました。しかし、疑問が残ります」

新たに記しておいた疑問符の部分を口にした。

「事件の幕引きをはかったように思えなくもないと感じました。渡辺健次の後ろには、『オッド・アイ』と呼ばれる黒幕の窃盗グループがいるのではないでしょうか。左右の瞳の色が違う者、これは表と裏の顔を持つ者、二つの顔を持つだれか、あるいはグループかもしれませんが、それを示唆《しさ》している印象を受けました」

「所轄の悪代官課長もそうですわね」

清香が笑った。

「公家顔と悪代官顔という、二つの顔を持っていました。もっとも、表と裏ではなく、そのときの状況や相手によって使い分ける感じですね。警察官だけでなく、だれでも多かれ少なかれ、表と裏の顔を持っているのかもしれません」

「そう、確かに珍しくないかもしれませんが……繰り返しになるようで恐縮ですが、自分は坂口和輝の渋面が引っかかっているんですよ。リサイクル店の店主の妻と一度だけ関係を持ったと認めたあのとき、非常に不機嫌そうでした」

孝太郎は話を戻した。

「確かに不機嫌そうな表情でしたわ。寝物語に二千万円のタンス預金の話をしたのが、本当だったとすれば、自慢したくてたまらない気持ちがあるのでしょう。おれの好みは店主の妻じゃないんだよと、言いたかったのかもしれませんが」

「坂口は金を盗まれる前は、裕福なセレブシニアだったじゃないですか。二千万円もの大金があれば、大好きな吉原で好みの女性を指名できただろうに、なぜ、好みのタイプではない、あ、まあ、これはあくまでも個人的な考えですが」

孝太郎は補足して、さらに言った。

「なぜ、わざわざ好みではない三十前後の女性と関係を持ったのか」

「嘘をついている？」

清香が訊いた。自問の含みがあった。

「はい。警察に知られるとまずい女性、先程も出ましたが、もしかしたら未成年者かもしれません。店主の妻は身代わりというか、まさに囮役ということも考えられるのではないかと。坂口はまんまとハニートラップに引っかかってしまい、その件で脅されているため、犯人を庇うような供述をしているのではないでしょうか」

新たな意見を出した孝太郎に、細川は挙手をする。

「考えすぎではないでしょうか。坂口は無類の女好きです。リサイクル店に行ったとき、たまたま目についた店主の妻を誘ったんだと思いますよ。あの渋面というか、仏頂面は自分の妻に対する複雑な気持ちの表れに見えました。下手をすれば離婚を切り出されるかもしれません。内心、戦々恐々ですよ」

言い終えて、メモに記した。清香は他に意見はないかというように、二人を見やっていた。

「出つくしたようですね。会議はここまでにしましょうか」

「異存はありません。ただ、ひとつだけ検屍官と細川課長に伺いたいことがあります」

孝太郎は立ち上がって、訊いた。

「どうして、二人が、ぼくの家にいるんですか？」

2

ここは正真正銘、台東区の浦島家である。立川の『病院転落死事件』は、相談者が明後日でなければ都合がつかないとなったので今日は帰宅していた。なぜか二人はそのまま浦島家に上がり込み、夕食の支度を手伝い、それを食べ終えて後片付けをした後、孝太郎が作業場と呼ぶ一階の六畳程度の部屋で行動科学課の会議を始めたのだった。

主にフィギュア製作の場所であるため、製作机や部品用の棚が並び、雑然とした印象は否めない。仮眠用の古いソファに上司たちは座っていたが、清香は立ち上がって、扉を開けた。

台所で様子を窺っていたのだろう。大学一年生の妹・真奈美が入って来た。

「どうしてって……ご飯が美味しいからですわ」

あたりまえのことを訊くのはなぜ？

という疑問符含みの清香の言葉に、細川が当然のような顔で同意する。

「右に同じです。こちらではガス炊飯器を使っているので、やはり、電気炊飯器とは炊き上がりが違いますね。ふっくらして非常に美味しいです」

「それで、おじさん課長の頬も少しふっくらしてきたんでしょうか。名前は忘れちゃいましたが、お笑いタレントに似てきましたよ」

揶揄《やゆ》するような声を上げたのは、真奈美だった。細川のふっくら頬が引き攣《つ》ったのを、孝太郎は見のがさない。

「よけいなことを言うんじゃない」

額を軽く突いて、窘《たしな》めた。

「それに課長をおじさんと呼ぶのはよせと言ったじゃないか。だいたいが警察の課長クラスは、みんなおじさんだろう。あ、そうそう、所轄の若手が自分の父親と八歳違いとか言ってたな。それにしても、さすがに『おじさん課長』はないと思うね。初めて聞いたよ、おじさん課長という造語は」

言ってはいけないと思うほど口にしてしまうのが、孝太郎の欠点である。緊張するあまりなのだが『おじさん』の連呼になっていた。

「四回」

細川は冷静に数えていた。

「やはり、『細川雄司のおじさん話』は、君が広めているんですね。たった今、それが判明しました」

「犯人は、おまえだ！」

指さした真奈美の手を叩き、頭をさげた。

「あ、いや、すみません。夕食のときにビールを飲んだせいだと思います。少し気が大きくなったんだと思います」

だれかが言っていた言葉だと思い、手帳を確かめる。小林麻由子が似たような台詞を口にしていた。未明にひとりで階下へ降りて行く恐さを、清香が訊いたときの答えだ。

〃あ、いえ、わたしも臆病な方ですが、お酒を飲んでいたんですよ。それで少し気が大きくなっていたのかもしれません〃

上履きを履いて行われた現場検証の様子と相まって、不信感が募《つの》るばかりだった。

（あらためて考えると確かに恐い。女性がひとりで様子を見に行くのは不自然なように思える）

清香は麻由子が嘘をついているのではないかと言ったが、確かにいくつかの疑問点が見え隠れしているように思えた。

「わっ、だれ、だれ？」

真奈美は清香のパソコンを覗き込む。

「素顔喫茶でナンバーワンになりそうなスッピン・ベッピンじゃないですか。女子高生ぐらいの感じかな。将来が楽しみ……」

「勝手に見るんじゃない」

孝太郎は妹を台所の方へ追いやろうとする。

「おまえは本当にろくでもないことしか言わないな。素顔喫茶なんて、どこで知ったんだよ。ぼくは金を出して素顔を見に行くやつの気が知れないね。女性は美しく粧《よそお》ってこそじゃないか。恥じらいがないというか、嗜《たしな》みを知らないというか。そもそも、なんでも金に換えようとするその考え方が……え？」

三人の視線が、自分に集まっていた。

「なんですか、なにかおかしいことを言いましたか」

　あらたまって訊いた。

「いえ、非常にまっとうな考えだと思いました」

　清香は生真面目《きまじめ》に応じたが、

「幼いというか、兄とは思えないというか」

　真奈美は辛辣に告げた。

「今日から、孝太郎君はあたしの弟になりなさい。姉としては行く末が心配でたまらないわ。彼女いない歴二十七年だから仕方ないけどさ。こんなやつでいいんでしょうか、おじさん課長」

「あの生真面目さが仕事では役に立つんですよ。それに、ひとりぐらい浦島巡査長のような警察官がいないとね。うちの課は統制が取れなくなってしまいますから」

「確かに」

　真奈美が答えた後、どっと沸いた。ひとり孝太郎だけは、わけのわからない疑問を抱えつつ、パソコンの画面を見続けている。映し出されていたのは、優美が挙げた五人の候補者のうちのひとりだが、女子高生で足のサイズは二十二センチではなかった。

（そういえば、彼女を見たとき、検屍官と課長は「あら」「おや」と同時に言っていたな。ぼくは『「あら」「おや」の謎』と名付けたが）

　あらためて手帳に印をつけた。

「盛り上がっていますね」

不意に扉が開いて、本間優美が現れた。

「優美ちゃん、お疲れ様」

清香が立ち上がって出迎える。

「浦島家のお母上には、お願いしておきましたが、食事は済ませましたか」

右へ倣《なら》えで立ち上がった細川の問いに、優美は大きく頷き返した。

「はい。とても美味しい麻婆豆腐定食でした。菠薐草《ほうれんそう》のお浸《ひた》しや春雨と胡瓜《きゅうり》の和《あ》え物、糠《ぬか》漬け、味噌汁の充実したセットをワンコインで食べられるのは魅力ですね。わたしは家が近いので助かります。こんなふうに行動科学課の分室が、すぐ隣にあるというのも便利だと思いますよ」

「ちょ、ちょっと待ってください。うちは定食屋じゃないんですよ。それにここはぼくの部屋であって、行動科学課の分室じゃありません。いったい、だれがそんな勝手な真似を許したんですか」

「わたしです」

母の聡美が顔を覗かせた。

「検屍官はお米やお味噌、醤油、塩、砂糖といった生活必需品や食材、しかも高級品を差し入れてくださるばかりか、一食につき五百円を支払ってくれるんです。それに比べてあんたは、月々決めたはずの二万円さえ家に入れないじゃないですか」

　猛烈な攻撃が始まる。

「う」

「真奈美の学費がかかるから値上げを言い渡そうとしたのに、『男は色々と出費があるんだよ』なぁんて一人前の口をきいた挙げ句、先月もスルーしたでしょう」

　いたって現実的な話を突きつけられた。

「……はい、すみません」

「まずは家にお金を毎月、きちんと入れること。月々二万円でしたが、態度もよくないので三万円に値上げします」

「えぇ〜っ」

　大仰に驚いてみせたが、母は動じなかった。

「不服ならば独身寮に入りなさい。お父さんも賛成していました。獅子《しし》が谷底に我が子を突き落とすように、愛の鞭《むち》をくれてやれと言っています」

　平然と申し渡した。造形師である父は、本社がある大阪に単身赴任しているので、いやがうえにも家事力や自立心が育成される。帰って来る度、おまえたちは甘いと小言を言われるのが常だった。

「まさか、検屍官をここに居候させるつもりじゃ」

ふと出た呟きを、母は遮るように継いだ。

「あら、いい考えかもしれないわね。お医者様が家にいるのは、本当に心強いですから。『一家に医者ひとり、病知らず』。字余りになりましたが、たった今、わたしが作った川柳です」

「なんだよ、結局、自分たちのことしか、考えていないんじゃないか。愛の鞭じゃなくて、金の鞭じゃないか。横暴だ、ぼくは断固として……」

「独身寮」

二度目の通達で、孝太郎は深々と頭《こうべ》を垂れた。

「すみませんでした。毎月三万円、家に入れます」

「寂しがりやの甘えん坊は、独身寮がいやなんだよお。えーん、お母さん、寂しいよお。だれかご飯を作ってよお。炊飯器がうまく使えないんだよお。構造はわかるんだけど、お米の研ぎ方や水加減がわからないんだよお」

泣き真似をする妹の額を、軽くデコピンで弾《はじ》いた。

「痛いっ」

「いけません、浦島巡査長。女性の顔を強く叩くのは、うちの課ではご法度です。独身寮に入っていただきますよ」

庇った清香を盾にして、真奈美は舌を出している。音は派手だが痛くないように手加減しているのは言うまでもない。

「えーん、恐怖の独身寮」

「調子に乗るんじゃありませんよ、真奈美」

母が割って入る。

「家庭教師のアルバイトはどうしたの。そろそろ行く時間でしょう。生徒が生意気で気に入らないとか、態度がでかいとか言っていたけど、それはそのままあんたに当てはまる言葉ですからね。地方から出て来た人は、少ない仕送りでは遣《や》り繰りがつかなくて、アルバイトをいくつも掛け持ちしているって言うじゃないですか。あんたはたったひとつのアルバイトも満足に……」

「アルバイトに行きます」

真奈美はくるりと背中を向け、部屋を出て行った。細川と優美は行動科学課の分室で淡々と残業を始めている。見られるとまずい内容の書類もあるので、清香は聡美を促して、台所に移った。

「今は学費が高いですものねえ。親御さんは大変です。高い利子を取られる奨学金を借りないようにするために、一部の女子大生はアルバイトで風俗嬢をやる時代なんですよ。それを考えれば浦島巡査長や真奈美さんは幸せですわ」

「そうなんですよ。下手をすれば一生、奨学金という名の借金を背負わなければならないはめになるじゃないですか。いつも言っているのに他人事なんです。自分事として考えてほしいんですが」

母に一瞥《いちべつ》されてしまい、孝太郎は、自分の部屋の入り口で「ははーっ」とふたたび頭を垂れる。

「今月から月に三万円、入れさせていただきます」

「後片付けぐらい、手伝いなさいよ。あんたが『美味《う ま》い、美味い』と言って、バクバク食べていたアンチョビ入りの野菜炒め。酒の肴《さかな》にしていたけど、あれは課長さんが、いとも簡単に作ってくださった逸品です。まあ、惚れぼれするようなオタマ捌《さば》きでした。今日はわたしが片付けましたが、明日からは食器洗いとお風呂掃除は、あんたの役目にします」

「……なんだか、だんだん負担が増えていくような気が」

「独身寮」

悪魔の言葉で三度、頭を下げた。

「ご命令に従います」

細川と優美は分室とやらで残業中、キッチンでのんびりしているのは検屍官のみ。ダイニングの椅子に腰を落ち着けて、ワインを嗜み始めていた。

「お母様もいかがですか。わたしの母が買い溜めておいた最高級品です。債権者に差し押さえられる前に持ち出しましたの」

「まあ、いいんですか」

「もちろんですわ」

勝手知ったる他人の我が家、食器棚からワイングラスを出して、なみなみとワインを注いだ。

「孝太郎。ぼんやりしてないで、暇ならお風呂掃除をしてちょうだい。『いつまでもあると思うな、親と金』と言うでしょう」

「あらためて思いましたが、名言ですわ。家事と育児がごく自然にできない男は、結婚できません。びしびし鍛えないと駄目です」

早くお風呂掃除をしなさいと、清香にも仕草でせっつかれて、仕方なく風呂場に足を向けた。

（ぼくは行動科学課に入ってから、本当の意味における我慢、忍耐というものを学んでいるのかもしれない）

日が経つごとに、厳しい状況になりそうだった。

3

そして、次は『病院転落死事件』である。

「父は、六十五歳でした」

相談者は告げた。

午前中。

孝太郎は、清香と二人で国立の相談者の家を訪ねている。細川は立川の南北市民病院に潜入看護士を送り込む件で動いているため、検屍官コンビだけの訪問になっていた。

亡くなったのは大津《おおつ》良平《りょうへい》、六十五歳、相談者は彼の娘の大津静代《しずよ》、三十五歳。大津は南北市民病院で脳神経外科医の手術を受けた三日後に、病室のベランダから転落死した。

手術はうまくいったはずなのだが、投与された薬の副作用で幻覚でも視《み》たのだろうか。

家族にしてみれば納得できない結果になっていた。

「中小企業の営業畑にいたのですが、定年退職後は、母と山歩きや趣味の水彩画を楽しんでいました。自宅のローンは完済していましたので、悠々自適の暮らしぶりだったと思います」

未婚の彼女は、薬剤師として三鷹の大学病院に勤めており、自宅にも孝太郎よりはずっと多い金額を毎月入れていた。老後破産やパラサイトシングルに苦しめられるシニアに比べれば、うまくいった例ではないだろうか。

しかし、家族のだれかが病気になったとたん、生活は一変する。

「今年の秋、カレンダーが十月に変わったばかりの頃だったと思います。父は突然、激しい頭痛を訴えまして」

医師の診察を受けた結果、脳腫瘍と診断された。大津が最初に行ったのは、静代が勤めていた三鷹の病院だったため、優秀な脳神経外科医としてその名を轟《とどろ》かせていた山内三千雄への紹介状を書いてもらい、すぐに南北病院を受診。緊急性ありと認められて、すぐさま入院、手術の運びとなった。

「最悪の状況でしたが、山内先生に執刀していただけることが決まって、不幸中の幸いだったねと喜んだんです。まだ父は若かったですし、働き詰めでしたからね。母と老後の余生を楽しんでほしかったので、とにかく元気になってほしいと思いました」

名前どおりに物静かで知的な印象を持つ女性だった。薬剤師として可能な限りフォローしようと思い、手術前は執刀医となった『神の手を持つ脳外科医』──山内三千雄に何度も会って、術後や退院後の対応などを聞いた。

「X線やCT、MRIの写真を見せていただけますか」

清香の申し出に従い、静代は紙袋から書類の束を出した。渡されたのはX線などの写真だけではない。担当医であり執刀医でもある山内三千雄との質疑応答や、手術前、手術後の対応、どんな薬を投与されたかといった詳細《しょうさい》な入院記録書も用意されていた。

検屍官は真剣な表情で少しの間、X線などの写真や入院記録書に見入っていたが……静代は待ち切れなかったのだろう、

「手術は〝座位〟という、かなり変わった状態で執り行われました。もしや、あれがよくなかったのでしょうか。山内先生はより安全な手術スタイルだと仰ったのですが」

さっそく切り出した。もしかしたら、と、遺族は何度も自問する。もっといい方法があったのではないか、選択肢を間違ったのか、他の病院で他の医師にまかせた方がよかったのではないか、などなど終わりなき自問地獄に追いやられる。ましてや、彼女は薬剤師だ。大津が死んだのは自分のせいではないのかと、自責の念にとらわれているであろうことは、やつれた表情に浮かび上がっていた。

「〝座位〟、シッティング・ポジションという体位で手術をしたのは、腫瘍がお父様の脳底にできていたからだと思います。手術をした際、大量出血のリスクがともなうため、少しでも安全な方法をと、山内部長は配慮されたのではないでしょうか」

清香は目を上げて、答えた。その横顔には、メディカル・イグザミナーとしての自信と誇りが表れているように見えた。美しさが、ひときわ増す瞬間かもしれない。

（わかっていますよ、細川課長。今回は『可愛いと、思った瞬間、蟻地獄』ですね）

一度目の川柳を思い出しながらメモを取る。ついでに二度目の川柳『止まらない、想いの先に、待つ闇夜』も、ごく自然に浮かんでいた。

清香の答えで安堵したに違いない、

「そうですか」

静代は小さく息をついた。

「麻酔を施して眠りに落ちた患者さんの頭部を、手術台のヘッドレストに固定してから、手術台を腰のあたりで上に折り、両足を金属製の足置きに置く。これがシッティング・ポジションの具体的な状態です。いかがですか」

清香は続ける。こういう感じでしたかと、手術に入る前の状態をあらためて確かめたように思えた。

「はい。そうです」

静代の答えを、検屍官は継いだ。

「座位にした場合のプラス面は、手術中の出血量を減らして、腫瘍にアプローチしやすくなります。その反面、頭蓋内の静脈圧が室内の大気圧より低くなるため、麻酔により大きなトラブルが生じるリスクが、わずかに生じます」

話す方も聞く方も真剣そのものだった。

「術者が大静脈を傷つけようものなら、空気が心臓に吸い込まれてしまい、おそろしい結果をもたらすことになるんですよ。ですが、術者はもちろんのこと、看護師や麻酔科医といったスタッフ全員で体位の微調整をしながら手術をしたはずです」

清香の言葉に、静代は答える。

「手術に立ち会っていないので、どのような流れで行われたのか、わかりません。わたしが立ち会えればよかったのですが、どうしても全体を取れなくて、父が手術室に入ったところまでしか確認できなかったんです」

悔しかったのだろう、持っていたハンカチをきつく握り締めた。

「検屍官に伺いたいのは、なにか、そう、スタッフたちが慎重な手術をしてくださったという証になるようなことはないでしょうか。X線などの写真や、わたしが取った記録から読み取れませんか」

むずかしい問いを投げたが、

「手術の後、お父様のお身体はご覧になりましたか」

清香は冷静に訊き返した。

「あ、はい。夜になってしまいましたが、仕事を終えた後に駆けつけましたので」

「圧迫による圧点が、お父様の腕や脚にできていましたか」

「いえ、なかった、と思います」

静代は少し遠い目をする。思い出している様子が見て取れた。

「そうであるならば、丁寧かつ慎重に手術が行われたのではないかと思います。お父様の首や腕、脚を微調整して圧点が生じないように気をつけていたのでしょう。取り去られた腫瘍は見ましたか」

「ええ、見ました。わたしが病院に戻ったとき、ちょうど手術が終わったところだったんです。父は集中治療室に移っていましたが、山内先生に見てくださいと手術室に招き入れられました。母は気持ちが悪いと言って、集中治療室の方に行っていましたが」

静代の答えに、孝太郎は心の中で同意している。父が肺ガンの腫瘍部を摘出したときも、確認したのは母と真奈美だった。

「丸ごと取った腫瘍ですよね」

清香は訊いた後、早口で補足する。

「他のタイプの摘出手術であれば、腫瘍を吸い上げたり、しぼませたり、脳から引き剝《は》がしたりして、少しずつできる範囲で取り除く『デバルキング』を行うんですよ。でも、お父様の場合は、腫瘍を丸ごと摘出する『アンブロック』切除を行わなければなりません。腫瘍に傷をつけようものなら、すぐさま猛烈な出血を引き起こしかねないからです。ご覧になった腫瘍は、どれぐらいの大きさでしたか」

「これぐらいだったでしょうか」

静代は、両手で丸を作って大きさを示した。

「山内先生は、後で研修医たちにも見せると仰って、摘出した腫瘍はホルマリン漬けにされていたんです。ですから見たのは瓶越しと言いますか。手術直後の生々しい状態ではなかったので、ほっとしました」

「ホルマリン漬けに……そうですか」

清香の答えには、小さな疑問が含まれているように感じられた。後で確かめようと思い、孝太郎は印をつけた。

「お父様は、司法解剖されたんですよね」

訊きたくないが、という遠慮がちな問いに思えた。手術でメスが入ったばかりの身体に、ふたたびメスが入ったことになる。遺族にとっては、やりきれない気持ちではないだろうか。

「はい」

声が重く沈んだ。

「母はもう、お父さんが可哀想だと、泣いて、泣いて」

静代もそうだったのかもしれない。滲んだ涙を、きつく握り締めていたハンカチで何度も拭った。

「まだお父様の死亡診断書や解剖所見などは、受け取っていらっしゃらないのでしょうか。ここには入っていないようなので」

清香の質問に、涙で潤んだ目を向けた。

「すみません。弁護士さんに預けたままなんです。X線などの写真や、わたしが作成した入院記録書は、コピーを取っておいたのですが、バタバタしてしまい、司法解剖の結果はコピーするのを忘れました。後で送ります」

「お願いします。X線などの写真や詳細な入院記録書、さらに静代さんのお話を伺った限りでは、医療過誤はなかったと思われます。辛い事実ですが、お父様はなんらかの原因で病室のベランダから落下して、亡くなられました。新聞やテレビのニュースでは、事故、自殺、他殺のいずれかであるとして、警察は捜査を始めたようですが」

「事故や自殺は、ありえません」

静代は躊躇うことなく言い切った。

「手術は成功しましたし、麻酔から覚めた後の父は穏やかで安定していました。すぐに歩くリハビリを始めて頑張っていたんです。自殺は考えられませんが、事故死もありえないと思います。冷え込む十二月に、わざわざ病室のベランダへ出て、夜空を眺めたりしませんよ」

最後の方は苦笑まじりになっていた。

「わたしは、他殺だと思います。あの病院の場合、こういう騒ぎは二度目じゃないですか。一度目のときは屋上から飛び降りた点を考えて自殺と判断されたようですが、父は違います。だれかに突き落とされたんです。それしか考えられません」

「病室は八階の個室で、落ちたときは看護師もいなかった」

清香は念のための問いを投げる。静代は大きく頷き返した。

「はい」

「防犯カメラの映像などはいかがでしょうか。近隣のカメラに落下の様子などが映っていたという話は、警察から聞きましたか」

ふたたび確認の問いを発した。立川市の所轄には、これから行く段取りになっていた。事件の詳細は優美が調べ直しているが、まだメールは送られて来なかった。

「いえ、聞いていません。病院の周囲は、緑地地帯というような感じの区域なんですよ。昭和記念公園の緑が、病室から見えるんです。閑散として人気《ひとけ》がないんですね。防犯カメラがあるのは、病院の玄関やエレベーター、救急外来が設けられている裏口ぐらいじゃないでしょうか」

静代は答えた。孝太郎は事前に携帯の地図で立川市を見ていたが、もとは米軍基地があったからだろう。広大な敷地を有する公園や、非常時に活躍する公共施設が多く、緑が豊かな区域であるのは間違いなかった。

「最後にもうひとつだけ、確認させてください。弁護士さんに依頼なさったんですよね」

　清香の問いに、静代は小さな吐息をついた。

「依頼しようと思いまして、相談に行ったんです。ところが、非常にむずかしいケースだと言われました。執刀医以外の医師や看護師の証言が得られるならまだしも、協力者がいない状況ではとても戦えない、負ける戦いはしない方がいいのではないかと……はっきり断られたわけではありませんが、婉曲《えんきょく》なお断りの雰囲気を感じました」

　病院から弁護士への圧力はなかったのだろうか。訊いてもわからないだろうと思い、孝太郎は手帳に記すにとどめた。

「内部告発の声は上がっていないのですか」

　清香が代弁するような問いを投げた。

「断定はできませんが上がっていないと思います。勤める病院で騒ぎが起きたとしても、医師や看護師さんは、なかなか声を上げないのではありませんか。病院関係者に避けられているような気がするんですよ。わたしの顔を見たとたん、目を逸らして、逃げるように行ってしまうんです」

「山内部長、もしくは病院の理事長あたりから職員たちに、よけいな話はするなという箝口令《かんこうれい》が敷かれたのかもしれませんね。わかりました」

清香は言い、立ち上がった。

「警視庁行動科学課の医療捜査官として、内々に調べてみます。司法解剖の結果だけは早めに教えてください」

「はい。今日は予定がありませんので、この後、すぐに弁護士さんの事務所へ取りに行きます。明日か明後日にはメールできるのではないかと」

「お願いします」

一礼した清香に倣い、孝太郎も辞儀をして、大津家を辞した。かなりの広さを持つ前庭の先、洒落た門扉《もんぴ》の向こうに背広姿の男が立っていた。

「おひさしぶりです、検屍官。立川の所轄よりお迎えに上がりました」

男は挨拶する。

「相変わらず、お美しいですね。あなたの時は止まったままなんでしょうか。別れたときの若さと美貌だけでなく、素晴らしいスタイルを、今も維持していらっしゃるとは驚きです」

年は四十なかばぐらいだろうか。細いストライプが入ったダークスーツに縞のネクタイ、ハーフのような顔立ちと、やや長めの髪がホストのようだった。

(検屍官流に言うと『もはや、死語かもしれませんが』だろうけど、このニヤケ野郎はだれだ?)

とたんに孝太郎は警戒心をいだいている。

唇に浮かぶ薄笑いから、間違いなく清香の元カレだろうと思った。付き合っていたのは細川の前か、それとも後なのか。

孝太郎の脳裏には、影が薄いKU課長が浮かんでいる。

『おじさん課長危うし』の事態かもしれなかった。

4

ホストのような風貌の持ち主は、所轄の副署長――元宮《もとみや》真守《まもる》、四十二歳だった。郊外の警察署とはいえ、四十二歳の若さで副署長である。

(元カレの元宮副署長か。これは血の雨が降るかもしれないぞ)

細川がいないのは内心、不安でたまらなかったが元宮に案内されるまま、南北市民病院へ向かった。二人は覆面パトカーに乗り、元宮と部下、運転手は前を走る所轄の面パトに乗っていた。

「調書によると」

助手席の清香が口を開いた。元宮から渡された『病院転落死事件』の調書に、さっそく目を通していた。

「一度目の転落死は、自殺の可能性が高いように思います。患者さんは脳腫瘍の手術を受け、手術は成功したのですが、半年後に膵臓《すいぞう》ガンを発症してしまい、かなり落ち込んでいたようですね。すでに手術は不可能な状態だったとか。痛みを緩和させる治療のために入院していたとき、転落死したようです」

その言葉を受け、孝太郎は問いを返した。

「膵臓ガンは発見されたときには、手遅れのことが多いと聞いています。でも、患者さんは定期検診を受けていたんですよね」

「ええ。ですが、逆に定期検診を受けていたからこそ、ガンが発症したことも考えられます。これはあくまでも、わたしの考えなのですが、X線やCTなどの検査で放射線を受けたためにガンが発症したり、進行したりする場合があるんですよ」

「なるほど。今の話も聞いた憶えがあります。親父が肺ガンで入院していたじゃないですか。インターネットはもちろんですが、患者さん同士の交流会などが、けっこう行われているんですね。あふれんばかりの情報の中から、なにを選び、実行するか。情報量が多いだけに悩みました」

「わかります。そういうときのためにも、かかりつけ医を持つのがいいと思うんです。総合医のような感じで、意見を出してくれますからね」

清香はペットボトルのお茶を飲み、話を進めた。

「二度目の転落死事件ですが、こちらは疑問が残ります。大津良平さんは、手術に成功してリハビリを始めていた状態でした。娘の静代さんが言っていたように、自死する理由がありません」

「裕福なセレブ男性という点が、自分はちょっと気になります。国分寺の事件と同じなので」

「頭の隅に留めて置きましょう。続けます」

「はい」

「さらに今は十二月の冷え込む時期、事故は考えにくいと思います。手術したばかりの身体を、ベランダに出て寒風に曝《さら》す理由もまた、見つかりませんから。自殺と事故は外すべきでしょうね」

「あの、所轄の考えなどは記されていますか」

孝太郎は遠慮がちに訊いた。元宮のことが浮かんだのは言うまでもない。口にしなかった部分を察したのだろう、

「元宮真守副署長とは、十年ほど前に一度だけ、お付き合いしたことがあります」

清香は言った。

「そのときは、彼、本庁に勤めていたんですよ。もはや、死語かもしれませんが、当時から気障《きざ》で女たらしのプレイボーイ。女性と見れば誘いかける男でした。親友の麗子には『あんたと同じタイプだから、やめときな』と言われて」

肩をすくめて、笑った。つられて笑いそうになったが、こらえた。前の相棒だった上條麗子の優秀さを、あらためて嚙みしめている。女性同士だから言いやすい部分もあるだろうが、的確な無駄のないアドバイスだと思った。

「笑いたければ、笑ってもいいんですよ」

清香に言われて苦笑いを浮かべる。

「あ、いえ、すみません。上條警視のようになるのはむずかしいですが、日々、少しずつでも近づきたいと考えています」

「麗子は麗子、あなたはあなたです。必要以上に意識することはありません。完璧な人間なんて、この世にはいませんからね。わたしは……」

「一柳先生。面パトにいらっしゃいますか」

無線機から優美の呼びかけが響いた。

「はい。浦島巡査長もおります。現在、南北市民病院で起きた転落死事件のことで病院に向かっているところです」

「了解しました。細川課長から連絡が来まして、南北市民病院にいるそうです。潜入看護士の神木瑠奈《かみきるな》さんは、すでに看護部へ潜入したとのことでした。今日から勤め始めているそうです」

「わかりました。細川課長は心配性ですからね。出勤一日目の神木さんを、さりげなく見守っているのでしょう。『国分寺窃盗・強殺事件』の被疑者、渡辺健次はどうですか。意識は戻りましたか」

「さすがは、一柳先生。そろそろ話ができる頃じゃないかと思われたんですね。その話が入ったので連絡しました。渡辺健次の意識が戻ったようです。でも、まだ朦朧としていて、どうにか名前や年齢を言える程度のようですね。あるいは、そういうふりをしているだけかもしれませんが」

優美は冷静に分析していた。

「いちがいには決めつけられませんよ。最近では、重い病気や怪我で集中治療室に入った患者さんの多くが、退室後も身体や精神の不調が続くことがわかってきました。集中治療後症候群、PICSと呼ばれています。渡辺健次はその疑いがありますね」

清香の説明を、孝太郎と優美はほとんど同時に継いだ。

「そうか。それで父は、早めにリハビリを始めたんですね」

「今の話、わたしは初めて聞きました」

「憶えておいてください。特に高齢者では、二年、三年と別名『病み上がり症候群』が続く傾向が強いようです。多くの方は退院がゴールだと思っているかもしれませんが、そうではないんですよ。新たな戦いのスタートと考えた方がいいと思います」

「リハビリ以外の対応としては、どんなことが挙げられますか」

優美が訊いた。

「まず入院したときの状況を教えてあげることですね。面会を増やしたり、患者さんにとって愛着のある音楽や写真を届けたりしてもいいでしょう。あとは転落死事件の大津良平さんの娘さんがやっていたように、治療の記録をするのは必至《ひっし》です」

「いつ、自分の身に起きるかわかりませんものね。参考にさせていただきます。ああ、そうそう『オッド・アイ』ですが、最凶の半グレという話が入りました。最凶の凶は、凶悪の凶です」

あまり嬉しくない話が告げられた。

「渡辺健次自身も『オッド・アイ』の一員なのでしょうか」

自問するような清香の言葉を、孝太郎は受けた。

「ありうると思いますが」

続けようとしたが、断定することまではできなかった。前を走る所轄の面パトの後部座席で、元宮が何度も振り返っていた。つい目を向けている。

「鬱陶《うっとう》しいな、気障男《きざお》」

なにげなく出た言葉に、

「気障男？」

優美が敏感に反応した。

「もしかしたら、元宮真守ですか？　彼が所轄にいるんですか？」

「そうです。四十二歳の若さながら副署長で……」

「浦島巡査長」

　清香の制止と、優美の絶叫が同時だった。

「悪党許すまじ！」

　それはまさに雄叫《おたけ》びであり、怨嗟《えんさ》の訴えだった。通常は清香の十八番なのだが、肝心の検屍官は宙を仰ぎ見ている。大声のせいだろうか。無線機が一瞬、ハウリングしたようにウワンウワンと響きわたった。

「あんのニヤケ野郎が、いつの間にか結婚した挙げ句、三児のパパになってフェイスブックに書き込んだりしているんだから、ひどい話ですよね。結婚を餌《えさ》に交際を迫った挙げ句、飽きたらポイですもん。交番勤務の警察官だった初《うぶ》なわたしは、見事に騙《だま》されましたよ」

「落ち着いて、ね？　優美ちゃん。十年前の話でしょう、そろそろ気持ちを切り替えて、新しい恋人を見つけた方が……」

「先生とやつが会ったのは、去年でしたよね」

　優美は鋭く切り返した。

「あれ？　十年前じゃないんですか？」

孝太郎は訊き返したが、清香は耳を貸す余裕をなくしていた。

「え、いえ、正しくは十年前もなんですが、あの、結婚していた件は知らなくて、お、落ち着きましょう、優美ちゃん。一度だけです、一度だけの過ちなんです。あなたも知ってのとおり、わたしは既婚者とは付き合わないのが信条ですから」

珍しく狼狽えていた。

「正直に言いますが、元宮真守と知り合ったのは十年前なんです。そのとき、麗子に忠告されて……」

「十年前？」

無線から怪訝《けげん》そうな優美の声が流れた。

気まずい沈黙の後、

「もしかしたら、気障男は二股かけていたってことですか？　先生とあたしを天秤にかけていたんですか？」

ストレートな問いを発した。

「えーと、まあ、結果的にはそうなるかもしれませんけれど、わたしと優美ちゃんはまだ知り合っていませんでしたし、先程も言いましたように、麗子に忠告されたんです。去年も危なかったんですが、優美ちゃんの顔が浮かんだお陰で踏みとどまれました。感謝ですわ」

末尾の言葉は、いかにも付け足したようになっていた。無線からはなにも返事がない。

「…………」

不気味な沈黙が流れていた。

「あ、着きましたわ」

ほっとしたような清香の声で、孝太郎も身体の力を抜いた。知らぬ間に緊張していたらしい。

「いったん終わらせます。新しい事実が判明したら連絡してください」

なかば強引に、検屍官は無線連絡を終わらせる。南北市民病院の駐車場は、意外にも空いていた。制服姿の警備員が駐車場の管理も兼ねているのだろう、空いている場所に誘導された。

「ＭＥ号です」

孝太郎は、手前に停車していた医療車を横目で見ながら奥に停めた。

「では、まいりましょうか」

大きなバッグを持って、清香は面パトを降りる。その美しさに圧倒されたのか、初老の警備員は帽子を取って会釈した。

「あの建物はなんですか」

孝太郎は彼に訊いた。病院から延びた渡り廊下の先に、学校の体育館に似た建物が見えた。

「講堂です。工事中らしく、作業服姿の業者が出入りしている。中を改修するらしくて、今は工事をしているんですよ」

「そうですか」

いちおう手帳に記しておいた。ふだんは製薬会社のプレゼンテーションや会議、学会などで利用されているのだろう。

「浦島巡査長」

清香は足を止めていた。

「あ、すみません」

初老の警備員に会釈して、あとに続いた。優美とのやりとりでは慌てふためいた検屍官だったが、ハイヒールの音を響かせて、颯爽《さっそう》とエントランスホールに向かった。先に面パトを降りた元宮真守は、若い部下とともに前を歩いている。似たタイプの二人は堂々とした足取りだった。

5

病院内は、閑散としていた。

優秀な脳神経外科医がいる病院として、近隣だけでなく、二十三区にも病院名を轟かせているはずなのに、待合室はさほど混《こ》んでいなかった。それともピークを過ぎて、ひと息ついたところなのだろうか。

築二十年程度の市民病院は楕円《だえん》形の変わった建物で、上りと下りのエスカレーターが巻き貝のように真ん中あたりに設けられていた。楕円の直線の部分に、診察室や病室が設けられており、吹き抜けになった箇所から入る太陽光が、やわらかな雰囲気を醸《かも》し出していた。

各科の診察室の受付が並ぶ広々としたエントランスホールを歩いて行くと、左側に泌尿器科やアレルギー内科、膠原病《こうげんびょう》リウマチ科といった個々の受付が並んでいる。混み合う科が一階に設けられているのは、新旧変わらない流れのようだった。

「山内先生に、一柳ドクターが到着したことを伝えて来ます」

元宮と部下が、脳神経外科の受付に足を向ける。運転手役の若い警察官は面パトに残ったのだろう。元宮と一緒に動いているのは、ひとりだけだった。

「細川課長です。二階に来てほしいというメールが来ました」

清香が言い、目顔で上を示した。二階の手すりから細川が身を乗り出していた。軽く片手を挙げて挨拶する。

（気障男との再会を知っているんだろうか）

冷や汗が出る思いだったが、清香は涼しい顔をしていた。

「まいりましょうか」

「は、はい」

孝太郎は検屍官の後に続いた。一度エントランスホールに戻って、建物の中央に設けられたエスカレーターを利用し、細川が待つ二階へ行った。廊下のあちこちにソファが置かれており、患者が休めるようになっている。二階も似たような造りで、細川はソファセットが置かれた一隅で待っていた。

「お疲れ様でした」

会釈した後、清香が座るのを見て、課長も腰かける。最近、孝太郎は上司たちの流れが摑《つか》めて来たので最後に腰をおろした。

「元宮真守に会いました。いつの間にか、所轄の副署長になっていたんですね。知りませんでしたわ」

清香が口火を切った。機先を制したように思えるが、恋愛感情はないと敢えて告げたように感じられた。

「わたしは、知っていました。色々な意味でライバルですからね」

細川はさらりと受け、話を進める。

「神木看護士は、なんとか脳神経外科に入り込みました。やはり、山内部長のそばに張り付くのが、得策だと思いまして」

「それは重畳《ちょうじょう》」

清香は答えて、補足した。

「重畳なんて、もはや死語かもではなくて完全に死語ですわね。時代劇を観る方にしか、通じませんわ。いえ、観ている方でも、ぴんとこないかもしれません」

「聡明さと知識の深さが、ドクターの大きな魅力です。むかーし、本がありましたよね、『聡明な女は料理がうまい』でしたか」

細川はついていけない話を出した。孝太郎は急いで調べようとしたが、清香に仕草で止められた。

「調べる必要はありません。わたしは料理が得意ではありませんもの。なかにはいるんです、例外が。型にはまるのも、はめられるのも真っ平。ジャンクフード大好きの、不健康な検屍官でかまいません」

開き直っていたが、課長は深く追及しない。

「この病院は、経営悪化の状態に陥っているようです。医師数は十年で九人減っているうえ、引き抜き、今風に言えばヘッドハンティングですね。ヘッドハンティングされたのは、呼吸器内科と整形外科の医師ばかりなんですよ。これが収入減の大きな要因でしょう」

細川は持っていた書類に目を落として、続けた。

「入院ベッドの利用率は、かつては八十パーセントでしたが、去年は五十四パーセントにまで減少しています。市役所からは、三年から五年のローテーションで、事務局長ら経営スタッフが派遣されて来るらしいですがね。医療経営は高度な専門性を要するため、優秀な職員でも会得するのに数年はかかります。なかなか医局と深く付き合う関係には、なれないいんじゃないでしょうか」

「………」

孝太郎はメモを取るのも忘れて、聞き入ってしまった。経営コンサルタントばりの説明をする上司を唖然として見つめた。

「細川課長は大学の経営学科を卒業しているんです」

清香が言った。

「本当はお父様が経営する会社を継ぐ予定だったのですが、突然、警察官になりたいと思ったようで、大学を卒業してから警察官になって、交番勤務に就きました。ご実家は弟さんが、継いでいらっしゃいます」

「へえぇ、意外ですね。課長は最初から警察官を志望していたのかと思いましたが」

警察官になりたいと思った理由を訊きたかったが、やめた。

「病院の経営状態を調べるのは、さして大変ではありません。国民健康保険のレセプトを分析すれば、市民の受診動向がわかりますので……病院職員は少ない患者数に慣れてしまい、スタンダードを落としてしまっている印象を受けました」

　さして大変ではないと言いつつ、少し得意そうに胸を張っていた。おじさん課長を馬鹿にするなと内心、思っているのではないだろうか。妹の真奈美がいたら、くすっと笑いながら懲《こ》りもせずまた、悪態をつきそうだったが……。

「追い打ちをかけるように、去年、市内に新しい総合病院が建設されたんですよ。広大な敷地にガン病棟や内科病棟という感じで、いくつかの建物が建っているようです」

　細川の言葉を、清香が継いだ。

「引き抜きの犯人は、その病院ですか」

「はい。医者だけでなく、患者ごと連れて行ったんでしょう。給料も高くて昇級できるとなれば、移らない手はないというやつですよ。その結果、この病院に廻されて来るのは、俗に言うところの『ローカル医師』のみ。お手上げです」

「すみません。今課長が仰った『ローカル医師』の意味を教えてください」

　孝太郎の質問に、細川が答えた。

「『ローカル医師』とは、働く意欲を失い、とにかく楽をしたがる医者のことです。アクティビティの高い病院では使い物になりません。おのずと行き先は限られる。つまりは」

と、親指を下にして「この病院のような」と示した。

「よけい山内部長のありがたみが増しますわね。売りは脳神経外科しか、ありませんもの。まあ、まだお目にかかっていないので、どんな方かはわかりませんけれど」

最後まで言い終わらないうちに携帯がヴァイブレーションしたらしい。清香は立ち上がって、二階の手すり近くに行った。二言、三言、言葉をかわして終わらせた。

「噂の山内部長が、お出ましのようです」

視線でエスカレーターを指した。白衣姿の男が、二階に上がって来る。後ろには若手らしき医師群を従えていた。元宮と部下は一階に残って見上げている。不意に医師群の中の若い女性医師が、山内の横を通り抜け、一番先頭に出た。山内が怒ってもいい場面だったが、なにも言わなかった。

「意外ですね。女性医師の勝手な行動を許すタイプには見えませんが」

孝太郎の呟きを、清香が受ける。

「ええ。なにか弱みでも握られているのでしょうか。神木さんと優美ちゃんに、調べてもらう必要がありますね」

検屍官の答えを聞きながら、孝太郎は携帯で素早く山内の略歴を見た。

山内三千雄、五十八歳。日本の医大を卒業した後、米国へ留学して博士号を取得。家族は妻と三人の息子がいて、国立市在住だった。長髪気味の髪型が元宮と似ていたが、性癖も同じかもしれない。頑健そうな肉体からは、オスのオーラとでもいうものが漂っていた。

空き巣被害に遭った坂口和輝に通じる独特の空気を発しているように思えた。

「はじめまして、一柳検屍官。お目にかかれて光栄ですわ。救急救命医の斉藤《さいとう》葉月《はずき》です。山内先生の教えを受けております」

女性医師が挨拶した後、

「これは、これは、一柳検屍官。お噂は常々耳にしておりますが、噂以上の美しさですな。もしかしたら、成人式を済ませたばかりですか」

山内は、握手しながら歯の浮くような世辞を言った。普通の女性であれば苦笑いする場面かもしれないが、清香は普通ではない。

「はい。先日、人間国宝・久保田《くぼた》一竹《いっちく》さんの辻が花染めの訪問着で、成人式を済ませたばかりです。もはや死語かもしれませんが、ご覧あそばせ」

携帯を操作して成人式の正装を見せた。つい孝太郎も覗き見ていたが、まさに輝くばかりの美しさ。清香もまた、山内に負けないオーラを発しているように感じられた。

（美人検屍官VS山内脳神経外科医、そして、細川課長VS元宮副署長か？）

勝手に激闘図を作って成り行きを見守っている。

「おお、美しいですな」

山内は臆面《おくめん》もなく褒め称《たた》えた。

「まったくお変わりになっていないじゃないですか。若さと美しさの秘訣、ああ、そうでした。お母上が美容会社を経営していらっしゃったんですね。もしや、使っていたのは別の会社の化粧品ですか」

清香の母親の会社が、倒産して会社更生法を申請しているのを知ったうえの皮肉と厭味《いやみ》に思えた。が、そんなことに怯む検屍官ではない。

「わたくしは今も母の会社の化粧品を使っております。他社の製品は一度も使用したことがありません。特製パックがあるのですが教えたくないんです。すべての女性が美しくなるのはいやなので。ライバルが増えますでしょう?」

清香もまた、辛辣な答えを返した。

「…………」

にやり、と、山内が笑った。

「なるほど。正直だというのも噂どおりですか。男を見たら狩らずにいられない男狩り女。最近では進化して、男喰い女になっていると伺いました。そのあたりも噂どおりのようですな」

「同じですわ、山内部長」

清香は負けていなかった。

「美しい女性を見ると、手を出さずにはいられない性癖なのではありませんか。同じ匂いがしますものね、わたくしたち。ギラギラと脂ぎった厄介な性癖が、身体の芯で燃えさかっていますでしょう。似た者同士はわかりますから」

「ふ……」

いきなり山内は笑い出した。口では勝てないと察して、笑い飛ばす豪快な男を演じることにしたのかもしれない。女の言うことに、いちいち目くじらをたてるような神経質な男ではないと、懸命に装っているように思えた。

（負けを認めたわけか）

孝太郎がメモした瞬間、爆発するような衝撃音が轟いた。ズズーンという重い揺れが、建物全体を揺らした。

「な、なんだ、地震か？」

山内は棒立ちになったが、細川は手すりの方へ走った。

「落ち着いてください、すぐに原因を確かめます。地震の場合は緊急地震速報が入りますので、少しの間、建物内にとどまっていてください。地震と判明した時点で避難誘導します」

大声で告げながら携帯を操作している。

「浦島巡査長、病院の警備員に確認を」

「あ、はい」

「見てまいります」

下へ行こうとした清香の腕を、細川は素早く摑んだ。

「ドクターは安全を確認するまで、ここにいてください。この騒ぎで怪我人や急病人が出るかもしれません。医師はひとりでも多い方がいい。あなたが怪我をしたら、だれが助けるのですか」

「そう、ですね」

清香は仕方なさそうにとどまる。

「爆発音は、駐車場の方から響いたような気がします。自分が確認して来ます」

孝太郎は停止したエスカレーターを駆け降りた。病院の電話番号に連絡しても繫がらないうえ、一階の待合室では、患者や病院職員が右往左往していた。話を聞こうとするのだが、だれひとりとして立ち止まらない。

「外には出ないでください！」

頭上から響いた細川の制止が、狼狽える人々にとっては幸いだった。驚愕《きょうがく》のあまり動けなくなっている人間は、だれかの強い指示に従うのだろう。

（ガソリン臭いな）

孝太郎はハンカチで鼻をふさぎ、職員とともに駐車場へ向かった。一隅から黒い煙が立ちのぼっているのが見えた。まだ炎が上がっていたが、警備員たちは消火器を持って消火活動を始めていた。

「車が爆発した？」

事故なのか、車のトラブルによるものなのか。あるいは……だれかが意図的に爆破させたのか。駐車するときに孝太郎と清香の顔を憶えたのかもしれない。帽子を取って挨拶した初老の警備員が、こちらに走って来た。

「け、検屍官の車ですっ」

叫ぶように言った。

「警視庁行動科学課の車が、いきなり爆発しました。エンジン部分から火の手が上がっています。消防車は要請しましたが、まだ到着していません」

「え」

まさか、ME号が？

孝太郎は茫然と、立ちのぼる炎や黒い煙を見つめていた。

第5章　哀《あい》のタイムラプス

1

メディカル・イグザミナー号は、外観を残さないほど派手に燃えた。おろしたての新車が、変わり果てた姿になってしまった。怪我人が出なかったのは、不幸中の幸いといえたが……細川は号泣した。

「あの車は、わたしにとっては子供のようなものだったのに」

本当は「ドクターとわたしにとっては」と叫びたかったのかもしれないが、細川は押しつけがましいことは口にしない古風な男だ。それでも我慢できなかったのだろう。人目も憚《はばか》らず、泣いた。

「警視庁行動科学課に対する脅しであるとともに、手を引けという警告であるのは間違いありません。もしかしたら、浦島巡査長の頭上に落とされた植木鉢も、意図的だったのかもしれませんね。今回はわたしを狙った可能性もあります。いっそう気持ちを引き締めて、この事案に臨《のぞ》みましょう」

　清香は、号泣する課長の肩を軽く叩きながら宣言した。

　二日後。

「所轄の調査結果が届きましたが、現在、精査中であるとか。『ME号爆破事件』に関する調査結果のごく一部です」

　清香が口火を切る。四人のメンバーは全員、本庁の地下オフィスに出勤していた。細川は昨夜も泣いていたに違いない。目が真っ赤だった。

「何者かに爆発物を仕掛けられたのは確かなようです。地面が抉《えぐ》れていることから、手榴弾タイプか瓶や缶を使った手製爆弾かもしれません。現在、回収した破片を調べているようです。犯人はさりげなくME号に近づき、車体の下に置いたのでしょう。本当に危なかったですね。エンジンをかけたとたん」

ボンッと右手で爆発の仕草をした。

「運が良かったと考えるべきだと思います。嘆くのは、事件を解決した後です。警視庁行動科学課の総力をあげて、一刻も早く犯人を検挙しなければなりません。もはや死語かもしれませんが、悪党許すまじ！」

　十八番と同時に、スリッパ代わりの安全靴を踏みしめた。ここに移って以来、清香は細川と日々リフォームに勤《いそ》しんでいるのだが、なにが気に入ったのだろう。オフィスではいつも安全靴を履いていた。

不意に細川がトイレットペーパーを取って屈み込んだ。清香が重い安全靴を上げた下にいたのは、だれもが忌み嫌うGことゴキブリの死骸。課長は慣れた手付きでトイレットペーパーを使い、ゴキブリを取ってトイレに流した。

真冬であるにもかかわらず、いまだに姿を現すのは、建物内の暖房がGの繁殖に適しているからだろう。

（どんなに落ち込み、泣いていようとも、条件反射的に身体が動くんだろうな）

パブロフの犬ばりの動きで己を保っているのかもしれない。ちなみにティッシュではなくて、トイレットペーパーを使うのは、経費節約のためとトイレを詰まらせないためなのは言うまでもなかった。オフィスにはティッシュは置かず、洟《はな》をかむときもトイレットペーパーを使っていた。

「病院の駐車場の映像は、ないんですか」

孝太郎は訊いた。

「先程、先生が仰ったように、精査中とかで送って来ないんですよ。手柄を横取りされたくないと考えているのかもしれません。もう一度、催促してみます。それでも駄目なときは、奥の手を使いますので」

優美が答えて、さっそくパソコンを操作し始める。清香と優美にとっては元カレにあたる元宮真守の件で、女性同士の冷たい戦争が起きるのではないかと思い、孝太郎は警戒していたのだが……優美は時々鼻歌まじりにキーボードを打ち、むしろ機嫌がいいほどだった。

（考えすぎだったか）

清香と麗子、そして、優美は強い絆《きずな》で結ばれているのだろう。まずはオフィス内での冷戦を避けられて安堵していた。

「『ＭＥ号爆破事件』については、所轄からの調査結果が届くまでは、少し横に置いておきます。浦島巡査長、『病院転落死事件』のジオラマが完成したようですね」

清香は、孝太郎の机に置かれた段ボール箱を見やった。上から被せるケーキタイプの箱を用いている。一度目の転落死事件が起きた後、病院はあちこちに防犯カメラを取り付けたため、そのうちの一台に二度目の転落死が映っていたのだった。

「はい。徹夜で完成させました」

孝太郎は言い、被せておいた段ボール箱の蓋を取る。楕円形の病院の一部を模した建物は粘土で造り、亡くなった大津良平の部屋だった八階から人が落ちて行く状態を、人型のフィギュアを連ねて表していた。

「連続撮影した写真を繋いだ動画のことを、タイムラプスと言うのですが、それをフィギュアで表現してみました」

説明を聞き、清香と優美が溜息をついた。

「いつもながら見事な腕前ですね」

検屍官が呟いた瞬間、

「あぁっ」

細川が悲鳴のような叫び声を迸《ほとばし》らせた。ジオラマの地上部分に停められた一台の車を見て、どっと涙をあふれさせた。

「ME号です、ME号だ！」

床に跪いて顔を近づける。

「そうですよね？」

確認するように目を向けた。

「はい。プラモデルに同じ車種があったので、同じ色にして警視庁行動科学課やメディカル・イグザミナーの文字を車体に入れました」

「そっくりだ。乾いていますか、手に取ってもいいですか」

目を潤ませながらの嘆願に否と言えるわけがない。

「どうぞ。少しでも課長の慰めになればと……」

孝太郎の言葉は最後まで続けられなかった。細川がME号のプラモデルを胸に掻き抱き、何度目かの号泣を始めたからである。

「少し放っておきましょう。浦島巡査長、フィギュアが連なっているのは、タイムラプスを表現したと言いましたが、なぜ、わざわざ繋げたのですか」

清香に問われて答えた。

「地面に落下した場面を描くだけでは、落ちるまでの経緯《けいい》がわかりません。それを表現したかったんです。見てください。ここでおそらく大津さんは左腕をぶつけたのではないかと思われます」

六階のベランダの手すりを指して、続ける。

「あくまでも自分の推測ですが、大津さんはとっさにベランダの手すりに摑まろうとしたのかもしれません。左腕、もしくは左手や左手首に、生前の傷痕《きずあと》が残っていると思います。司法解剖の結果と比較すれば、より細かい点が判明するかもしれないと思いまして、タイムラプスをフィギュアで表現した次第です」

「タイトルをつけるとしたら『哀のタイムラプス』でしょうか。よくできていますね」

清香の言葉に、優美が相槌《あいづち》を打つ。

「ええ、本当に精巧です」

二人とも屈み込んで見入っていた。

「浦島巡査長のジオラマには、間違いなく魂が宿っていますね。じっと見つめていると造られた世界に吸い込まれてしまいそう。夜中に見るのは、ちょっと恐いです」

優美の言葉を、清香が受ける。

「ふと気づいたら、現実の優美ちゃんが消えて、このへんにいたりして」

綺麗にマニキュアされた指で二階のベランダを指した。

「きゃっ、恐い。やめてください、先生。夢に出てきそうですよ」

「もっと恐がらせてしまうかもしれませんが」

孝太郎も腰を折るようにして、四階の廊下の窓をボールペンで指し示した。当然のことながら十階建ての楕円形の病院には、ベランダ以外の場所にも窓が設けられている。各病室のベランダは、楕円形の真っ直ぐな部分に設置されているのだが、廊下や休憩室などには湾曲した洒落た窓が設《しつら》えられていた。

縦に長い曇りガラスの窓には、うっすらと白い人影があるような……。

「わかりますか？」

孝太郎の質問に、清香と優美は頷き返した。

「ええ。白っぽい人影のように思います。白衣を着た人間が、立っていたんでしょうか」

「落下したとき、たまたま夜勤をしていたドクターですかね」

二人の意見に同意する。

「自分も同じことを思いました。じつを言うと最初は気づかなかったんですよ。何度も見ていたときに『あれ？』と気になりまして」

「大津良平さんが殺されるのを知っていた、のでしょうか？」

清香が自問のような呟きを発した。

「………」

孝太郎と優美は一瞬顔を見合わせた後、

「なぜ、そう思ったんですか」

「一柳先生は、時々恐いことを言うから」

口々に言った。

「なんとなく、ですわ。たまたま窓の近くにいただけと考えるべきでしょうが、大津さんが亡くなられたのは午前二時でしたか、三時でしたか。とにかく冷え込む未明です。夜勤に就いたドクターは、救急外来からのコールがなければ、仮眠を取っている時間帯ではないかと思いまして」

「ドクターが起きていた場合は、患者さんの救命措置に忙しくて、のんびり窓辺に佇《たたず》んでいる暇なんかない？」

孝太郎は確認の問いを投げた。

「ええ。看護師さんは仮眠を取る暇もなく働いている場合がほとんどですが、医師は寝《やす》んでいる場合が多いと思います。以前に比べると勤務形態はだいぶ改善されましたが、現在でも三十六時間通し勤務などという激務が罷《まか》り通っているんですよ。そのため眠れるときに寝るのが大事です。特に郊外や地方の勤務医は過酷ですから、一時間でも仮眠を取らないと身体がもちません」

2

「二十三区内よりも忙しいんでしょうか」

　孝太郎は訊いた。

「そうだと思います。特に中央線沿線の郊外は、次から次へとタワーマンションが建設されて、人口が増えているじゃないですか。比例して病院の数が増えればいいのですが、現実にはそうなっていません。だから大きな病院に患者さんが集中して、いつも混み合うんです」

　清香は答えて「話を戻します」と告げた。

「あくまでも仮定ですが、大津良平さんの事案が他殺だった場合、窓辺に佇んでいた医師は大津さんが殺されるのを知っていたのかもしれません。非常に残虐な性癖の持ち主としか言えませんが、それで窓辺に佇んでいた。まあ、ちょっと奇想天外すぎる推測かもしれませんけどね。なんというのか、この窓辺に佇んでいる様子の人影が」

四階の窓を指して、続ける。

「不自然な感じに見えたんです。当直が終わりに近づき、疲れているはずなのに、ソファに座ることなく窓辺にいた。これが気になるんですよ。考えすぎでしょうけどね」

「先程、先生が仰ったように、たまたまという場合もありますよね。自販機で買ったホットコーヒーでも飲みながら夜勤明けを待つ医師、みたいな推測もあると思うんです。そちらの方が自然じゃないでしょうか」

優美の意見を、孝太郎は継いだ。

「一般的な推測だと思います。所轄の調書には、この窓辺にいたと思しき女性医師の話が出ていました。自販機で飲み物を買い、さあ、もうひと頑張りと思っていたとき、鈍い激突音が響いた、と」

手帳を見ながら告げた。

「ああ、そうでした。窓辺にいたのは女性医師でしたね」

清香が確認するように訊いた。

「はい。ほら、あの救急救命医ですよ。山内部長を押しのけて一番最初に挨拶をした女性医師です」

「ああ、斉藤葉月先生ですか」

「そうです。医者としては年が若くて、三十二歳。研修医を終えたばかりの新米先生ですが、年がわかると、よけい不審が募りますね。山内部長は、なぜ、彼女のああいう言動を許したのか」

メモしながらの呟きを、優美が受けた。

「今の言い方、引っかかります。医者としては若いけれど、一般的にはいい年ってことですか」

突っかかって来る。

〝年齢の話はご法度！〟

上條麗子から渡された清香手帖の一部が甦ったものの、時すでに遅し。

「あ、いえ、そんなつもりは……」

「尖《とんが》らないでくださいな」

清香が割って入る。

「『ME号爆破事件』の影響で、苛々するのはわかります。犯人が捕まっていませんからね。いつ、また、狙われるかわからない。つい苛々してしまいますが、身内のつまらない諍《いさか》いや疑心暗鬼が一番の敵です」

笑顔で優美を見やった。

「他にはなにかありませんか、優美ちゃん。今朝、メールで特区がどうのこうのと書き送ってきませんでしたっけ？」

露骨に話を変えたが、優美は異論を唱えなかった。

「そうでした。まだ発表されていませんが、南北市民病院を中心にした区域は、特区の指定を受けたばかりらしいんですよ。郊外ですが、さまざまな商業施設が整っていますからね。白羽の矢を立てられたんだと思います」

「細川課長」

清香は次に課長を指名した。

「政治と経済の話は、あなたの役目です。特区の説明をしてください」

「は、はい」

胸に掻き抱いていたプラモデルのＭＥ号を、細川は病院のジオラマにそっと戻して、洟をかんだ。目は真っ赤のうえ、鼻まで赤くしていたが、だれも笑わなかった。

「えー、特区は正式には『国家戦略特別区域』と言います。二〇一三年十二月に成立した国家戦略特別区域法が根拠法のようです」

もう一度、洟をかんで続ける。

「特別経済区を簡単に纏めますと、外国投資を誘致するために特別な優遇策を付与された産業地区となるでしょうか。地区に輸入された財は、再輸出のために程度の差はありますが、加工されます」

「よく耳にしますが、タックス・ヘイブンとはなんですか」

清香の問いに、細川はすぐさま答えた。

「租税回避地のことです。巨大化した多国籍企業は、これを経由して取り引きを行うことで、納めるべき法人税を巧みに極小化するようですね。かなりの大企業が行っているいると思います」

「確か薬事法に関する話もありましたよね」

訊くのは清香のみ、孝太郎はメモを取り、優美はパソコンに入力していた。

「はい。医療に関しては、保険診療と保険外診療を併用する『混合診療』を拡大していくようです。ですが、恩恵を受けられるのは一部の富裕層だけですよ。庶民には関係のない成長戦略という名の愚策です」

泣き腫らした目と真っ赤な鼻で言い切った。孝太郎には、やけに恰好良く見えた。

「少し話が逸れるかもしれませんが、南北市民病院では当分の間、エントランスホールで手荷物検査をすると同時に、金属探知機で銃やナイフといった危険物を取り締まることになりました。今朝の会議で決まったことです」

細川の報告に、清香は眉をひそめる。

「つまり、本庁は今回の事案に関しては、テロの可能性もあると考えたわけですか？」

「おそらく、そうではないかと……病院内にはメスや鋏《はさみ》、レストランの厨房には包丁などもあるので無意味なように思えますけどね。行動科学課は今までどおりに動いてかまわないとも言われました。我々を囮にして、危険な敵、もしかしたら『オッド・アイ』を名乗る連中かもしれませんが、一網打尽にしようと考えているのかもしれません」

苦笑して、細川は続けた。

「囮役になった行動科学課を助けてくれるかどうかは、不透明です。手荷物検査が仰々しくならないようにするため、わたしは病院側に玄関先で院長や山内部長たちが自ら挨拶をして、患者さんを出迎えてはどうかと提案しました」

「名案ですね。駐車場の利用状況や来院者の年齢、車椅子の利用状況といった生のデータを手に入れられます。それに駐車場や病院に不審者を入れないための抑止力にもなるんじゃないでしょうか」

孝太郎の称賛を、細川は苦笑を通り越した渋面で継いだ。

「院長や山内部長たちが、承知すればの話ですよ。特に山内部長はプライドが高そうな印象を受けました。五十八の男盛り、常に取り巻きを引き連れて、病院内を闊歩《かっぽ》している。おそらく彼が事実上の支配者でしょう。医局への繋ぎ役というのはすなわち、『おれを通さなければ、この病院にいい医者は来ないぞ』ということですからね」

「ですが、南北市民病院は閑古鳥《かんこどり》が鳴いています。裸の王様がいくら威張っても、患者さんが足を運ばなければ、存続が危うい状況なのではありませんか」

清香の意見に、細川は頷き返した。

「仰せのとおりです。まだ調査の途中ですが、山内部長が築き上げた王国は、いまや滅亡の危機に瀕《ひん》しているように見えます。ただ、病院は建てるのも大変ですが、潰すのにも恐ろしいほどの手間と費用がかかるんですよ。南北市民病院は築年数二十二年。建物に少し手を入れて、職員たちの意識が変われば、続けていけるのではないかと思うんですが」

「さっき検屍官が言っていたじゃないですか。郊外、特に中央線沿線の郊外は、タワーマンションが建設されて人口がどんどん増えている。病院は減らすのではなく、存続しなければ患者さんを受け入れられなくなってしまうんじゃないですか」

孝太郎は住民を代表するような質問を口にした。

「またまた、仰せのとおりです。下手をすると、たらい回しにされた挙げ句、死亡という悲惨な事態が日常的に起きるかもしれません。今だって病院に通院していない患者さんの場合、救急搬送されても断られるケースが少なくありませんから」

「概要はだいたい摑めました」

清香は立ち上がって、コートを持ち、大きなバッグを肩に掛ける。

「まいりましょうか、浦島巡査長。潜入看護士の神木さんが、不安を覚えているかもしれません。わたしたちの姿を見せるのが敵ばかりでなく、彼女へのアピールにもなります。囮役、いいじゃありませんか。喜んでお引き受けしますわ」

「はい」

「わたしも」

同道しようとした細川を仕草で止めた。

「細川課長は、国分寺の所轄へ行ってください。『国分寺窃盗・強殺事件』の被疑者である渡辺健次、そして、渡辺を刺殺しようとした黙秘男、さらに『小さな足跡の人物』として名乗り出た小林麻由子について調べてください。所轄は小林麻由子の供述を信じているようですが、疑問が残りますので」

「わかりました。ついでにもう少し南北市民病院の経営状況を調べてみます」

「先生。転落死した大津良平さんの娘さんが、司法解剖の結果と解剖所見をメールで送って来ました」

優美が言った。

「面パトの中で見ます。すぐにメールしてください」

「了解です。それから立川市の所轄では、夜、会議が開かれるようです。細川課長が摑んだ情報ですが、参加なさいますよね」

「当然です。知らせが来ないのは、わたしたちの訪れを待ち兼ねている証。なにげなさを装って参加いたします」

皮肉たっぷりに言い、笑った。

少ない人数で最高の働きをするのもまた、行動科学課の信条のひとつだ。孝太郎は清香とともに、オフィスを出た。

3

真っ直ぐ南北市民病院に向かうのかと思いきや、清香がナビで示したのは、市の大通りに面した赤と黒の外観が特徴的なファストフード店だった。駐車場に面パトを停めて、二人は店に入り、窓際のカウンター席に座る。

本庁の近くで昼食を摂《と》って高速に乗ったのはいいが、渋滞に遭ってしまい、時刻は午後三時になっていた。

「神木さんの情報では、この店は南北市民病院の医師や看護師の溜まり場だそうです。もはや死語かもしれませんが、モダンな外観が魅力のひとつですね。ファストフード店らしからぬ高級感を持ちながら値段が安いじゃないですか。二十四時間営業している点も、いいのかもしれません。夜勤明けの職員は、ひと休みして家に帰れますから」

清香はタブレットから目を上げずに言った。ここに来るまでの間も、優美から送られたメールを精査し続けていた。

店内は確かに病院関係者らしき男女が多いように思えた。なかにはメディカルユニホームの上にコートを羽織った人もいる。同僚たちに頼まれたのか、かなりの数のハンバーガーを買い求めていた。

「本間係長は、ご機嫌斜めになるかと思いましたが逆でしたね。鼻歌まじりで上機嫌でした。十年前に元宮副署長は、検屍官と本間課長、さらに結婚相手になった女性と交際していたようです。二股どころか、三股ですよ。尾が三つの化け猫じゃあるまいし、いいかげんにしろと言いたいです」

孝太郎は気になったことを口にする。

「バッグをあげましたの」

清香は、んふっと小さく笑った。

一瞬、可愛いと思ったが、とたんに細川の警告川柳が浮かんだ。

〝可愛いと、思った瞬間、蟻地獄〟

わかっていますと心の中で答えて、検屍官と目を合わせる。

「前々から要らなくなったら欲しいと言われていたんです。悪いのは元宮副署長ですが、わたしは十年前に起きた諸々の事情を知っていたのに話しませんでした。なぜ、そういった事実を教えてくれなかったのかと、優美ちゃんは複雑な思いがしたでしょう。そのお詫びですね」

　爽やかな笑顔だったが、孝太郎は納得できない。

「でも、検屍官が言うとおり、すべては元宮副署長のせいじゃないですか。なんとなく、こう、胸がモヤモヤしますよ」

「要領のいい男なんです。昨夜、麗子と話したんですけれど、男版一柳清香だと言われてしまいました。わたしは不器用だから周囲に気づかれてしまうんですが、元宮はその上をいくいまや完全に死語のプレイボーイ。去年、夫人とは別居したようですが、麗子は優美ちゃんには言うなとのことでした」

「それじゃ、今はひとり暮らしなんですか」

「そうです。だから去年、付き合ったんじゃありませんか。わたし、不倫関係はいやですもの」

　つんと顎を上げたが、威張って言うことではないだろう。男狩りから男喰いへと、検屍官は進化している。喰われないように気をつけなければ……。

　さて、と、清香は話を変えた。

「転落死した大津良平さんの司法解剖結果です。あなたが作製した『哀のタイムラプス』、勝手にそう名付けましたが、推測どおりのようです。落ちるときにベランダの手すりを摑もうとして左手首を打ちつけたのでしょう。左手首の骨が折れていました」

タブレットをこちらに向けて、言った。

「生前、受けた傷ですね」

孝太郎はメモしながら訊いた。

「はい。死因は頭を地面に激しく打ったことによる頭蓋骨陥没骨折ですが、骨と一緒に脳は潰れてしまったため、手術痕などは確認できていません。どんな手術をしたのか、可能であれば見たかったのですが」

「そういえば、大津さんの娘さんと話をしたとき」

孝太郎は思いついた事柄を問いに変える。

「手術で取った腫瘍の話だったと思いますが、ホルマリン漬けにされていたという件で、検屍官はちょっと疑問を持たれたように感じました。父が肺ガンの手術をしたときは、切除した腫瘍はホルマリン漬けにはされていなかったと思います。家族に確認してもらうときは切り取った部位をそのまま見せるんじゃないですか」

引っかかった点として手帳に記していた。

「だいたいはそうだと思いますが、状況によって色々あると思います。切除した臓器や腫瘍を撮影してパソコンに残しておき、それを見せる場合もありますから。山内部長の場合は、後で研修医に見せるため、すぐホルマリン漬けにしたのでしょう。教材としてちょうどよかったのかもしれません」

「なるほど」

と、孝太郎は答えて目を上げた。扉が開く音がした後、潜入看護士の神木瑠奈が姿を見せた。

年は四十一、ふっくらした女らしい身体つきや、きめの細かい餅肌は彼女を語るうえでは欠かせない。掌に吸いつきそうな美しい肌が、魅力を高めているのは間違いなかった。彼女も病院の医師らしき男女同様、ブルー系のパンツスタイルのメディカルユニホームに、ダウンコートを羽織っている。

注文したコーヒーを手に持って、さりげなく清香の隣に座った。瑠奈、清香、孝太郎の順になって、清香を真ん中に挟む形になる。瑠奈が座るまでの間、互いに目を合わせないようにしていた。

「南北市民病院は、セレブ御用達《ごようたし》病院を目指しているようです」

囁き声で言った。清香を間に挟んでいるので、孝太郎は全神経を耳に集中する。

「患者は政財界の重鎮やその家族だけにしたいのかもしれません。お偉いさんにまずい事態が起きたときの入院は大歓迎でしょう。立川市にはさまざまな商業施設が揃っているので、入院したときも便利ですからね。都心ほど人目がないのも、いいのかもしれません。リフォームした特別室は豪華で凄いですよ」

「市民病院とは名ばかりのセレブ病院ですか。リフォームまでしていたのは知りませんでしたが、牛耳《ぎゅうじ》っているのは、やはり、山内部長の一派でしょうか」

清香も小声で訊いた。二人は前を向いたまま話していた。

「はい。院長と理事長は影が薄いですし、市役所から派遣される事務局長を含むスタッフは、山内部長に阻《はば》まれてしまい、医局と繋がりが持てない状態です。改善できないまま任期を終えて、また別の事務局長たちが来るようになるのでしょう。病院の職員は市役所から派遣されるスタッフに、洟《はな》も引っかけない有様です」

「細川課長が国民健康保険のレセプトを分析して、市民の受診動向を調べてくれたのですが、神木さんの報告どおりでした。収入減が続いているようです。去年、新しく建設された総合病院に患者さんが流れるのは、当然の状態なんでしょうね。医師や看護師の引き抜きも激しさを増すばかりかもしれません」

「密かに流れている話では、ここは市民病院ではなくて『死人病院』だと」

瑠奈が告げた。笑えない報告だった。

「洒落になりませんね。情報としては入っていませんが、そんなに亡くなる方が多いのですか」

清香は訊いた。

「噂を耳にしただけなんです。まだ実態は把握できていません。ローカル医師が増えたことによって、医療の質が落ちているのは確かなようですが、脳神経外科以外の科で不審な事件が起きているのかどうかは、これから調べます」

瑠奈が潜入してから、まだ数日しか経っていない。それでも着々と調べている様子が読み取れた。

「わかりました。病院には所轄での会議の後、行くのですが、院長や山内部長は玄関先で患者さんに挨拶して出迎えていましたか。細川課長が提案したらしいのです。手荷物検査が仰々しくならないようにするため、玄関先で出迎えてはどうかと」

「ああ、それで今朝、院長や看護師長たちが玄関先に立っていたんですか。なにを始めたんだろうと驚きましたが、山内部長はいませんでしたね」

瑠奈はいっそう声をひそめる。

「これも今ひとつ信憑性《しんぴょうせい》が持てない噂なのですが、山内部長は英領バミューダ諸島の租税回避地に登記された医療機器メーカーから、新株予約権——ストックオプションや未公開株を取得しているという、まことしやかな話が流れています。山内部長はこの医療機器メーカーが開発に関与した製品の治験《ちけん》に関わっているらしいんですよ」

ガセネタと簡単には聞き流せない事案に思えた。租税回避地の医療機器メーカー、ストックオプション、医療機器メーカーが開発に関与した製品の治験と、あまりにも話が具体的すぎた。

「それで山内部長の一派は利益を上げている？」

清香の疑問に、瑠奈は「そうらしいです」と答えた。相変わらず互いに目を合わせず、前を向いたままだった。

「仲間に加わらない医師や職員は、おこぼれに与《あずか》ることができない。美味しい蜜を与えてもらえないわけです。もし本当に死亡件数が増えているとしたら、そういった不満や疑念が連携プレーを必要とする手術に影響するのかもしれませんね。信頼関係を築けませんから」

瑠奈が言った。鋭い指摘だった。人間である以上、個人的に好悪の感情を持つという部分はあるだろう。しかし、医者はそれを抑えて動かないと大きな失敗をしでかすのではないだろうか。

「確かに」

清香は頷いて、続ける。

「山内部長は優秀ですが、協調性に欠けるところがあるような気がします。話したときに自分に似ているなと思ったんですよ。わたしはそういった欠点がわかっているので検屍官の道に進みましたが、男性は色々と優遇されますからね。家庭や職場では王様になって我儘《わがまま》を通してしまう。病院全体が覇気《はき》を失っているにもかかわらず、山内部長の一派だけは異様に目立っていたように感じました」

「仰せのとおりです。特にお気に入りの斉藤葉月医師は、我が物顔の振る舞いですよ。ご存じのように彼女は救急救命医なのですが、密かに若き女帝と呼ばれていると聞きました」

「山内部長のお気に入りなのは確かでしょうね。初対面のとき、彼を差し置いて一番早く挨拶に来たのですが、怒りませんでしたから」

「へぇ、そこまでとは思いませんでした」

「あるいは」

清香は囁き声になる。

「山内部長は斉藤葉月に、なにか弱みを握られているのかもしれません。引き連れている医師連の取り巻きは、はたして、山内部長側なのか、斉藤医師側なのか。調べていただけると助かります」

「わかりました」

瑠奈は前を向いたまま手帳に記していた。

「四階の窓辺に佇んでいた『窓越しの目撃者』は斉藤医師でした。たまたまでしょうが、目立つ場面にいますよね」

孝太郎の言葉を聞き、検屍官は笑顔で見やる。

「確かに。『窓越しの目撃者』とは、うまい表現ですね。浦島巡査長は起きた事案を一文に纏める名人だと思いますわ」

話が脇道に逸れたのを感じたのか、

「わたしはそろそろ戻りますが」

瑠奈が申し出た。

「斉藤葉月医師は、山内部長の秘蔵っ子とも言われています。二人は同じ医科大学を出たわけではないのですが、師弟関係ができているように感じます。とにかく山内部長は彼女を買っているようですね。サブスペシャリティーとして育てたいと言っていました。斉藤医師の周囲には、葉月組と呼ばれる一群ができ始めているようです」

「サブスペシャリティーとは？」

孝太郎が投げた問いを、真ん中に挟まれた清香が受けた。

「救急以外の分野の知識と技術を持つ医師のことをそう呼びます。救急外来は総合診療医として正確な病名を早く見極め、的確な治療をすることが求められてきましたが、最近はそこに高度な腕を持つ医者という部分が加わりました。救急救命医が外科手術もできれば、患者が助かる率はかなり上がりますから」

「なるほど。現場は常にレベルアップしているわけですね」

「最後にもうひとつだけ」

瑠奈は締めくくるように言った。

「すでにご存じかもしれませんが、南北市民病院を含む区域は、特区の指定を受けました。全域ではないようなので範囲は今、調査中です」

「特区の話は聞きました。引き続き、調査を続行していただきたいと思います」

「了解しました。特区に関しては不明な部分が多いと思いますが、南北市民病院は治外法権の色合いが強いらしいですよ」

カウンター席から立ち上がった瑠奈を、初めて清香は見た。

「え？」

「特区内で起きた事案に関しては、警察や司法は極力関わらない。それが南北市民病院を含む区域の治外法権特区のようです」

瑠奈はコーヒーの容れ物をゴミ箱に捨てて、店をあとにする。

「なんとなくですが、南北市民病院の特区は、危険な感じがしますね」

孝太郎の言葉に、清香は大きく頷いた。

「ええ」

出て行った瑠奈と入れ替わるようにして、医師と思しき五人の男女が入って来た。みな例外なくメディカルユニホーム上にダウンジャケットやコートを羽織っていた。

「噂をすれば、ですね」

孝太郎の言葉に、清香は無言で頷いた。斉藤葉月医師が一群の中にいた。今し方、瑠奈が言っていた葉月組ではないだろうか。

4

「葉月先生、今日は是非、ぼくにご馳走《ちそう》させてください。なにがいいですか」

若い男性医師の申し出に、他の男性医師が唇をゆがめた。

「ファストフード店で点数稼ぎはやめましょうよ。どうせなら都内のフランス料理店にしませんか。ここで『奢《おご》ります』と言われても答えようがないでしょう。まあ、葉月先生はやさしいので、にっこり受けるかもしれませんがね」

辛辣《しんらつ》な物言いが合う男に見えた。上から目線で永久に一般常識がわからない人種かもしれない。総勢五人の一行は、四人が男性で女性は斉藤葉月だけだった。山内三千雄が引き連れていた取り巻き連だろう。

葉月は、タイプこそ違うものの清香といい勝負をしそうなほどの美人である。が、花なら華やかな薔薇《ばら》や百合《ゆり》が似合う検屍官に比べると、月下美人や夜来香《イエライシャン》といった名前どおりの月光に映《は》える花が相応《ふさわ》しいような印象を受けた。男に従順な感じがするが、実際のところはわからない。

「細かいことにこだわらなくても、いいじゃありませんか。わたしはコーヒーをお願いします」

葉月の申し出を、若い医師は素直に受け入れた。

「承知しました」

他の男性医師には目もくれず、さっさと買いに行った。傍《はた》から見る限り、どっちもどっちで勝負なしという感じだったが、辛辣男は違う意見だったに違いない。

「ついでに、ぼくらの分もお願いしますよ」

後ろから言ったが、訴えは完全に無視された。男性医師たちは仕方なさそうに各々《おのおの》買いに行く。葉月はブランド品らしきバッグを片手に、ひと足早くボックス席を確保していた。

(話を聞きたいが)

孝太郎の考えを読んだように、清香は携帯を上着のポケットに入れた。

「まいりましょうか」

バッグとコートを持ってカウンター席から降りる。孝太郎も後ろに続き、葉月が陣取ったボックス席に行った。

「少しお話を聞かせていただけますか、斉藤先生」

清香は警察バッジを掲げて言った。孝太郎は斜め後ろで警察バッジを掲げた。

「はい」

葉月は二人を交互に見やる。

「どんな御用でしょうか」

「『病院転落死事件』について、少しお話を伺いたいのですが、よろしいでしょうか」

返事を聞く前に、清香はボックス席に腰をおろしていた。四人の男性医師は、それぞれ手に飲み物を持ち戻って来たが、当惑気味に突っ立っている。コーヒーを頼まれた若い医師が、葉月の前にそれを置いた。

「わかりました。そういうわけですので、みなさんはあちらの席にお願いします」

若い医師に会釈して、空いていたカウンター席を目顔で指した。辛辣男はわざとらしく肩をすくめて、カウンター席に足を向ける。他の三人が右へ倣えとなったのを見て、孝太郎は清香の隣に座った。

手短に挨拶しながら、あらためて名刺交換する。

「初対面のときはご挨拶だけで終わってしまいましたが、一柳検屍官のお話は伺ったことがあるんです。女性同士のコンビが、次から次へと難事件を解決していると聞きましたが、今はこちらの方が？」

切れ長の目を向けられた瞬間、不意にぞくりときた。首筋に悪寒を感じて、鳥肌が立ってくる。つい右手で首をさわっていた。

（なんだろう。いやな感じがする）

危険な女ということだろうか。清香に対しても時々似たような感じを覚えたことがあるが、女性との交際経験がまったくない孝太郎は、大人の色香に弱いのかもしれなかった。

「そうです。若いながらも浦島巡査長は、フィギュアを使ったジオラマの3D捜査と犯罪心理学が武器なんです。まだ頼もしいとまではいきませんが、日々成長しているのを感じますね」

清香は正直な感想を述べた。裏表がなさすぎたのかもしれない。

「ご本人を前にして頼もしいとまではいかないと言い切れるのは、逆に信頼関係を結べているからでしょうね。羨《うらや》ましいですわ」

葉月は笑顔を返した。

「さっそくですが、二度目の転落死事件についてお伺いします。大津良平さんが、入院していた八階の病室のベランダから落ちたとき、斉藤先生は四階の窓近くにいらした。間違いないですか」

質問役は清香が担い、孝太郎はメモを取ることに専念する。さながら美人検屍官VS美人救急救命医といった構図だが、気後《きおく》れしてしまい、割り込めなかった。カウンター席に移った四人の男性医師は気になるのだろう、ちらちら見やっている。

「間違いありません。当直だったんですが、ひと息つこうと思って、四階の自販機に行きました」

「女性用の仮眠室は二階にもありますよね。救急外来には二階の方が近いと思うのですが、なぜ、四階にいたのですか」

清香は訊いた。おそらくもっとも気になる事案だったのではないだろうか。孝太郎も同じだった。

「わたしが立っていた場所の自動販売機を、ご覧になればおわかりになると思いますが、四階では『缶入りだし』を売っているんですよ。他の階の自販機にはない商品なんです」

「『缶入りだし』とは、なんですか？」

流行には目がない清香が、珍しい商品名に対して問いを投げた。

「その名のとおりですよ、検屍官。缶入りコーヒーならぬ、缶入りだしです。具は入っていない缶入りのだしを、自販機で売っているんですよ」

孝太郎は横から助け船を出して、葉月に確認するような目を向ける。テレビかなにかで見た憶えがあった。

「仰るとおりです。要は具の入っていない澄まし汁を飲む感じですね。冬はホットになるので、なかなか熱い缶の蓋を開けられないのが難点ですが、夜中、小腹が空いたときによく買いに行くんです。具が入っていないから、カロリー的にオーケーだろうとか、無理に自分を納得させたりして」

苦笑いだったが、明るい笑顔をしていた。太るんじゃないかと夜は特に気にしながら、それでも食べ物を摂《と》らなければ身体がもたない。そういった現代人の要望に、缶入りだしは応えてくれるのかもしれなかった。

「知りませんでした。まだ四階には行っていないので後で試してみます。わたくしはジャンクフードが大好きなんですよ。楽しみですわ」

公用のわたくしを使っていたが、内容的には親しみの持てるものになっていた。孝太郎と同じ印象を持ったに違いない。

「ジャンクフードがお好きという割には、ほっそりしていらっしゃいますよね。秘訣はやはり運動ですか」

女性同士ならではの質問が出た。

「いいえ。自慢じゃありませんけれど、運動は大っ嫌いなんです。ただ、地下にオフィスを移されて以来、なかば開き直ってＤＩＹ、日曜大工を始めたんです。足を守る安全靴の重さが、ダイエットになるんでしょうか。ぐっとウエストが締まりました」

清香もまた、ジェスチャー入りで説明する。背筋を伸ばして、両手でウエストのあたりにふれていた。

「日曜大工ですか。意外ですね。あ、でも、そういえば、お金持ちのお嬢様タレントがはまっていたのを今、思い出しました。トレンドなんですね」

「元の相棒曰く、わたくしはトレンドに弱いらしいんです。流行《はや》っていると言われただけで、好奇心をそそられるんですよ。日曜大工は身体を鍛えないと続けられません。自然に体幹を鍛えるには、いいかもしれませんね」

それで、と、清香は話を戻した。

「大津良平さんが落下したとき、斉藤先生は缶入りだしを飲みながら、窓辺に佇んでいた。何時ぐらいに異常な音を聞きましたか」

「時刻は午前三時近かったと思います。一瞬、地震かと思うぐらいの衝撃音でした。慌ててまわりを見たのですが、ナース室や仮眠室から医師や看護師が飛び出して来ましたね。男性医師がすぐ確認に行きました」

「そして、大津良平さんが倒れているのを発見した。警察に連絡したのは斉藤先生ですよね」

清香が念のためという感じで確認する。

「そうです。男性医師に続いて庭に出たので……ここは救急外来のある病院ですからね。警察へ連絡した後すぐに、ストレッチャーで救急外来に運びました。ですが、もう」

手当てできない状態だったと表情で告げた。

「即死だったんですか」

と、清香が訊いた。

「ストレッチャーに乗せたときは、かすかに息がありましたが、今際《いまわ》の際《きわ》の言葉は聞いていません。救急外来に運ぶ途中で事切れたんだと思います。死亡を確認したのが、ええと、三時五分過ぎぐらいでした」

バッグから出した手帳を見て、答える。

「斉藤先生のお考えを聞かせてください。自死ですか、事故ですか、それとも他殺でしょうか」

ストレートすぎる問いを投げた。

「わかりません」

葉月は即答した。

「ご存じのように、わたしは大津さんの担当医ではありません。彼の個人的な事情までは、わかりかねますので」

「脳腫瘍の手術は成功したんですよね。腫瘍が脳底にあったため、神経を使う難易度《なんいど》の高い手術だったと思いますが」

「執刀医は山内先生ですよ」

わずかに嘲笑らしきものを浮かべた。山内三千雄を馬鹿にしているのかというような含みがあった。

成功や失敗を口にすること自体、おかしいでしょう。あなたは山内先生が『神の手を持つ脳外科医』と呼ばれているのを知らないのですか。

強い抗議の雰囲気を感じた。

「失礼しました」

清香は素直に詫びる。

「念のための確認なんです。大津さんのご家族が切除した腫瘍を見たとき、ホルマリン漬けにされていたと伺ったものですから、少し気になりまして」

「特段、取り上げるほどのことではないと思いますよ。わたしは座位の手術を見たかったので立ち会いましたが、山内先生は見事なメス捌きを披露してくださいました。非の打ちどころのない完璧な出来映えでした。さすがだなと思った次第です」

話が終わるのを待っていたように、葉月の携帯がヴァイブレーションしたようだ。携帯を出して言った。

「救急外来からのコールです」

立ち上がった葉月に、四人の男性医師も倣った。もしかすると、全員が救急救命医なのかもしれなかった。

「失礼します」

会釈して、若き女帝は店をあとにする。二人は席に残ってティータイムを続けた。

「若き女帝の貫禄《かんろく》充分ですね」

孝太郎の感想を、検屍官は継いだ。

「医者の優劣に男女の違いはありませんが、他の病院では女性の救急救命医が増えています。斉藤先生は、期待の星なんでしょう。脳神経外科医の山内部長とは、性別も違うし、科も違います。変な言い方かもしれませんが、山内部長は安心して可愛がれると思っているのかもしれませんね」

「寝首を掻《か》かれる心配がない？」

率直な問いに、清香は笑って頷いた。

「ええ。脳神経外科医をめざす男性医師だった場合、技を盗まれたうえ、病院での地位を脅かす存在になりかねないと考えるタイプなのでしょう。女性を下に見る男の典型的なパターンですよ。女性が男性と同等か、それ以上の働きをするとは、考えたこともないんでしょうね」

「それにしても、神木さんは経済のことに詳しいですね。驚きました」

「潜入前に細川課長が、講義を行ったようです。おそらく細川課長は山内部長の租税回避地の情報を、ある程度摑んでいたのではないでしょうか。短い期間にどれだけ正確な情報を得られるか。危険と隣り合わせの潜入看護士は、時間との勝負ですから」

「準備万端で臨《のぞ》んだわけですか」

孝太郎は、あらためて細川の優秀さを実感していた。いつも驕《おご》らず、謙虚な姿勢なので見のがしてしまいがちだが、行動科学課の屋台骨《やたいぼね》を支えているのは間違いなく細川だろう。

「噂の細川課長から連絡です。『国分寺窃盗・強殺事件』の実行犯、渡辺健次は意識がはっきりしてきたとたん、黙秘に転じたようですね。渡辺を刺した男も黙秘し続けているようですが、二人はオッド・アイへの忠誠心を見せているのでしょうか」

清香の自問のような問いかけに、孝太郎は同意する。

「その可能性はありますね。自分は、空き巣被害に遭った坂口和輝と、『小さな足跡の人物』だと名乗りを挙げた小林麻由子が引っかかっています。二人は嘘をついているような気がするので」

「前者は、リサイクル店主の妻と一度だけ付き合ったと言っていますが、じつは別の交際相手、未成年者と肉体関係を持ったのではないか。後者はなんらかの理由で本物の『小さな足跡の人物』を庇っているのではないか」

清香が口にした内容を補足する。

「はい。小林麻由子の場合は金銭がらみかもしれません。仕事と両親の介護生活は、大変だと思います。大金に目がくらんで引き受けたことも考えられます」

「そうですね」

清香は、ふたたび携帯に目を向けた。

「細川課長から所轄の会議に出席してくださいと連絡が来ました。まだ時間は充分すぎるほどあるのに、忘れているとでも思っているんでしょうか。優美ちゃんからの調査結果を見てからと……」

今度は清香だけでなく、孝太郎の携帯にもメールが流れた。待ち兼ねていた優美からの知らせは、南北市民病院の駐車場でME号が爆破された映像と、斉藤葉月に関する調査報告だった。

「へえ、斉藤先生は医大時代、面白い研究をしていたんですね。アメリカが命名したというこの呼び名、かなり引っかかります。現段階では推測にすぎませんが、『国分寺窃盗・強殺事件』と『病院転落死事件』は、繋がりがあるのかもしれませんね」

孝太郎は言った。同一犯とまでは言えないので中途半端な表現になった。

「その可能性がなきにしもあらず。洗い直す必要がありそうですね。細川課長に国分寺の所轄へ連絡してもらいましょう。合同捜査会議にした方がいい流れになってきました」

清香はすぐに連絡をする。

「斉藤先生は研究者になりたかったのかな」

ふと出た呟きを、連絡を終わらせた検屍官が受けた。

「研究者では食べていくのがむずかしいので、医者の道に進んだのかもしれません。あとは捜査会議で確認しましょう。もしかすると、南北市民病院、わかりやすく言えば山内部長ですが、所轄に圧力をかけているかもしれません。諸々の連絡を怠っているのは、事故死として片付けたいという所轄の考えの表れに思えなくもないですね」

立ち上がった検屍官は、軽やかな足取りで店を出た。まるで今からデートにでも行くように頰が紅潮していた。

5

その夜。

所轄の会議室には、二十名ほどの私服警官が長机前の席に着いていた。若手と女性は見当たらず、ほとんどが四十代以上に見えた。殺人事件の可能性もあるのだが、それにしては数が少なかった。

孝太郎と清香は、とりあえず一番後ろの席に腰を落ち着けた。検屍官が『哀のタイムラプス』と名付けたジオラマは、孝太郎の傍《かたわ》らに置いてある。病院にも足を運んで四階の自販機から缶入りだしを買い求めていた。

「えー、南北市民病院で起きた二件の転落死事件だが」

元宮真守が前に立ち、説明役を務めた。副署長自ら指揮を執るとあって、参加しているのは役付クラスのようだった。それで参加者が少ないのだろうか。

(巡査や巡査長たちは、聞き込みや裏付け捜査に出ているのかもしれないな。会議の様子は中継されているんじゃないだろうか)

元宮の机に置かれたパソコンで中継をしているように思えた。事件性が高まったがゆえの聞き込みや裏付け捜査だろうか。

「転落死事件の一件目は、膵臓ガンへの転移を悲観したことによる自死。そして、二件目は事故死の可能性が高まった。大津良平さんはあの夜、流星群を見ると看護師長に話していたらしい。看護師長は危ないので付き添いますと言い、その予定でいたようだが、待ちきれなかったんだろう。ひとりでベランダに出た後、過って転落した」

「異議あり!」

清香が挙手して立ち上がる。

「一柳ドクター。ここは法廷じゃないんですよ」

渋面で窘めた元カレを笑顔で受け流した。

「失礼いたしました。元宮副署長、わたくしたちが会議の説明役を務めたいのですが、お許しいただけますか」

返事を聞く前に歩み出ていた。孝太郎は段ボール箱を抱えて、清香の後ろに続いた。元宮は不承不承という表情だったが、本庁相手に四の五の言うのはまずいと思ったのかもしれない。

「手短にお願いしますよ。女性の長話に付き合うほど暇ではありませんので」

皮肉まじりに告げる。

「あら、そうでしたか？」

清香は笑って答えた。揶揄する含みがあった。

あなたは女性との長話がお好きだったでしょう？

と、昔を知るひとりとして、痛烈な切り返しをしたように感じたが、元宮は鼻で笑っただけだった。

「どうぞ」

パソコンとボード前の説明役を譲って、最前列に腰をおろした。清香は入れ替わって一同を見まわした。

「元宮副署長からお話がありました二件目の転落死事件ですが、あの事案に関して行動科学課は、殺人の疑いありと考えております」

その言葉で会議室はどよめいた。

「なにを根拠にしているんですか。理解できないな」

「我々の捜査を邪魔しに来たんだろう」

「行動科学課は行動しないまま本庁に帰れ」

口々に言い募《つの》っている。口撃力の強い役付クラスを集めたのかもしれない。強面で長身のがっちりした男が大半を占めていた。

（なるほど。検屍官に対抗できるベテランを揃えたわけか）

若手や女性が少ない理由をそう読んだ。元宮は知らないかもしれないが、清香はけっこう女性警察官に人気があるのだ。

「浦島巡査長、お見せしてください」

「はい」

清香の要請に従い、検屍官の前の机に段ボール箱を置いた。ざわめきがしずまらない中、ケーキの箱タイプの蓋を静かに上げる。八階から転落する大津良平を、連続撮影した写真をつないだ動画のようなタイムラプスで表現していた。

次の瞬間、

「…………」

会議室は静まり返った。ふだんは驚きや感嘆の声が上がるのだが、今回は様子が違っていた。防犯カメラの画像を見るだけでは、これだけの迫力は得られないだろう。動画では大津良平が落ちたとたん、地面に激突して終わりとなる。未明だったこともあり、スローモーションや静止画像で見たとしても、暗くて、さほど鮮明にはならない。

「ご覧になるとおわかりのように、大津さんは六階のベランダの手すりに左手首をぶつけています。わたくしたちはとっさに摑まろうとしたのではないかと推測しました。司法解剖の結果を確認したところ、それを示すように大津さんは左手首を骨折していた次第です。お手許《てもと》にお配りするプリントをご確認ください」

清香の話に従い、孝太郎は用意しておいたプリントを配った。妙な静けさに包まれたまま、検屍官は説明を進める。

「事故説もありえないとまでは言えませんが、この病院のベランダの手すりは、安全面を考慮して、一・三メートルほどの高さになっています」

棒でジオラマのベランダを指した。

「マンションなどでは、手すりは一・二メートルの高さが多いように思いますが、大津良平さんの身長は百六十七センチ。胸のあたりまで手すりがきます。手術したばかりの身体でよじ登るには、踏み台が必要になると思いますが、所轄の調査報告書によりますと、現場にそういったものはありませんでした」

「すみません。近くに行って、ジオラマを見てもよろしいですか」

ひとりが挙手して訴えた。

「もちろんです。魂を込めた浦島巡査長の作品を、どうぞ、近くに来て思う存分ご覧ください」

清香に言われて、数人が前に出て来る。元宮副署長も加わっていた。

「防犯カメラのデータを見ているうちに、四階の窓に白い人影が立っていることに気づいたんです」

孝太郎は円形に張り出した四階の窓を指し示して、続ける。

「人影は救急救命医の斉藤葉月先生でした。当直だった斉藤先生は、ここの自販機だけが扱っている『缶入りだし』を飲みたくて来たようです」

あらかじめ用意しておいた缶入りだしを、清香がバッグから取り出して掲げた。

「まだ自分は味わっていませんが、あとで試してみようと思っています。斉藤医師はこれを飲みながら、空腹を落ち着かせていたと話してくれました。太るのはいやだけど、食べたいという欲求を、缶入りだしで宥《なだ》めていたらしいです」

孝太郎の説明を副署長は聞いていなかった。

「確かにこのジオラマはよくできている」

元宮は言った。

「しかし、左手首を骨折していたのがすなわち、殺人とは決めつけられないと思いますがね。踏み台がなくても身を乗り出せば、頭が重い人間は落ちるんじゃないですか」

「副署長はお忘れのようですが、大津さんは脳腫瘍の手術をしたばかりだったんですよ。わずか三日しかたっていません」

清香はすぐに反論する。

「流星群を見ると看護師長に言ったようですが、我々の聞き込みでは、そういった話は得られていません。仮に事実だったとしてもです。看護師長の介助を受けながら、ベランダに出るのではないでしょうか。ひとりでベランダに出て転落死した。この行為自体が非常に不自然なんですよ」

清香が話している間に、ジオラマ見物の警察官が増えていた。ほぉ、すごいな、気味が悪いほど現場の空気感をとらえている、などなど、感心することしきりだった。

「ご家族の話では大津さんは趣味が多く、星を観る趣味もそのうちのひとつだったようです。あの日の未明、痛みで目が覚めたのか、大津さんはひとりでベランダに出た。ここまでは間違いないと思いますが」

元宮は「いかがですか」と目顔で訊いた。

「ひとりだったと、なぜ、断定できるのですか」

清香は鋭く問い返した。

「安全面を考慮したベランダの高い手すりが邪魔をして、大津良平さん以外の人間がいたかどうかまでは、残念ながら防犯カメラのデータでは確認できません。にもかかわらず、元宮副署長はひとりだったと断定しています。根拠のない話を、いかにも真実らしくするための推測じゃないんですか」

手厳しい言葉になっていた。気障男《きざお》の頬が引き攣ったのを、孝太郎は見のがさない。

「次は駐車場の映像を確認したいと思います」

素早く別の件を振った。いつもは細川の役目だが、いないときは孝太郎が務めるしかなかった。気まずくなる前に話を進めるのが得策だ。

「いや、駐車場の映像は、現在、精査中です。まだ映像をお渡しできる段階ではありません。終わった後で……」

元宮の言い訳を検屍官が遮る。

「うちの優秀な調査係が、手に入れてくれました。わたくしも見るのは初めてです。浦島巡査長、お願いします」

「はい」

孝太郎は、携帯をパソコンに繋ぎ、優美から送られた映像をプロジェクターに映し出した。爆発の三十分前からの映像である。

「席に戻れ」

元宮の指示を受けて、私服警官たちはジオラマから離れて各々の席に着いた。今は見る影のなくなったME号が、映像の中では変わらない車体を輝かせている。細川が見たら泣いてしまうのではないかと思いつつ、孝太郎はME号の左右に停められていた二台の車に目を向けた。

ME号の右隣の一台は淡い水色の軽自動車で、左隣のもう一台は銀色のセダンタイプの乗用車だ。

「この二台の持ち主ならば周囲に怪しまれずに、爆発物をME号の下に置けると思います。乗り込むときにさりげなく、用意しておいた爆発物を置けばいいだけのことですから。調査書にはありませんでしたが、時限式だったんですか」

孝太郎は疑問を問いに変えた。

「時限式の可能性が高いと鑑識係は言っていましたね。先程、言ったように、詳細については後日、知らせます。現段階では時限式とまでは言い切れませんが、可能性としては非常に高いということです」

元宮の答えは歯切れが悪かった。教えたくないという気持ちが、見え隠れしているように思えた。

「軽自動車の運転手が来ました」

清香の言葉でプロジェクターの画面に気持ちを戻した。製薬会社の営業マンかもしれない。年は四十前後、アタッシェケースを持ったスーツ姿の男が、軽自動車の運転席に乗り込む。なにを思ったのか、不意に降りて反対側にまわった。トランクを開けて紙袋を出すと、ふたたび運転席に戻った。

「この動きは怪しいですね。トランクを開けたとき、ME号の車体の下に爆発物を置けたと思います」

清香の言葉が終わらないうちに、軽自動車の営業マンらしき男は、病院の駐車場をあとにした。ほどなく銀色のセダンの持ち主らしき若い女が現れる。年はせいぜい二十一、二ではないだろうか。大きなサングラスをかけ、長い髪は金髪に近い茶色だった。ME号の左側に停めているため、運転席に乗り込みながら自然な形で爆発物を置ける。

「あ」

突然、清香が小さな声を上げた。

6

「どうかしましたか」

孝太郎は訊いた。

「巻き戻してください。サングラスの女をよく見たいんです」

「わかりました」

病院の方から来た女は、肩からバッグをさげていた。大きめのサングラスと長い髪が邪魔をして、顔の全体像まではとらえにくかった。

運転席に乗り込む間際、

「止めて」

清香の制止がかかる。サングラスの女はだれかが来るのを確認したのだろうか。背筋を伸ばして彼方《かなた》に目を向けていた。検屍官は腕を前で組み、睨みつけるようにして、少しの間、プロジェクターを凝視していた。

「元宮副署長」

肩越しに振り返る。

「犯人の顔が、見えました」

極上の微笑を浮かべたが、元宮は怪訝な顔になる。

「え？」

「軽自動車の男とセダンの女。ME号の車体の下に爆発物を仕掛けたのは、二人のうちのどちらかではないでしょうか。身許はわかっているんですよね」

問いかけに元宮は渋面を返した。

「いや、まだ……」

「男の身許は判明しています」

別の警察官が立ち上がって答えた。一番はじめにジオラマ鑑賞を申し出た私服警官だった。年は五十前後、叩きあげの現場タイプという感じで、元宮よりも年上に見えた。

「製薬会社の営業マンで事情聴取に応じています。テレビのニュースで南北市民病院の爆発事件を知ったと話していました。彼が軽自動車を発進させた十分後ぐらいの話だったので非常に吃驚したそうです。不審な点はないように思いますが、トランクを開けたとき、爆発物を車体の下に仕掛けられたと思います」

「女の身許は？」

清香の質問に、ふたたび答えた。

「判明していません。女は車の持ち主ではないんですよ。車の持ち主は六十五歳の男なんですが、任意同行して取り調べています」

腕時計を見た後、長机に置いた自分のパソコンを操作した。銀色のセダンの持ち主を事情聴取している様子が映し出された。

「何度言ったら、わかってくれるんですかねえ」

シニアの男は溜息まじりに告げた。

「うちが車を使うのは、息子夫婦や孫がいる土日や祝日だけなんですよ。それでカーシェアをしたらどうかと息子に言われましてね。わたしは知らなかったんですが、ご存じですよね、カーシェア。スマートフォンで予約してもらい、うちまで車を取りに来てもらい、返しに来るのを条件にして車を貸すんです。ウィークデーに遊ばせておくのは、もったいないと思ったので」

カーシェアは、男が言うとおりのシステムだった。保険を掛けておけば事故や盗まれるのは仕方ないと考えているに違いない。ある程度、割り切らないと実行するのは、むずかしいかもしれなかった。

「なるほど。それで一時間千円で貸し出したわけですか。車を傷つけられるのは、気にならないんですか」

聴取役の警察官は探るような目をして訊いた。

「傷つけられるのはいやですが、幸いにも今のところは、そういった事態に遭遇していません。一日貸すと、だいたい四、五千円になります。たかが四、五千円と思うかもしれませんが、孫がまだ小さいので、なにかと物入りなんですよ。うちにとっては決して小さなお金ではありません」

「立川市は広いですから、車で動いた方が便利なんでしょうな。しかし、初対面の赤の他人ですよ。あなたの車を使い、悪事を行うつもりなのかもしれません。無断で売っ払われてしまうかもしれない。胡散《うさん》臭いやつらしか、来ないんじゃないですか」

「刑事さん、決めつけるのはやめましょうよ。わたしも四十年以上、働いてきた人間です。電話でやりとりするだけでも、ある程度のことはわかりますからね。いちおう大雑把《おおざっぱ》な振り分けはしているんです」

人生経験が豊富だからと、言葉にはしないが告げているように思えた。孝太郎には一連のシニア関係の事件が浮かんでいる。

（『国分寺窃盗・強殺事件』、そして、『病院転落死事件』も、被害者は六十歳以上のシニア男性だ）

さらに銀色のセダンの持ち主も、六十五歳のシニア男性だ。手帳にシニア男性と記して二重丸をつけた。

「それで、この女にも貸した」

聴取は淡々と進んでいる。警察官が机に置いたのは、サングラスの女の画像を写真にした一枚だった。

「ああ、そうですね。彼女です。コピーした免許証は見ましたよ。仮にそれが偽造免許だったとしても、一般人が調べるのは無理です」

先んじて言ったように感じられた。聴取役の警察官は唇をゆがめて、打つ手なしといった表情になる。

「よろしいのですか」

清香は情報提供をした私服警官に、含みのある問いを投げた。協力的なのはどうしてなのか。曖昧《あいまい》にしようとした元宮の方針こそが、所轄の意向ではないのだろうか。勝手に方針転換したことを、あとで元宮や署長に責められる可能性もあった。

「素晴らしいジオラマを見せていただきました。３Ｄ捜査という噂が真実だったのを目《ま》の当たりにして、やや興奮しています」

ベテラン刑事は言い、顎を上げた。

「亡くなられた大津良平さんに対して、行動科学課がどれほど真剣に取り組んでいるかを感じました。さらにジオラマは我々には見せなくてもいいのに、こうやって快く情報を提供してくれる。女に心当たりがあるならば是非、教えていただきたいと思い、こちらもオープンにした次第です」

「ありがとうございます」

深々と一礼した清香に倣い、孝太郎も辞儀をした。

「サングラスの女につきましては、もう少し時間をいただきたいと思います。結果がわかり次第、お知らせいたします。失礼ですが、お名前は？」

「太田原《おおたわら》です」

答えたそれを、元宮が継いだ。

「捜査一課の課長補佐を務めています。行動科学課の新人さん同様、優秀でしてね。

いつも陣頭指揮を執ってくれるんです。頼もしい男ですよ」

歯の浮くような世辞を聞いても、太田原は眉ひとつ動かさない。気障男はチャラ男でもあるのだが、彼の性格をよく知っているのかもしれなかった。

「まだ断定はできないのですが」

清香は躊躇いがちに切り出した。

「もしかすると『ＭＥ号爆破事件』と『病院転落死事件』、さらに『国分寺窃盗・強殺事件』は、同一犯による犯行かもしれません」

「えっ」

と、太田原が驚きの声を上げた。

「今の話は本当ですか？　その推測が出た根拠はなんですか？　行動科学課にはすでに犯人がわかっているのですか？」

矢《や》継《つ》ぎ早の問いかけを、清香は笑って受けた。

「あくまでも仮の話です。詳細につきましては、先程申し上げたとおりです。少し時間をください」

「わかりました」

太田原は答えた。

締めくくるのにちょうどいいと思ったのか、

「それでは、これで会議を終わります」

元宮が前に出て申し渡した。清香は反論することなく、机に広げていた調書を纏める。孝太郎もジオラマに蓋をした。

（あのサングラスの女は、どこの、だれなのか。ぼくの中では、三つの事件は同一犯という推測が完成していない。三件ともシニア男性が関わっているが……検屍官が会議の席で口にした根拠はなんなのか）

面パトに戻ったら訊ねようと思い、清香の後ろに続いた。

とそのとき、

「大変です」

若い私服警官が、会議室の出入り口に姿を見せた。

「南北市民病院でまた、転落事故が起きました。被害者は患者のようですが、詳細はまだわかりません」

警察署の目と鼻の先に市民病院はある。

「まいりましょう」

清香は大きなバッグとコートを持って会議室を出た。相次ぐ患者の転落騒ぎは、はたして、自死なのか、事故なのか、他殺なのか。

偶然、続くわけがない。他殺の疑いが強くなったのではないだろうか。

〝犯人の顔が、見えました〟
清香の言葉が繰り返し響いている。
しかし、孝太郎には事件の全容が見えていなかった。

第6章　若き女帝

1

ベランダの手すりから落ちた三番目の人物は、斉藤明彦《あきひこ》――葉月の義父《ちち》だった。

防犯カメラの映像に残っていた落下場面を、孝太郎たちはすぐに手に入れた。電柱に取り付けられたカメラが、八階の病室をとらえていた。

開け放したままのカーテンの向こうは薄暗くて、目が馴れないとよく見えなかった。ぼんやりと室内を確認できるのは、ベッドの枕元に備え付けられたライトのお陰だろう。横たわっていた斉藤は不意に起き上がって、ベッドから降りる。だれかに呼ばれたかのごとく、ベランダの方に歩き始めた。

背後から明かりを受けているため、顔はほとんどはっきりしない。しかも明かり自体が小さなライトだ。それでもなにかに導かれるように、斉藤は一歩、また一歩とベランダに近づいて来る。

人影が動くたび、孝太郎は胃がきゅっと縮む思いがした。結末が変わらないかと奇跡を祈ってみたりする。

しかし、斉藤はベランダに出た。

彼は身長が百八十センチ近くあるので、胸のあたりから上の部分を確認できた。が、相変わらず表情ははっきりしなかった。緩慢《かんまん》な動きで手すりに両手を掛ける。

とそのとき、いきなり病室が明るくなった。葉月が扉を開けて入って来たに違いない。ほとんど同時に斉藤の身体がぐっと持ち上がり、真っ逆さまにベランダの手すりから落ちた。葉月は急いで駆けつけたが間に合わない。

ベランダから下を覗き込む様子が映っていた……。

翌日の午前中。

「義父は、左の側頭葉に神経膠腫、グリオーマが見つかりました。それで南北市民病院への転院を勧めたんです。山内先生であれば、絶対に助けてくださると思いましたので」

葉月は所轄の取調室で事情聴取に応じた。グリオーマは脳自体に生じる悪性腫瘍だ。南北市民病院に来る数週間前から、斉藤は精神的な不調が続き、混乱して、物忘れがひどくなっていたらしい。

年は七十。当初は認知症が疑われたが、脳の画像ですぐに神経膠腫と診断された。住まいのある国分寺の小さな個人病院の定期検診で発覚したのだが、手術となれば、やはり、脳神経外科医の権威である山内三千雄だろう。

「治療を受けなければ、余命はあと数カ月と宣告されました。手術をしても、どの程度良くなるのかはわかりませんが、義母《はは》や夫と相談して、山内先生に手術をお願いしたんです。義父は一昨日、特別室に入院したばかりでした」

斉藤明彦の父親が創業した斉藤産業は、一般にはあまり名を知られていないが、建設資材や原油、天然ガスなどの卸販売を行う商社で、創業八十年を超えた知られざる大企業だ。つまり、葉月は俗に言うところの玉の輿《こし》に乗ったわけである。

「お義父上がベランダから落ちる寸前、まさに落下するそのとき、あなたは病室に行きましたね」

清香が訊いた。聴取に同席しているのは孝太郎だけだが、この様子は部署のパソコンに映し出されているだろう。三件目ともなれば、さすがに事件性はないと言い切れなくなってくる。さまざまな疑惑が渦巻く中、まずは葉月と彼女の夫——斉藤智彦《ともひこ》の聴取が行われていた。

「はい。昼間、義母がお見舞いに来ていましたが、帰った後でしたので様子を見に行ったんです。まだ消灯前の八時頃だったと思いますが、すでに電気は消えていたうえ、義父はベッドにいませんでした。カーテンが揺れているのを見た瞬間、顔から血の気が引いたのが自分でわかりました」

すでに二件の転落死事案が起きている。事件とまでは断定できないが、葉月ならずとも最初にベランダを確かめるのではないだろうか。病室のカーテンは不気味に揺れて、暖かいはずの室内に外の冷気が流れ込んでいた。

（カーテンが開けっぱなしだった点が気に入らない）

孝太郎は今朝、防犯カメラの映像を見た時点で、いくつかの疑問点を清香に提出していた。消灯時間前だったのでカーテンを開けておいたのかもしれないが、夜になれば自然に閉めるような気がした。防犯カメラに映った病室内を、見てくださいと言わんばかりに思えた。

「病室の電気を点けて中に入ったのですが、義父が飛び降りる瞬間でした。止める暇もあればこそ、です。義父は百八十センチ近くある長身でしたから、手すりを乗り越えるのもさほど苦ではなかったのかもしれません。本当に一瞬の出来事でした。わたしがもう少し早く行っていれば」

と、葉月は声を詰まらせた。映像がなによりの証拠だと言って、所轄の元宮副署長は自死説を口にしている。行動科学課は逆に他殺の疑いが強くなったと告げ、水面下では静かな対立が始まっていた。

「斉藤明彦さんの脳画像を拝見いたしましたが、発話や言語などの機能を掌《つかさど》る左半球に、悪性腫瘍がありました。すでに脳の深部にまで成長していましたので、手術をしても恢復《かいふく》は望めなかったと思います」

清香の言葉を聞き、葉月は涙を拭いながら何度も頷いた。

「は、はい、わかっています。わかっているのですが、やはり、手術に臨んでほしかった。おそらく混乱状態に陥《おちい》っていたのでしょう。義父は病院が嫌いでしたから家に帰るつもりだったのかもしれません」

脳神経外科の病室は、八階に集中している。二件の転落死が起きた以上、一時的な措置《そち》として低層階へ移るべきだったのではないだろうか。もしくはベランダに出る窓に鍵を掛けて、簡単に出られなくしておけば、今回の事件は防げたはずだ。

「司法解剖を始めたと先程、本庁から連絡がありました。我々は今回のことで事件性がいっそう高まったと考えているため、最優先でお願いしたのです。それから二件目の大津良平さんですが、ホルマリン漬けにされた腫瘍のＤＮＡ型鑑定もしています」

清香の言葉を聞き、葉月は涙で潤む目を向けた。

「あの腫瘍は間違いなく、大津さんの脳から切除されたものです。わたしは手術に立ち会っていましたので間違いありません。警察は腫瘍が、違う人物のものだと考えているのですか」

そのとおりだったが、むろん答えられるわけがない。行動科学課は、一連の不審な転落死や葉月の山内に対する言動などを鑑《かんが》みて、もしかしたら、山内三千雄に医療過誤があったのではないかと推測していた。

(証拠隠滅のために転落死を装って殺したのではないか。落下したときの衝撃で脳の状態を調べるのは、むずかしくなるからな)

孝太郎はメモを確かめる。

(真実を知っている若き女帝一派は、それゆえに我が物顔の振る舞いをしている。さすがに表向きは山内部長を立てているが、実際はどうなのか)

初対面のとき、エスカレーターで山内を追い越して、清香に挨拶をした斉藤葉月の、彼女らしからぬ言動が引っかかっていた。おとなしくて清楚、従順な感じという外見からは、いささか違和感があるように感じていた。

(あるいは、山内部長と性的関係を持っているのか。葉月先生の方が優位に立っているように見えるんだが)

理由はわからないのだが、こうやって葉月が泣く姿を見ていると、妙に好色《すき》心をそそられる。義父の斉藤や山内も、おおいに刺激されたのではないだろうか。

むろん、あくまでも孝太郎の推測であり、本当のところはわからないが……。

「念のためです。疑惑をひとつずつ消していくことによって、真実に辿り着けますから。お義父上は会長職に退いて、会社の全権をあなたの夫——斉藤智彦氏にゆだねたようですが、お義父上はどんな人でしたか」

　清香は淡々と話を進めた。

　斉藤産業は斉藤家の長男と次男、そして三男の智彦が継いでいる。普通は長男が後継者になることが多いのに、斉藤はなぜか三男の智彦を後継者に選んだ。

「やさしい人でした。おおらかで、声を荒らげたり、怒ることはほとんどありませんでした。でも……急におかしな言動が見られるようになったんです。わたしが子供を産んでいないからでしょうか。早く子供を作れとせっつくぐらいは、どんな家でもあると思いますが」

　だんだん声が小さくなる。

「続けてください」

「あ、はい。夫に対して非常に侮蔑的というか、その、『ちゃんとやることをやっているんだろうな』とか、『おまえが無理なら、わたしが葉月さんと子供を作るぞ』などと、露骨な言い方をするようになって」

　ひとつ、重い吐息が出た。ある意味、行動科学課の推測どおりといえた。が、斉藤は重い病を患っていた。

「斉藤さんは、ご病気でした」

清香は慰めの言葉を口にする。

「認知症の患者さんなどにも時々見られるのですが、急に暴力的になったり、考えられないような汚い言葉を吐いたりと、人格が変わってしまう場合があります。斉藤さんもそうだったのでしょう」

「ええ、わかっています。そうだと思います。とにかくすごい変わりようで、別人としか思えませんでした」

葉月は涙を拭って答えた。躊躇いがちな告白の裏に、もっと非道《ひど》い事実は隠れていないだろうか。

（義父によるレイプ未遂、もしくはレイプされた可能性はどうなのか）

孝太郎はメモに記した。清香も同じ疑惑を持ったに違いない。

「病気のせいだと思いますが、生前はいかがだったのでしょう。女性関係にだらしのない方でしたか」

抑えた口調で訊いた。よけいな感情は込めないように、注意している様子が感じられた。

「いいえ」

葉月はきっぱりと言い切る。

「義父は、義母一筋だったと思います。羨ましいほど仲がよくて、しょっちゅう二人で出かけていました。恋女房なんだと公言して憚《はばか》らなかったぐらいです。近所では、おしどり夫婦と評判だったんですよ」

孝太郎と清香は今朝、ここに来る前に斉藤家を訪れたが、一家が住む国分寺の屋敷は、最寄り駅から徒歩六分ほどの、地元では山の手と呼ばれる高台の高級住宅地に建てられていた。広い敷地を有した豪邸の中でも、人目を引く広さと造りだった。

南向きの庭には一面だけだが、テニスコートが設けられており、東向きの庭には和風庭園、西向きと北向きには洋風ガーデンと、手入れの行き届いた家全体が、アミューズメントシティのような趣をたたえていた。

当主の斉藤はあと少しで二代目の役目を終えられただろうに、最悪の事態になっていた。

妻はショックのあまり倒れてしまい、今は葉月が勤めるこの病院に入院している。

「少し本題から逸れるかもしれませんが」

清香が切り出した。

「あなたは、大学時代に面白い研究をしていましたよね」

問いかけに、孝太郎は緊張する。おそらく偶然の一致なのだろう。『国分寺窃盗・強殺事件』のとき、その呼び名を口にしたのは他ならぬ清香だ。関係はないだろうと思いつつも、もしやという小さな疑惑が頭をもたげていた。

「え、あの」

菜月は当惑気味に眉を寄せる。昔と今の記憶が、うまく繋がっていないようだった。

「『トロイの木馬』です」

清香は助け船を出したが、菜月は突然、黙り込んだ。

「………」

じっと検屍官に目を向けている。驚いて言葉が出ないのか、なにをどう言おうか考えているのか。

（『トロイの木馬』に反応したのか）

孝太郎は素早く記した。

「どうかしましたか。答えられない質問をした憶えはないのですが」

清香に呼びかけられて、正気づいたように何度かまたたきした。

「すみません。ちょっとぼんやりしてしまいました。検屍官が仰ったのは、細胞内物質注入法のことですね。人間の赤血球には核がないので、中身を抜いて代わりに必要な物質を入れ込むことが可能です。それを利用して……あの、こんな話が義父の捜査に関係あるのでしょうか」

菜月は疑問を提示したが、

「話を続けてください」

清香は先を促した。

「わかりました。研究の先鞭《せんべん》をつけたのはセンダイ・ウイルスを発見した日本人研究者です。ご存じかもしれませんが、センダイ・ウイルスは赤血球と必要な物質を融合させる仲介役をはたすんですよ」

「知っています。赤血球の中身を抜いても袋の皮は依然として赤血球という細胞の膜ですから、これをセンダイ・ウイルスを仲介役として細胞に融合させる。すると赤血球の袋と細胞との間の融合が起こることになり、このとき袋の中に詰めた中身、患者さんに必要な物質ですね。それがスッと相手方の細胞の中へ入ってゆき、結果として細胞の中へ必要な物質が注射されたことになるとか」

「はい」

葉月は同意する。

「外国ではこの方式を先程、検屍官が仰った『トロイの木馬』方式と呼んでいます」

2

（やはり、『国分寺窃盗・強殺事件』が気になるな）

孝太郎は国分寺の事件を思い浮かべていた。

お掃除ロボットに盗聴器を仕掛けて、必要な情報を得ていただれか。

黒幕は渡辺健次が口にした『オッド・アイ』の可能性が高いと思っているが、いまだに個人の呼び名なのか、インターネットのハンドルネームなのか、組織名なのかがわからない。清香は情報を運んだお掃除ロボットが現代版『トロイの木馬』のようだと言った。

(斉藤葉月が『オッド・アイ』だと仮定した場合、国分寺と立川の事件が繋がる。ME号の爆破事件についても、脅しと警告を込めたのだとすれば繋がる)

三つの事件を繋げたいところだが、かなり無理があるように思えなくもない。そもそも葉月が首謀者であることに強い違和感を覚えていた。

動機がまったくわからないからである。

(玉の輿に乗った斉藤先生は、だれもが認めるセレブ夫人だ。金のために危ない橋を渡るとは思えない)

では、怨みだろうか?

大きな疑問符をつけた。

「今ではこの融合させたものを、リポゾームと呼んでいますが、面白い研究をなさっていたのだなと思いまして。もしかしたら、斉藤先生は医者ではなく、研究者になりたかったのですか」

清香は訊いた。

「研究者になることは決してかなえられない、わたしの淡い、淡い夢ですね。ただ、『トロイの木馬』の共同研究で医大の先輩だった夫と知り会えたんです。わたしたちにとっては縁結びの神でした」

「ご実家は……」

検屍官の問いを遮るように告げた。

「わたしの実家は共働きのサラリーマン家庭です。決して裕福ではありません。言うまでもないことでしょうが、医大はおそろしいほどのお金がかかります。入学金は両親がコツコツ貯めてきた貯金と、親戚に頭をさげて集めたお金で、なんとかなりましたが」

「毎月、学費や生活費がかかりますよね」

清香は冷静に話を進める。

「ええ。学費に関しては、弟が助けてくれました。大学行きを諦めて公務員になってくれたんです。『おれよりも姉ちゃんの方が優秀だからな』と言って、お給料のほとんどを学費として送ってくれました。もちろん、わたしはいくつものアルバイトを掛け持ちしていましたが、正直なところ厳しかったですね」

医者になるためにかかる費用は、数千万というのが相場だ。孝太郎はちらりと女子大生の風俗嬢が浮かんだが……。

（ありえない）

書きかけた部分をバツで消した。

「失礼な質問になるかもしれませんが、よく卒業できましたね」

清香の疑問に笑顔で答えた。

「義父が、助けてくれたんです。夫は自分は医者には向いていないと言って、結局、斉藤産業の建設資材部門を継ぎました。義父は末っ子の彼だけは医者の道に進んでほしいと思ったらしいですけどね。夢はかなえられなかった」

最後の一文だけ私的な口調になったように思えた。研究者になる夢をかなえられなかった葉月、息子を医者にする夢をかなえられなかった斉藤明彦。両者が出会ったとき、少なくともひとつの夢は実現した。

「そこに、あなたが現れた」

清香は言った。

「嬉しかったでしょうね、お義父上は」

「そう、だと思います」

葉月の白い頬が、このときだけはかすかに紅潮した。

「『最高の親孝行だ』と、夫は褒められたそうです。これで孫が医者になる道が拓《ひら》けた、孫は必ず医者の道に進ませよう。だからだと思います。早く孫をと言い出したんでしょう。もしかしたら、あまり長くないのを悟っていたのかもしれません。勝負勘と言うのか、ここぞというときに閃く方でしたから」

「話を戻しますが、昨夜は睡眠薬を処方したんですか」

清香はカルテを加えた調査書を見ながら訊いた。斉藤の話でしんみりした空気を、不意に引き戻すのが検屍官流か。

「はい。頭が痛くて眠れないと訴えられたので、山内先生が処方しました。検査はこれからでしたが、痛みはひどくなるばかりのようでした。なるべく早く手術してほしいと、わたしは申し入れたんです。見ていられませんから」

家族ならば当然だろう。苦痛に喘《あえ》ぐ姿を見ていたいとは思わない。

「そうですか」

清香は机の調書を纏めて、立ち上がる。

「お疲れのところ、ありがとうございました。つまらないものですが、これで美しさを保ってください」

バッグから化粧水らしきプラスチックの小さな容れ物を出して、机に置いた。

「なんですか」

葉月は、気怠《けだる》げに問い返した。疲れを隠すためだろうか。いつもより厚化粧のように感じられた。

（そうか。それで風俗嬢なんていう突拍子もない考えが浮かんだのかもしれないな。水商売の女みたいな雰囲気があるんだ）

バツをつけた箇所に、厚化粧と小さく書き加えた。

「わたくしの特製パックです。市販のローションシートに浸して、お使いください。お風呂を出た後の十五分を、若さと美のために使うぐらいの贅沢は許されると思いますので」

「お金は」

「市販されていないんです。お金はいただけませんわ」

一礼した清香に倣い、孝太郎も辞儀をして廊下に出た。入れ替わるようにして、所轄の警察官が入って行く。

「『トロイの木馬』のご研究ですか。意外な流れに驚きましたよ」

廊下にいた元宮副署長が皮肉たっぷりに言った。部署のパソコンで聴取の様子を見ながら、終わるのを待っていたのかもしれない。

「斉藤葉月さんも訊いていましたが、なにか捜査に関係あるんですか」

あらためて問いかけた。

「まだわかりません。それを調べているのです」

「なるほど。細川課長が姿を見せないのは、極秘捜査のためですか。国分寺の所轄の警察官を引き連れて『国分寺窃盗・強殺事件』の再捜査をしているようですが」

元宮の言葉に、孝太郎は小さな驚きを覚えた。まだどちらの所轄にも詳細は伝えていないのに、なぜ、細川の動きを知っているのか。

（空き巣の被害者の坂口和輝さんと、亡くなられた相沢利正さんの件を、なぜ、口にしたのか。『病院転落死事件』との繋がりは、『トロイの木馬』だけに思えるが、『ME号爆破事件』の映像に映っていたサングラスの女。やはり、あいつが鍵なんだろうな）

サングラスの女は、優美が顔認証システムで確認していた。孝太郎は「まさか」という思いしかないのだが、細川はその件で国分寺の所轄と一緒に動いている。『サングラスの女』の所在を確認できた時点で連絡が来る手筈になっていた。

（元宮副署長は情報通だな）

細川の動きを知っていたのが意外だった。国分寺の所轄に知り合いでもいるのだろうか。その警察官に頼んで逐一報告させているのか。もしやと、さらに推測が浮かんだ。

（本間係長は、南北病院が特区の指定を受けたと言っていた）

そうなると元宮の後ろには国の大きな機関、例えば厚生労働省や官邸などがあって、その命を受け、監視役を務めていることも考えられた。思い起こせば二番目に転落死した男性の家を訪れたとき、迎えに現れたこと自体が不思議だった。

(行動科学課の動きを完全に摑んでいるわけか)

ちらりと元宮を見たとたん、相手も孝太郎を見た。慌てて目を逸らしたが、なんとなく引っかかっていた。元宮副署長の部分を赤丸で囲い、疑問符をつけた。

敵か?

「同じ返事ばかりで恐縮ですが、わかった時点でお知らせします。あらためて申し上げるまでもないと思いますが、極秘捜査ではありません。国分寺の所轄と合同捜査になる可能性が高いことは、お知らせしておきます」

清香は事務的な口調で答えた。元宮の後ろに姿を見せた太田原が、遠慮がちに一歩、前へ出た。

「検屍官。ご命令に従いまして、プロジェクターの準備を整えました。会議室においでください」

「早朝からなにかコソコソやっていると思ったら、会議の準備をしていたのか。太田原課長補佐はいつの間にか、行動科学課に異動したらしいな。知らなかったよ」

元宮の皮肉を清香と太田原は聞き流した。

「拝見します」

「どうぞ」

先に立った太田原に、清香、孝太郎の順に続き、二階の会議室に足を向ける。元宮は気乗りしない様子でついて来た。

「細川課長は今、どこにいるんですか」

孝太郎は囁き声で訊いた。

「『国分寺窃盗・強殺事件』の被害者、相沢利正さんのマンションへ行っています。じきに連絡が入ると思いますわ」

「そうですか」

後ろの元宮が気になって訊き返せなかった。『サングラスの女』が優美の調べどおりだとすれば、三つの事件は見事に繋がる。もっとも最初に気づいたのは、顔認証システムばりの骨格記憶術を持つ清香だった。

〝犯人の顔が、見えました〟

まさにあれは正しかったことになる。

二階に上がったとき、

「優美ちゃんです」

清香は携帯を取り出して、立ち止まった。孝太郎は仕草で元宮と太田原に、先に会議室へ入っていてくださいと伝える。

「うちには伝えたくない案件ですか」

元宮は一瞥して、会議室に行った。

「すぐに映せますので」

太田原は早口で言い、副署長のあとを追いかける。その間に清香は、優美との電話を終わらせていた。

「ホルマリン漬けの腫瘍のDNA型がわかりました」

浮かない顔で言った。

「二件目の大津良平さんです。わたしは大津さんの手術で山内部長がミスをした結果、これは腫瘍を全摘できなかったかなにかしてですね、うまく手術できた人物の悪性腫瘍、すでにホルマリン漬けにしておいた赤の他人の腫瘍を見せたのかと思ったのですが」

「違いましたね」

「ええ。もうひとつ、優美ちゃんからの情報です。不審者に刺された渡辺健次は、歩けるようになったので、事件現場のマンションへ連れて行き、マンション住人の再捜査をするついでに現場検証をするそうです」

渡辺は刺した男や『オッド・アイ』については黙秘している。現場検証でなにか新たな供述が出るだろうか。

「その予定があったので会議室に準備させたんですか」

「ええ」

清香は答えて、会議室に入る。孝太郎もあとに続いた。

3

「驚きましたね、こんな準備を整えていたとは」

元宮は目を瞠《みは》っていた。会議室の前の壁面に、三つのプロジェクターが設置されている。左には南北市民病院で起きた三件目の転落死事件の現場検証の様子、真ん中には斉藤葉月の夫——斉藤智彦をここの取調室で聴取している場面、そして、右のプロジェクターには、相沢利正が刺殺されたマンションを上空から俯瞰《ふかん》で映す画《え》が出ていた。

会議室にいるのは、孝太郎と清香、元宮と太田原の四人だけである。

「ミニ通信指令室です。本庁の通信指令センターには遠く及びませんが、三つの場所の映像を一度に見るには、これしかないと思いまして、太田原課長補佐に用意していただきました。本庁はもちろんですが、国分寺とこちらの所轄の警察官は自由に見られます。極秘捜査ではないことが、これでおわかりになったのではありませんか」

と、清香は元宮を見やった。

「なるほど。便利なのは認めざるをえませんね。国分寺の映像は、ドローンで撮っているのですか」

　珍しく素直な問いが出たように思えた。

「はい。被疑者が逃げた場合を想定して、ドローンを準備しておきました。斉藤智彦さんですが」

　清香は真ん中の映像に目を向ける。葉月の夫の智彦は最低限の答えは返すものの、沈鬱《ちんうつ》な表情のまま多くを語ろうとはしなかった。

「口が重いようですね」

　清香の言葉を、元宮が受けた。

「当然でしょう。彼は父親が自死したことを受け入れられないんですよ。女性には理解できないかもしれませんが、男にとって父親は、越えなければならない大きな壁みたいな存在ですからね。それが自死という結果になってしまい、当惑しているんでしょう。そんな弱い男だったのかと、父親を責めているのかもしれません」

　女性には理解できない、そんな弱い男だったのか、などなど、女性蔑視や弱者軽視の傾向が読み取れた。

（斉藤智彦は、なにか重い秘密、妻である葉月先生を父親にレイプされたというような事実を、隠しているのではないだろうか）

　自分なりの推測は胸に秘めた。現場を混乱させかねない内容なので、軽々に話すべきではないと考えていた。

「浦島巡査長」

清香に呼ばれて顔を上げる。

「はい」

「左のプロジェクターで、昨夜の転落死を映してください。いくつか疑問点を提示していましたよね。それを元宮副署長に説明してほしいのです」

「わかりました」

さっそく昨夜の映像に切り替える。

「まず最初に、カーテンが開け放たれているのを不自然に思いました。消灯前とはいえ、夜になっています。ご覧くださいと言わんばかりのこの様子」

孝太郎は棒でベランダの掃き出し窓を指した。うすぼんやりではあるものの、病室内の様子がわかる。

「時間を巻き戻してデータを見たところ、七時頃に一度カーテンは閉められていたのですが、なぜかこのときは開けられていました。ちなみに特別室は電動式のカーテンになっているため、病人が横たわったまま開け閉めできます」

八時頃、他の病室はほとんどカーテンが閉められているだけに、よけい斉藤明彦の病室が目立っていた。ベッドから起き上がった斉藤が、おぼつかない足取りでベランダの方に歩いて来た。

だれかに呼ばれたように見えたが、それは口にしなかった。

「背後から薄明かりを受けているので顔が暗くなってしまい、表情まではわかりませんが、自分でベランダまで歩いている様子はわかります」

「だれかに腕を引かれているわけでもなければ、他者がいるようにも見えない。つまり、斉藤氏は自分の意志でベランダに向かったわけだ」

元宮の言葉を、孝太郎は素早く継いだ。

「そういうふうに思わせたかったのではないか」

「なに？」

険しい表情になったが怯まなかった。

「一度カーテンが閉められた七時前後、これは斉藤氏の身体を拭いたりするためというような理由かもしれませんが、だれかが病室内に入って身を潜めるのが可能でした。そのうえで電動式のカーテンを開けたことも考えられます」

孝太郎は説明して、続ける。

「落ちる寸前の映像です」

ベランダの手すりにかけられた斉藤の両手を棒で指し示した。

「何度も何度も見ました。薄暗いうえに粗《あら》い映像です。今、行動科学課では少しでも鮮明にするべく努力していますが、わかりにくいのはご理解ください」

その一瞬をとらえて言った。

「ここ、このときです」

棒で落ちる寸前の斉藤の両手を指した。

「ベランダから浮いているんです、両手が」

「え？」

元宮は左のプロジェクターに顔を近づける。ぼやけて今ひとつ確信できなかったのかもしれない。

「はっきりしませんよ」

不愉快そうに告げた。

「わたしには浮いているように見えます」

太田原がすぐに異論を唱えた。

「彼に言われるまで気づきませんでしたが、斉藤氏の両手は、手すりから二センチぐらい離れて浮かび上がっているんですよ。本当にこの一瞬だけですけどね」

「つまり？」

元宮は、答えを孝太郎と清香に求めた。二人を交互に見やっていた。

「だれかが防犯カメラの死角に入って斉藤氏を呼び、目覚めさせたうえでベランダに誘った。斉藤葉月先生の話では、斉藤氏は病院嫌いだったそうです。家に帰りますよと言えば、睡眠薬で朦朧としていた彼は従ったかもしれません。腰を屈めた実行犯は、呼びかけながらベランダへ案内し、斉藤氏が手すりに両手を掛けた瞬間、両足を抱え上げて落とした」

孝太郎は答えて、さらに続ける。

「斉藤氏を抱え上げて落ちる寸前、手すりから両手が浮いた状態になったのではないか。自分はそう推測しました」

「…………」

元宮は一瞬、沈黙する。

どう答えたらいいのか悩んでいるように感じたが、

「ふはははは」

いきなり笑い出した。

「荒唐無稽《こうとうむけい》な推測は、行動科学課の十八番《おはこ》ですか。カーテンを閉めたときに病室へ入り、あらかじめ潜んでいただれかが、斉藤氏を呼んで起こした。そのままベランダに誘い、斉藤氏が手すりに手を掛けた瞬間、両足を抱え持って勢いよく突き落とした。これは殺人事件になるわけだが、そうなると斉藤葉月先生も共犯ですかね」

当然の問いを投げた。

「行動科学課は、もしかしたら斉藤葉月こそが事件の首謀者かもしれないと考えております。演技賞ものですよね、彼女の言動は」

清香はプロジェクターを目顔で指した。いったん止めた画像が動き、葉月がベランダの手すりから下を見ている映像でまた、止まる。

表情まではわからないが、両手で唇を押さえていた。白くて細い手指、ブルーカラーのものではない綺麗な手を、唇に当てたのだけは見て取れた。

「考えられませんね。わたしも何度か映像を見ましたが、事故、もしくは自死でしょう。斉藤葉月先生、面倒なので葉月先生とお呼びしますが、彼女が入って来るまでの間、他者は一度も映し出されていません。百歩譲って他殺だったとした場合、葉月先生と実行犯の動機はなんですか」

元宮が訊いた。唇から薄笑いが消えて、真剣な表情になっていた。

「現在、調査中です。わかり次第……」

「ドクター、細川です」

右側のプロジェクターに、細川が映し出された。四人は前に行って、テレビ電話の形になる。

「なにかわかりましたか」

清香の問いに頷き返した。

「はい。行動科学課が『小さな足跡の人物』と名付けた小林麻由子ですが、両親の証言が得られました」

画像が切り替わって初老の男女になる。

「麻由子は家で中学生のときに使っていたメーカーの上履きなんか、履いていませんよ。どうして、警察にあんなことを言うんですかね。わたしらにはわかりません」

母親の話を、父親が受けた。

「だれかに頼まれたんじゃないでしょうか。麻由子は相沢さんの事件には、いっさい関わりはありませんよ」

すぐに画面が切り替わって、ふたたび細川が映った。

「この証言を小林麻由子に見せました。動揺した様子が窺えましたが、自供にはいたっておりません。次は現場検証前に、パトカー内で得られた渡辺健次の供述です」

映像が切り替わる。渡辺に対しては相沢利正殺害容疑で取り調べが始まっていた。

「殺すつもりはなかったんだ」

ボソボソと言った。

「脅して、逃げようと思ったのに……あいつが、リカが『刺せ！』と言ったから思わず手が動いて」

すぐさま細川の映像に戻る。

「マンションの住人の名簿を確認しましたが、リカ、もしくはリカコという名前の女性は、ひとりもいませんでした。『サングラスの女』の本名か通称かもしれませんが、彼女の一家は全員が偽者というか、偽名を名乗って家族のふりをしていた可能性が高いと思います。偽名家族と仮に呼びますが、我々が訪ねたとき、部屋はもぬけの殻《から》でした」

「逃げたのですね？」

清香が確認の問いを投げた。

「おそらく、そうではないかと思います」

「確か両親と娘の三人家族でしたよね」

「そうです。しかし、住民票の本籍地や、マンション住人の名簿はデタラメでした。現在、本間係長が調査中ですが、はたして、本人たちに辿り着けるかどうか。聞き込みによると、父親と母親らしき男女は最初の数日間いただけで、あとはほとんど娘らしき少女しかいなかったようです」

「話が見えないんですがね」

元宮が割り込んでくる。

「その偽名家族とやらの娘が、『サングラスの女』なんですか」

本当に話が見えないのだろう。心から不思議そうな顔をしていた。孝太郎自身も半信半疑という思いがある。清香に聞いたとき、「まさか」という否定の気持ちが強く湧いた。

「同じ返事で恐縮ですが現在、調査中です。細川課長にしては、うまい造語ですので使わせていただきましょう。再確認になりますが、偽名家族は逃げたんですね」

「はい。生活用品は残されていましたが、部屋にはだれもいませんでした」

細川の目は、元宮に向けられていた。

「だれかが事前に情報を流したのだと思います。犯人への協力者及びスパイが、所轄にいるのではないでしょうか」

4

「それが、わたしだと?」

元宮の声と表情が尖った。

「そうとは申し上げていません。ただ、事件が起きている所轄に、敵のスパイと思しき人物が紛れ込んでいる可能性は、高いのではないでしょうか。現に偽名家族はいち早く逃げてしまいましたので」

細川は口では否定しているものの、冷ややかな両目は相変わらず元宮に向けられていた。清香をめぐる恋のライバル的な気持ちもあるに違いない。

「聞き捨てなりませんね。だいたいが、『国分寺窃盗・強殺事件』は窃盗事件じゃないですか。うちの案件は病院の転落死事件です。繋がりを持たせるのは無理があるように思いますがね。手柄を焦るあまり、強引な捜査になっている印象を受けますよ」

元宮も受けて立つ覚悟のようだった。行動科学課への不信感をあらわにしていた。

「偽名家族は、なぜ、相沢利正さんのマンションに住んでいたのでしょうか」

清香が疑問点を提示する。

「行動科学課は、タンス預金をしていた相沢さんの大金を盗むために、あらかじめ住み始めていたのではないかと考えています。参考までに申し上げますと、三人がマンションに引っ越したのは、事件が起きる約二カ月前でした」

指示に従い、孝太郎は真ん中のプロジェクターを相沢利正の事件現場の足跡に切り替えた。『小さな足跡の人物』が、実行犯・渡辺健次の足跡をなぞるようにして、踏んで行ったものである。

「『小さな足跡の人物』は、おそらく偽名家族の娘だと思います。彼女に関しては、足のサイズが二十二センチという報告はありませんでした。国分寺の所轄は忙しさを理由に言い訳しています。聞き込みに行った際、不在で確認していないと答えました」

「それでは、偽名家族の娘は、足のサイズが二十二センチだった可能性がある？」

確認するほどのことでもないのに、元宮は訊いた。

「はい。偽りの両親と二階に住んでいた彼女は、渡辺健次と事件前に落ち合い、相沢家に侵入して殺害した後、非常階段で二階まで降りたのではないでしょうか。履いていた上履きは脱いでいたかもしれません。とにかく二階へ戻って、偽名家族が借りていた部屋に入った。渡辺健次が口にした『リカ』とは、彼女ではないかと考えています」

ふたたび清香の指示を受け、孝太郎は手帳の一部を読み上げる。

「『小さな足跡の人物』に関する分析です。自己顕示欲が強いタイプ、あるいは抑圧された状況下、つまり、気持ちを押し殺して生きているような環境にいるため、異常な行為によって無意識のうちに『自分はここにいる』と訴えたのか？」

「こじつけにしか思えませんね」

元宮は鼻で笑ったが、

「そうでしょうか」

部下であるはずの太田原が、ふたたび反論の声を上げた。

「偽名家族は相沢利正氏の事件が起きる二カ月ほど前にマンションに引っ越して、事件が起きたとたん、姿を消しています。これを怪しいと思わない警察官はいないでしょう。わたしは行動科学課の推測どおりではないかと思います」

かねてより元宮の言動に不満をいだいていたのかもしれない。対立の図式が浮かび上がっていた。

「いずれにしても、うちを疑うのは筋違いじゃないですか」

元宮は鋭く言った。

「『国分寺窃盗・強殺事件』には、なんの関係もありません。犯人はどうなんですかね。偽名家族は『病院転落死事件』にも関わっているわけですか」

「失礼します」

会議室の扉が開いて、国分寺の所轄の若林巡査が入って来た。数人の若手を引き連れていた。

「さまざまな調査をするためには、人手が足りないと思いまして、わたくしがお願いしました。まだ合同捜査にはなりませんが、共同捜査は成り立つと考えています」

清香は言い、「失礼」と断って、窓際に行った。携帯に連絡が入ったのだろう。元宮は検屍官を睨みつけるようにしていた。

「共同捜査なんて聞いていませんがね。不意打ちをくらわせて、思いどおりに進めるのが行動科学課流ですか」

目は清香に向けられたままだ。どうせ、また、うちには極秘で捜査を進めているんだろう。おれは騙されないぞ、というような疑惑が浮かび上がっているように感じられた。

「でも、繋がりはありますよ」

若手の若林が度胸のある反論を口にした。

「行動科学課が提出してくれた調査書を、もう一度確認してみてください。驚くような真実が隠れています。まあ、それを知っても、すぐには受け入れられませんでしたけどね。驚きの方が大きくて」

「空き巣被害に遭った坂口和輝はどうですか」

孝太郎は、別の話を振った。

「リサイクル店主の妻と関係を持った件について、自分はなんとなくすっきりしないものを感じています。本当は未成年者と肉体関係を持ったため、警察には言えなくて嘘をついているのではないかと思っているんですが」

「ハニートラップですよね」

若林が同意する。

「坂口は、なにか隠していると思いますが、奥さんから離婚を切り出されちゃって、落ち込んでいるんですよ。リサイクル店主の妻と関係を持った点は認めたじゃないですか。もう女癖の悪さは病気だなと奥さんは思ったらしくて、弁護士に相談しているようです」

「離婚に向けての相談ですか」

孝太郎の問いに頷いた。

「はい。万が一、離婚となった場合、不倫が大きなマイナス要素になって、財産の大部分は奥さんのものになりますからね。タンス預金の二千万は盗まれるわ、離婚されて家や貯金は失うわで、暗ーい顔をしてましたよ」

勝ち組のセレブだった坂口の転落ぶりを目の当たりにして、いい気味だと思っているのかもしれない。若林は愉《たの》しそうだった。

「新たな情報が入りました」

電話を終わらせた清香が告げた。

「南北市民病院では、医療過誤《ミス》の噂が流れているそうです。脳神経外科医の山内部長が、何件かの手術で大きなミスを犯したとか。カバーしたのは斉藤葉月先生のグループに属する若手医師たちです。いわゆる葉月組ですね。自慢するわけではありませんが、やはり、という感はいなめません。葉月先生の言動は、いささか目立ちすぎましたので」

「なるほど。南北市民病院には、行動科学課の優秀なスパイがいるようですね」

元宮は唇をゆがめて、言った。

「検屍官。病院の現場検証に立ち会ってください。昨夜、斉藤明彦氏が落ちたとき、義理の娘の葉月先生以外に、他のだれかが病室にいたのかどうか。防犯カメラの映像は嘘をつかないと思いますよ。斉藤氏の両手が手すりから浮いている云々は、あきらかに勘違いです。わたしには浮いているように見えません」

「ですが」

太田原の反論を、清香は仕草で止める。

「仰せに従い、南北市民病院にまいります。若林巡査たちは『サングラスの女』の捜索を中心に動いてください。カーシェアをした銀色のセダンの持ち主は、おそらく事件には無関係だと思いますが、現在、彼の自宅付近の防犯カメラを調査中です。『サングラスの女』がどこの駅から来て、どこに帰って行ったのか。うまくいくと摑めるかもしれませんので」

「了解です」

飛び出して行く若林たちを、右のプロジェクターに映る細川が見送りつつ告げた。

「ドクター。ここは所轄の課長にまかせて、わたしもそちらに向かいます」

「わかりました。太田原課長補佐は引き続き、三カ所の中継をカバーしてください。言うまでもないでしょうが、新たな事実が判明したときには連絡をお願いします」

清香の言葉を、太田原は受けた。

「承知いたしました」

「では、まいりましょうか」

いつもの台詞に、孝太郎は従った。

「はい」

会議室を出て行く二人に、元宮は凍りつくような目を向けている。共同捜査が合同捜査になるのが、いやなのか。なにか都合の悪いことでもあるのだろうか。

「彼は『オッド・アイ』の命令を受けているんでしょうか」

警察署を出た後、孝太郎は言った。背中にまだ、元宮の冷ややかな視線の感覚が残っている。つい振り返っていた。

「わかりませんが……わたしが知っていた頃の彼とは、あきらかに違っています。昔は多少なりとも、警察官という職業に誇りを持っていました。それが今はまるで感じられません。四十二歳の若さで副署長などという地位に就けたのが、そもそもおかしな話なのかもしれませんね」

救急車が二人の横を通り過ぎて行く。向かっている先は言うまでもない、南北市民病院だ。歩きながら清香は、だれかにメールを送っていた。

ちらりと見た孝太郎の気持ちを察したのだろう、

「吉原の元・風俗店の店長、伊藤さんに送りました。念のための確認です」

「あ、そうですか」

どんな内容なのか訊く前に、清香の携帯に連絡が入る。

「はい」

二言、三言、話して終わらせた。

「細川課長からです。神木さんから緊急連絡が入った後、携帯が繋がらなくなったそうです。異常事態が起きたとき用のメールだと思いますが、敵にスパイだと気づかれてしまったのかもしれません。わたしへの連絡直後だと思います」

険しい表情になって走り始める。清香に連絡が来たのは、ほんの二十分ほど前だ。わずかな間になにが起きたのだろう。

潜入看護士・神木瑠奈は無事なのか。

到着していた救急車を横目で見ながら、二人は南北市民病院に入った。

5

「まずは正攻法で確かめましょう」

清香の考えで、二人は八階の脳神経外科病棟へ足を向けた。ここの科に瑠奈は潜り込んだのだが、看護師長の答えは素っ気なかった。

「神木は、本日は休みです」

年は五十前後、めったなことでは動じない体格とタフな精神力の持ち主に見えた。

非常時には警視庁の権威を使うしかない。

「転落死事件のことで、神木さんに至急お話を伺いたいんです」

清香は警察バッジを掲げて言った。

「午前中、彼女の姿を見かけましたが、夜勤明けだったんでしょうか。申し訳ありませんが寮に連絡していただけませんか。病院に来ていただくか、わたくしたちが寮に行ってもかまいません。とにかく急いでいるんです」

虚実ないまぜだったが、緊急性を強調したのが通じたのかもしれない。

「わかりました。お待ちください」

看護師長自ら電話を掛け始める。それを見た後、孝太郎は八階を歩き始めた。どこかにいてほしい、ひと目姿を見れば安心できる、監禁されているんだろうか。もしや、と、浮かぶ最悪の考えを懸命に打ち消していた。

「あ」

似た体型の看護師を見て駆け寄ったが別人だった。楕円形で廻廊のような造りの病院内は、真ん中部分に上りと下りのエスカレーターが設けられているのだが、かなりの数の制服警官が行き来していた。鑑識係や見張り役の警察官だろうか。

（現場検証中か）

斉藤明彦の病室に自然と足が向いていた。元宮副署長の言動から推測すると、所轄の警察官は味方とは言い切れない。広い特別室は監禁場所に適しているのではないだろうか。

「寮にはいないようです」

清香が小走りにこちらへ来た。

「ですが、鵜呑《うの》みにはできません。寮のどこかに監禁されている可能性もありますからね。こちらに向かっている細川課長に事の次第を伝えて、寮を確かめてもらうことにしました。わたしたちは病院内を捜索しましょう」

「あそこが怪しいのではないかと」

孝太郎は斉藤の病室だった場所を指した。

「神木さんが八階にいたと仮定した場合、わたしたちがいなくなるまで隠すには最適の場所ですね」

清香は言いながら特別室に向かっていた。扉は開け放たれたままだが、二人の制服警官が両側に立ち、目を光らせている。孝太郎は検屍官の一歩先を歩き、見張り役の制服警官たちに警察バッジを掲げて申し入れた。

「一柳検屍官は警視庁行動科学課の医療捜査官です。我々も現場検証に立ち会います」

「そういう話は聞いておりません」

年嵩《としかさ》の方が答えた。

「ここは立川市、たとえ本庁といえども勝手な真似はできませんよ。署長に確認したうえでなければ、立ち会いは許可できません」

事前に言い含められているのか、やけに強気だった。反対側に立つ若手は我関せずとばかりにそっぽを向いている。

「馬鹿にしているわけではありませんが、本庁所属の行動科学課を拒否する権利は、所轄にはありません。ましてや、わたくしは医療捜査官です。今回のような案件を冷静に分析するには、これ以上の適任者はいないでしょう。中に入れてください」

清香にしては丁重にお願いしていた。年嵩の目顔を受け、若手が入り口を塞《ふさ》ごうとしたそのとき、

「失礼いたします」

清香が若手の傍らをするりとすり抜けた。

「あっ」

狼狽える若手を押しのけ、孝太郎も中に入る。目に飛び込んで来たのは、ベランダの手すりを越えて落ちる人間だった。

「よせっ」

孝太郎は走った。神木瑠奈ではないのか、事故を装って始末するつもりか。清香と

ともにベランダに飛び出した。

「神木さん!?」

孝太郎の悲痛な叫びを鑑識係が受けた。

「ダミーですよ」

その言葉で身体中の力が抜ける。

「なんだ、そうか」

少し考えればわかりそうなものだが、瑠奈の安否を思うあまり、正常な判断ができなくなっていた。その場に座り込みそうになったが、こらえる。清香は爪先立って、ベランダから地上を見おろしていた。

「現場検証の落下実験をするには、早すぎる時間帯ではありませんか」

責めるような口調になっていた。斉藤明彦の落下事案が起きたのは、消灯時間前の午後八時前後だ。当然、その時間帯に行ってこその現場検証ではないのか。

「落ちる速度や状況などを、はっきり見たいと思いましてね。もちろん夜にも行いますが、昼間も色々と試してみたかったので」

四十前後の鑑識係が答えた。孝太郎は特別室に戻って、さりげなく調べている。どんなに豪華だと言っても要は病室だ。ベッドが大きくて寝心地がよさそうだとか、付き添いもソファベッドで眠れる、綺麗な風呂やトイレがついている、といった点はあるものの、敢えて泊まりたいとは思わない部屋だった。

（いないな）

孝太郎は清香が鑑識係と話している間に、風呂やトイレ、クローゼットなどを素早く確かめた。

目を向けた清香に小さく頭を振る。

「現場検証中にお邪魔いたしました。まさか行動科学課所属の医療捜査官の入室を拒否されるとは思いませんでしたわ。この件はきちんと報告するつもりです」

検屍官は言って、特別室をあとにした。孝太郎は出て行く間際、二人の制服警官に向けた清香の、氷のような美しい表情にぞっとする。若手も同じ思いだったのではないだろうか。心なしか、顔が青ざめたように感じられた。

「そろそろ細川課長が着く頃です。一度、ここの駐車場で落ち合って、段取りを決めましょうか」

清香の申し出に頷き返した。

「そうですね」

答えつつも目と身体は動いている。清香もそうだが、空いている特別室や病室を確かめるのを忘れない。エスカレーターを使って、一階ずつ降りて行くことにした。

「神木さんは……」

　孝太郎の呟きを、清香は遮った。

「無事に決まっています。必ず助けると約束しました。わたしがお願いして潜入看護士になってもらったのですから、命に替えても彼女を取り戻します」

　張り詰めた横顔には決意が浮かび上がっているように見えた。もう病院内にはいないのかもしれないという絶望感を無理に追いやって、二人は瑠奈の探索を続ける。四階の小児病棟に来たとき、

「山内先生か、斉藤葉月先生はいらっしゃらないんですか。今朝は回診もまだなんですよ。どうなっているんでしょうか」

　中年女性が看護師に詰め寄っていた。

「朝から息子の具合が悪いんですよ。熱が高くて、苦しそうなんです。昨夜の転落死事件で回診が遅れているとは聞きましたが、早く来ていただけないでしょうか」

「斉藤先生には連絡しましたので、ご安心ください。息子さんは鎮静剤で眠っているだけです。大丈夫ですから」

　安心させるためだろう、四十代後半の看護師は笑みを浮かべている。

「でも」

「なにかありましたか」

　清香は、警察バッジを掲げて訊いた。

「わたくしは、本庁所属の医療捜査官です。八階で起きた新たな転落死事件で来たのですが、ご家族が望むのであれば息子さんを診察いたしますが」

「お願いします」

母親の懇願を受けて、清香は看護師を見やる。

「もう一度、山内部長と斉藤葉月先生に連絡して、わたくしが来たことを伝えてください。それから大急ぎでカルテを持って来てください。ＭＲＩやＣＴを撮っていれば、その画像もお願いします」

「あの」

躊躇う看護師を、清香は真正面から見据えた。

「命を救うのが最優先です。なにかあったときには、日本一の医者であるわたくしが、すべての責任を負います。四の五の言うやつがいたら刑務所にぶちこんでやりますので、ご安心ください。あなたはいかがですか」

刑務所に入りたいですか。

言葉にはしなくても充分、伝わる言い方だった。脅しとも取れる発言だったが、心に響いたのかもしれない。

「は、はい」

看護師はナース室に走った。

「どうぞ、こちらです」

母親に案内されて、二人は病室に入る。特別室ではなかったが個室だった。ベッドに仰向けに横たわる男児は二歳ぐらいだろうか。小さな身体に取りつけられたコードが、枕元の機器類に繋がれている様子が痛々しかった。呼吸が浅く顔が火照《ほて》ったように赤くなっている。

素人目にも熱があるのが見て取れた。

「何歳ですか」

清香が訊いた。

「二歳二カ月です。一昨日の夜、急にぐったりしたので慌ててこちらの救急外来に来ました。その場で斉藤先生に入院と言われたんです」

「失礼します」

看護師がカルテや画像撮影したものを持って来た。孝太郎は受け取って、清香に渡した。監察医や解剖医としてだけでなく、総合診察医としても優秀な検屍官は、画像を見ただけで病名を口にした。

「急性水頭症だと思います」

「あ、そ、そうです、そんな病名を言われました。詳しい説明はいっさいなくて、手術をするとだけ言われました」

言われた、言われましたという言葉が多かった。質疑応答ではなく、一方的に説明して終わりだったのかもしれない。彼女が子供の病状を理解しているとは、とうてい思えなかった。

清香も同じ印象を持ったのだろう、

「脳のここに」

脳画像の中心部を指して、続ける。

「腫瘍があります。これを切除するために手術をするのでしょう。ただ、顔色や心拍数、熱、血圧といった数値を見ると、現在の状態がいいとは思えません。浦島巡査長」

「はい」

「先程の看護師に頼んで手術の準備をさせてください。脳に泉門からドレーンを刺入し、頭蓋内圧を下げなければ危険です。この話を看護師に告げて道具を用意させてください。あくまでも応急処置ですが、腫瘍の切除手術をするためには必要な措置《そち》なので」

病人や怪我人を前にしたとき、清香は女神へと変貌を遂げる。ついさっき若手の制服警官を見た魔女のような顔つきとは、まったく違っていた。

「わかりました」

孝太郎はメモを取っている。

「それから再度、山内部長と葉月先生を呼ぶように言ってください。おそらく脳神経外科医の山内部長が、手術を執り行う予定だと思いますので」

「了解です」

孝太郎は答えて、ナース室に向かった。気になっていたのだろう、件《くだん》の看護師が受付にいた。

6

「応急処置的な手術を行うそうです。用意していただくのは」

孝太郎は、メモを読み上げた。看護師は手際よく必要な手術道具をワゴンに揃えていく。いったん個室から出て来た清香は、その間にナース室で手術衣を着け始めた。

「山内部長と斉藤先生はまだですか」

検屍官の問いかけに、看護師は表情をくもらせる。

「携帯に連絡しているのですが、お二人とも留守電になってしまうんです。山内部長は体調がよくないのかもしれません。最近は突然、手術が中止になったりするんですよ。その度に葉月組の先生が、執刀なさるんです」

「斉藤葉月先生とよく一緒にいる男性医師たちですか」

孝太郎の問いかけに、看護師は頷き返した。

「そうです。斉藤先生だけ女性ですが、四人の男性医師は脳外科医や心臓外科医なんです。病院内では注目の的ですよ。経営が悪化し始めているこの病院の救世主だと、わたしたちは考えています」

答えて、ナース室の奥へ視線を向ける。

「一柳先生、先に病室へ行っています。手術の準備をしておきますので」

「わかりました。お願いします」

返事を聞いた後、孝太郎はワゴンに載せた手術道具を、看護師とともに病室の前まで運んで行った。楕円形の建物ゆえ、いやでもエスカレーターが目に入る。急に制服警官が増えたような印象を受けていた。

「警察官が多いように思いますが、なにかあったんでしょうか」

孝太郎の言葉を、看護師は受けた。

「未確認情報ですが、爆弾を仕掛けたという脅迫メールが届いたそうです。先程、警察官が避難するようにと知らせに来ました」

「えっ」

思わず看護師を見つめていた。避難を告げられてなお、ここにとどまっているのは、患者を想うがゆえだろう。これから応急処置を行う男児も動かせない患者のひとりだ。

「始めましょうか」

手術衣を着けた清香は、看護師と一緒に個室に入る。入れ替わるようにして、母親が廊下に出て来た。

「外に出ていてくださいと言われました」

顔が白っぽくなっている。入院してから数日なのに、やつれているのが見て取れた。男児の容態や脅迫メールはもちろん気になるが、連絡のつかない瑠奈はどこにいるのだろうか。

（せめて自分にできることを）

母親のそばについていたかったが、瑠奈を探す役目を遂行する。制服警官の数が異様に多くなっているのをまた、感じていた。

（山内部長）

エレベーターの扉が開いて、山内が姿を現した。孝太郎は急いで近づいたが、精彩を欠いたその顔に驚きを覚えて立ち止まる。睡眠薬でも飲んでいるのか、目はうつろで焦点が合わず、壁を伝い歩きしていた。初対面のときの精力的な遣《や》り手というイメージとは、かけ離れた姿だった。

「大丈夫ですか」

孝太郎の呼びかけに、緩慢《かんまん》な動きで目を向けた。

「あ、ああ、ええと、君は？」

　看護師が言っていたよりもずっと状態は悪そうに見えた。病気なのではないだろうか。支えずにいられなかった。

「警視庁行動科学課の浦島です。どこかで休んだ方が、いいのではないですか」

「そう、そうだな。休めば治るんだ、いつも……」

「山内先生」

　ふたたび扉が開いたエレベーターから、斉藤葉月が飛び出して来た。

「今日は休んでくださいと申し上げたじゃないですか。体調が悪いのに無理をしては駄目です。とにかく避難しましょう」

　支えていた孝太郎の手を振り払い、山内を抱え込むようにする。庇護《ひご》される姿が、これほど似合わない男はいなかった。

「あの、斉藤先生。個室の男児、急性水頭症の二歳の子ですが、現在、一柳検屍官が応急処置的な手術を行っています」

　孝太郎の訴えには冷たい一瞥を返した。

「検屍官からメールが来ました。状況は把握しております。それよりも、避難誘導をしなくていいんですか。病院を爆破するという脅迫メールが届いたと聞きましたが」

「知っていますが」

ここでようやく脅迫メールに気持ちが向いた。元宮副署長が、意図的に知らせなかったに違いない。だが、非常時とはいえ、葉月が担当している患者は応急処置をしている。それなのに山内の避難を優先させた。

(あの看護師は、爆弾の脅迫メール騒ぎを知っているのに残った)

扉が閉まったままの個室の前で、母親は廊下を行ったり来たりしている。無駄だろうと思いつつ言った。

「爆弾が仕掛けられたという脅迫メールが届いたそうです。病院の外へ逃げるように、警察から指示が出ているようですが」

「わたしはここにいます」

母親は躊躇うことなく答えた。件の看護師と同じ表情をしていた。

「わかりました。トイレや自販機、廊下などに不審物があった場合は、近くにいる警察官に知らせてください。自分は状況を確かめて来ます」

孝太郎は言い置いて、下りのエスカレーターに乗った。エントランスホールや外来の受付を見おろすと、人、人、人で埋めつくされている。外来の通院患者や入院患者、医師、看護師、病院職員、そして、警察官であふれ返っていた。エスカレーターを駆け降りたくても、乗るのがやっとで無理だった。

「病院に爆弾を仕掛けたという脅迫メールが届いたのは本当ですか」

警察バッジを見せて、後ろにいた制服警官に念のため確認する。

「本当です。避難誘導をするようにという指示を受けました。ご覧のように入院患者や外来の通院患者、見舞い客、病院職員は全員、避難し始めています。爆発物処理班が来るようですが、一刻も早く病院を封鎖しなければ駄目だと」

「封鎖」

孝太郎は絶句する。たった今、緊急手術をしている男児はどうなるのか。しばらくの間、動かせないではないか。

（『ME号爆破事件』は、このための前振りだったことも考えられるな。犯人の目的は金だろうか。あるいは新たな悪事を働くための陽動、もしくは撹乱《かくらん》作戦か）

二階から一階に降りるエスカレーターに乗ると同時に、携帯電話がヴァイブレーションした。細川からの電話だった。

「掛け続けていたのですが、なかなか繋がりませんでした。今、わたしは一階の玄関扉の前にいます」

確かにガラス扉の向こうにスーツ姿の細川が立っていた。だが、扉はすでに閉め切られており、中に入れなくなっている。閉じた病院内のガラス扉の前で指揮を執っているのは、なんと元宮副署長だった。

清香の昔の男VS現在の男か。

二人は、ガラス扉を挟んで睨み合っていた。

「入れないんですか」

孝太郎は細川に訊いた。

「外に出るのはオーケーのようですが、中に入るのは駄目だと言っています。本間係長からの連絡では、南北市民病院に爆発物を仕掛けたという脅迫メールが届いたようですね」

同じ確認が出た。常に網を張り巡らせている優美が、爆発物の情報を仕入れたのだろう。孝太郎の携帯にも遅ればせながらメールが流れて来た。

「はい。神木さんはどうですか。寮にはいなかったんですか」

見つかっていれば最初に言うだろうと思いながらの問いが出る。

「わたしが見た限りでは、いないように思えました。所轄の警察官に引き続き、捜索を頼んで来ました」

「病院内はご覧の有様です」

一階に着いた孝太郎は、エントランスホールを足早に横切る。外来患者や見舞い客、さらにベッドに横たわったままの入院患者は、別の出入り口に避難誘導されていた。そこに警察犬を連れた制服警官が加わって、朝のラッシュ時さながらの満員電車風景のようになっていた。簡単には移動できない。

「こちらの出入り口から外に出られるようですが、中には入れないんですか」

孝太郎の提案を、細川は即座に否定する。

「今、浦島巡査長が言った出入り口には最初に行きましたが、中には入れてもらえないんですよ。こうなったら強行突破しかないかと思っています」

ガラスの扉を挟んで立つ元宮を睨み続けていた。たかがガラス扉一枚だが、いざ鍵を掛けて閉められると、高い壁のように感じられた。救急外来用の入り口もあるが、同じように入れないのではないだろうか。

「爆発物処理班が到着したようです」

細川は駐車場を振り返っている。

とにかく患者や医師、職員を病院から一刻も早く避難させなければならない。爆発物処理班に紛れ込むつもりなのか、細川はいったん姿が見えなくなった。

第7章　最凶《さいきょう》の切り札

1

「元宮副署長」

　孝太郎は人波を掻き分けて、元宮の隣に行った。

「細川課長を、なぜ、中に入れてくれないんですか。爆発物を探したり、避難誘導したりするために、警察官はひとりでも多い方がいいのではありませんか」

　孝太郎の正論に、元宮は苦笑いを返した。

「行動科学課は、ME号を爆破されたじゃないですか。ゆえに所轄の警察官だけで爆発物の捜索をしろという、本庁からの命令なんですよ。本庁の指揮官や応援部隊が到着した時点で、我々は補佐役にまわりますがね。当事者である行動科学課には早めに避難していただき、高みの見物を決め込んでいただきたいと思います」

　滔々《とうとう》と申し渡した。慇懃《いんぎん》無礼な行動科学課外し策に思えた。

「一柳ドクターは、どうしたんですか。派手やかな検屍官の姿が見あたりませんが、すでに避難したのですか」

元宮は肩越しに振り返る。孝太郎は手短に応急処置手術の話を告げた。なにがおかしいのだろう、

「ふん」

と、元宮は鼻で嗤《わら》った。

「個室でいきなり手術を始めるとは、いかにもドクターらしいというか。爆破されるとわかっていても、患者に付き添うんでしょうね。そういうときは、ふだん以上に頑固な女になる」

最後の一文には、私的なニュアンスが加わっているように感じられた。元宮の役目は行動科学課の邪魔をすることではないのか。背後にちらつく『だれか』の命を受け、粛々《しゅくしゅく》と従っているのでは……。

「失礼します」

孝太郎は言って、元宮から離れた。とにかく瑠奈を探さなければならない。行き交う人々だけでなく、ストレッチャーに乗せられた患者も素早く確かめていった。この騒ぎに乗じて、睡眠薬などの薬を投与され、眠らされたまま外に連れ出されることも考えられた。

「だめか」

不意に携帯がヴァイブレーションする。

「はい」

窓の近くへ行き、受けた。

「本間です。一柳先生の連絡を受けて、ドクターヘリを要請しました。動かせない重症患者を、南北市民病院の屋上から他の病院へ運ぶ予定です。細川課長には、すでに連絡を入れました」

「課長は、どこにいるんですか」

「爆発物処理班に紛れ込めればと仰っていましたが、うまくいったという連絡は来ません。行動科学課を排斥《はいせき》する動きが強くなっているように感じます。神木さんはどうですか」

「だめです。見つかりません」

話しながらも油断なく、ストレッチャーや患者たちを確認していた。瑠奈は体型に特徴があるので早い段階で判別できる。似た体型の女性がマスク姿だったため、警察バッジを見せて顔を確認させてもらった。

「『サングラスの女』についてはどうですか。なにか情報が入りましたか」

孝太郎は訊いた。大勢の人がいるのに、なぜか激しい孤独感を覚えていた。爆発予告が脅しではなく、本当だったらどうなるのか。下手をすれば死ぬかもしれない。こんな混乱状態の中、たったひとりで死ぬ……と、考えたとき、優美との会話が貴重なものに思えた。

自分の身になにか起きれば彼女が察知してくれる。

「新たな情報は入りませんが、亡くなられた相沢利正さんのマンションの映像を再確認してみたんです。問題の女は、何度か同い年ぐらいの女とマンションに出入りしていたんですよ。偽名家族の父親や母親ではなく、同世代の女と一緒に動いていたのかもしれませんね」

「『オッド・アイ』」

孝太郎は閃きを言葉にした。

「もしかしたら、その二人の異名じゃないでしょうか。左右の目の色が違うのを、二人になぞらえたのかもしれませんよ」

「確かにそうですね。カーシェアをした男性の自宅付近の防犯カメラに、『サングラスの女』は途中までは映っていたんですよ。ところがある喫茶店に入ったとたん、急に姿を消したんです」

「姿を消した？」

孝太郎は優美の言葉の一部を繰り返した後、推測を口にする。

「自分は『サングラスの女』に変装した姿自体、信じられないんですが、もしかするとまた、別の姿になったのかもしれませんね。さらにその喫茶店は、偽名家族の部屋同様、一味の拠点のひとつかもしれない」

「冴《さ》えているじゃないですか。ただ気になるのは、『オッド・アイ』に関する情報のひとつ、『最凶の切り札』という文言です。同じ女性として彼女たちがそうだとは考えたくありませんが、可能性としては捨てきれません。あ、ちょっと待ってください。所轄から新たに捜査報告書が送られて来たようです」

「検屍官が来ました」

孝太郎はいったん電話を終わらせる。清香がエスカレーターで降りて来た。駆け寄ろうとしたが、あふれ返る人波に阻《はば》まれてしまう。携帯が検屍官からの着信を知らせた。

「人の少ない方に行きましょうか」

清香は電話で告げ、一階に到着した後、上りのエスカレーターに乗る。孝太郎も追いかけた。一階よりは二階の方が、かなり混雑が緩和されていた。さらに人が少ない方へと、二人は歩いて行った。建物の半円部分に自動販売機やソファが設けられているのは、各階、共通している。

「すごい騒ぎですこと」

清香は、吐息まじりにソファへ腰かけた。男児の応急処置的な手術を終わらせたばかりである。さすがに色濃い疲れが滲み出ているように感じられた。

「あなたもいかが？」

と、大きなバッグから出したのは、二個の缶入りだしだった。孝太郎はひと缶を受け取りながら隣に座る。

「いただきます。今、お金を」

「奢《おご》りますわ」

微笑して、言った。

「今日の働きへのご褒美です。元宮副署長は行動科学課を追い出したいご様子。彼の言動を利用して逃げ出すこともできたのに、浦島巡査長は残ってくれました。それに一生懸命、神木さんを探してくれています。お礼をさせてください」

「いや、正直に言いますが、恐くて足が震えていますよ。爆破した後、火事になる可能性もありますからね。避難する人に阻まれて逃げられないかもしれません。ですが、検屍官が残る以上、逃げるわけにはいかないと腹をくくりました」

なにげなく飲んだ缶入りだしが、五臓六腑《ごぞうろっぷ》に染みわたる。腹が空いていたのだと初めて気づいた。

「これ、美味いですねえ」

心からの賛辞が出た。

「でしょう?」

清香はふふっと笑った。

「混乱状態だからこそ、空腹や睡眠、休息といった感覚を大事にしなければいけません。大袈裟な話ではなく、突然死してしまうかもしれませんからね。人を助けるつもりが、なにもできないまま死ぬ。こんなに納得のできない話はないと思いますから」

「確かに」

「先程、連絡が来ましたの」

だれとは名を言わずに、清香は孝太郎の携帯にメールを流した。見た瞬間、驚きのあまり言葉を失った。

「……間違いないんですか?」

訊ねる声がかすれていた。口の中がカラカラに乾いていた。

「確かな情報だと思います。情報提供者は嘘をつく意味がありませんから。わたしは『やはり』と思いました。もしかしたら、それが動機なのかもしれない、と」

「で、でも」

異論を検屍官は仕草で遮る。二人の携帯に、優美からのメールが流れて来た。国分寺の所轄の新たな捜査報告書のようだった。

「噂の二人ですわね」

清香は、携帯に出た若い二人の女性を見つめていた。

「妹曰く『スッピン・ベッピン』と、彼女の相棒ですか。それにしても、なぜ、今これが流れたんですかね」

孝太郎は疑問を提示する。

「彼女たちに目を引きつけておき、その間に逃げるつもりなのかもしれませんね。囮役ということも考えられるんじゃないかと、自分は思うんですが」

「お待ちください」

清香は携帯を受けて、五分ほど話した。

「先程、わたしの手術を手伝ってくれた看護師さんからです。信頼できる方だと思い、ドクターヘリへの対応役をまかせたのですが、重症患者さんを差し置いて、山内部長と葉月先生が乗り込もうとしたようです」

「逃げるつもりなんですよ」

腰を浮かせかけたが、座るように示された。

「医師や看護師、病院職員などの病院関係者をヘリに乗せる場合は、よほど重篤《じゅうとく》な場合に限るとお願いしておきました。通常の方法で避難するようにと言って、エレベーターに乗せたという連絡です」

清香は立ち上がってエレベーターの前に行く。ボタンを押して少しの間、待ってい
た。孝太郎は楕円エリアの反対側のエレベーターホールに走り、同じようにボタンを
押したが、いち早く清香が告げた。
「おいでになりました」
言いながら、近くにいた二人の制服警官を呼び寄せていた。孝太郎も急いで駆けつ
ける。葉月と二人の看護師に付き添われた山内が、エレベーターから出て来た。薄い
ピンク色のメディカルユニホームを着た看護師のひとりは、マスクを着けていたが、
もうひとりは薄化粧した顔を見せている。パンツスタイルのメディカルユニホームに、
うまく纏めたアップの髪型がよく合っていた。
(あれ?)
だれかに似ていると思ったが、すぐには浮かばなかった。
「なんの真似ですか」
制服警官たちを見て、葉月が気色《けしき》ばんだ。声と目が尖っていた。過剰反応のように
思えたが、そうだとすれば、なぜなのか。警察官に対して警戒心をいだくようなこと
をしたのだろうか。
「安全に避難していただくためです。お二人は一階のひどい混乱ぶりを見たからこそ、
屋上に到着したドクターヘリを利用したかったのではありませんか」

清香に切り返されて、ばつが悪そうに視線を逸らした。

「そうですけれど」

「ドクター」

不意に細川の声がひびいた。内階段に続く扉から出て来た課長は、驚いたことに制服警官を装っていた。最初に声を聞かなければ、すぐにはわからなかったかもしれない。元宮副署長の目を欺《あざむ》くための変装だろう。

「ご無事でなによりです」

細川は安堵したように口もとをほころばせた。常に携帯で連絡し合っているのではないだろうか。清香の居場所を正確に把握しているようだった。

「ちょうどいいところに来てくださいました。お二人を病院の外か、もう一度、屋上へ避難誘導してくださいませんか。山内部長はドクターヘリの使用が必要な状態であるように見受けられます。また、屋上へ行かなければならないのは大変かもしれませんが、一階や地下から外に出るよりはましだと思いますので」

「ドクターヘリなど必要ない」

山内は支えている葉月の手を乱暴に振り払った。

「わたしは……」

そう言いかけたとたん、よろめいてしまう。

「おひとりでは歩くのもままならない状況ではありませんか。ここは一柳ドクターの申し出に従い、屋上へまいりましょう」

葉月の訴えを、清香は受けた。

「すでに行っていると思いますが、山内部長。検査はしたのですか」

「脳ドックを受けていただきました。どこにも異常はなかったんです」

代わりに葉月が答えた。

「それでは、脳が原因ではないのかもしれません。他の検査をお勧めしますが、今はとにかく屋上に行ってください」

「ドクター。屋上への避難誘導役は浦島巡査長に……」

細川の言葉に頭《かぶり》を振る。

「いいえ。浦島巡査長では、いざというときに対応できません。所轄の厳しいチェックを乗り切るには、制服警官を装ってここまで辿り着いた細川課長の臨機応変さと強引さが必要なのです。状況はおわかりだと思いますので、あとはおまかせいたします」

検屍官の美しい目は、会釈した二人の看護師に向けられていた。踵《きびす》を返して歩き出した彼女たちを、ゆっくりした足取りで追いかけた。

「二人の看護師さん、お待ちくださいな」

呼びかけも穏やかで落ち着いていた。看護師たちは足を止めて振り返る。マスクを着けた看護師は、もうひとりの後ろに隠れるようにしていた。長い髪を後ろで三つ編みにしてひとつに纏めている。

「なんでしょうか。わたしたちも急いで避難しなければならないのですが」

髪をアップにした方が、堂々と顎を上げて訊き返した。

「うまく化けたつもりかもしれませんが、美しき骨格記憶術を持つわたくしの目は欺けませんよ。マスクや眼鏡で顔を隠していない点は評価しますが、行動科学課の医療捜査官をなめないでいただきたいと思います」

清香は言った。

「偽名家族の娘役を務めた成瀬《なるせ》リカコさんでしょう？」

2

「…………」

孝太郎は一瞬絶句した後、

「えぇ〜〜っ」

驚きの声を上げた。二人の看護師を忙しく見やっている。どこから見ても病院の若い看護師だった。

「マスクをしている三つ編みの女子高生は、青木千尋《あおきちひろ》さんですね。『最凶の切り札』というのは、あなたたちのことではないのですか。わたくしは『最凶のJK』、女子高生だと思っていますが」

少しずつ清香は前に進んでいる。

「なんのことでしょうか。仰っている意味がわかりません。斉藤葉月先生に確認してください。わたしたちは、この病院の看護師です」

成瀬リカコは平然と言い放った。千尋は相変わらずリカコを盾にして隠れているが、二人とも清香に押されるようにして、さがって行った。混み合うエスカレーターやエレベーターは使えないだろうが、内階段から逃げられる。

孝太郎は葉月を振り返ったが、こちらを見ていなかった。素知らぬ顔で山内を支えていたが、彼はしきりに腕を振り払っている。さわるな、という意思表示のように見えた。

「葉月先生は、もう関わり合いになりたくないというお考えのようです。目を覚ましてください。あなたがたは渡辺健次や彼を刺した男同様、いいように使われただけなんですよ。葉月先生は助けてくれませんから」

清香が走ろうとしたのを察したに違いない。リカコはいち早く千尋の手を引いて走り出した。孝太郎は清香とともに追いかける。いつの間にか検屍官は大きな鞄をリュックにして背負い、ハイヒールを上履きに取り替えていた。

「待ちなさい。逃げれば罪が重くなりますよ」

呼び掛けに千尋は足を止めかけたが、いっそう強くリカコが手を引いた。内階段の扉を開けて、駆け降りて行く。

「わたくしの話を聞いてください。逃げないで！」

清香は跳ぶように速かった。オフィスで履く重い安全靴のお陰だろうか。脚の長さが違う孝太郎に負けていない。薄いピンク色のメディカルユニホームを着た二人は、行き交う人々を突き飛ばすようにして一階を走り抜ける。

楕円形病院の非常口から渡り廊下に出た。講堂に繋がる廊下だったが、工事をしていたはずだった。

「講堂か」

孝太郎は、先に立って追いかける。二人は病院から渡り廊下で続く離れのような講堂に向かっていた。次第にいやな予感が湧いてきた。

「罠かもしれません」

不安を込めて言ったが、清香はすぐに答えた。

「それでも行きます。あの娘《こ》たちは女子高生なんですよ。どんな悪事に加担《かたん》したのか、大人が教えてあげなければ」

「はい」

講堂に入ったのを見届けて、孝太郎は一度、立ち止まる。飛び込もうとした清香を素早く制した。

「危険です。自分が先に行きます」

恐怖で声が震えていた。

「汗びっしょりじゃないですか。わたくしが先に行きます」

「いや、自分が……」

最後まで答えないうちに、清香は講堂の扉を開けた。孝太郎は思わず息を呑む。明かりに照らし出された講堂内には複雑な壁が作られていた。雛壇《ひなだん》になった座席の前後を三メートルほどの高さの板で覆い、トランプのスペードやダイヤ、ハートといった四つの模様が描かれた入り口が設けられている。おそらく中は迷路のようになっているのではないだろうか。

「まるで『不思議の国のアリス』ですわね。黒幕は最高の場所を用意してくれたようです」

「検屍官。自分が……」

今度も訴えは無視された。清香はいとも簡単にハートが描かれた扉を選んで開ける。さすがに孝太郎は先に入ったが、そこはまさに迷路だった。元から設置されていた座席の前後に、三メートルほどの板が立てられており、普通は通路として使う場所から講堂の上や下へ行けるようになっていたが、そこにも扉が作られていた。

「あたしたちを見つけてごらん、一柳ドクター」

リカコだろう。揶揄するような声が、上の方から響き渡った。

「気をつけな。あたしたちは『最凶のＪＫ』だからね。鋭い牙を持っているんだ。簡単には捕まえられないよ」

「あなたたちは女子高生です。今なら情状酌量《じょうじょうしゃくりょう》の余地ありとして罪が軽減されます。いくらでも、やり直せるんですよ。悪党どもの言いなりになってはいけません」

清香の声が反響している。

「信じられないね。大人を信じると、ろくなことにならないのだけはわかっているんだ。無駄なお喋りで時間稼ぎをしようとしても駄目だよ。知ってるだろう、ここは治外法権特区なのさ。なにが起きても罪に問われない特別な場所。だれも助けに来ないし、だれかが死んでも罪に問われない」

低い笑い声が聞こえた。右、左、どちらから来るだろう。清香は躊躇うことなく右上に進む扉を開けた。

「………」

孝太郎は息を呑んだが……だれも待ちかまえていなかった。

「検屍官は度胸がよすぎます」

「あなたは慎重すぎます。モタモタしていたら、逃げられてしまいますよ。捕まえられません」

「わかっていますが」

突然、首筋がひやりと冷たくなる。妹の真奈美が言うところの縄文人的機能、霊的なものや危険を事前に察知する力が作動していた。孝太郎は反射的に振り返る。ほとんど同時に左脇腹のあたりが熱くなった。

「うぁっ」

とっさに押さえた部分の服が裂けていた。メスを持った千尋が、狼狽えたように後《あと》退《ずさ》る。

「あ、すみません、ごめんなさい。痛い、ですよね。痛いですか、そうですよね。ごめんなさい！」

くるりと背を向けて、いくつかある扉のひとつから出て行った。

「いやだ、あの人、気持ち悪いよ、リカコ。植木鉢のときと同じなんだもの。なんでわかるのかな。恐いよ」

千尋は大声で叫んでいる。孝太郎はわけがわからなかった。

「なんなんだ、今のは」

「そこまで鈍いと逆にすごいかもしれませんわね。わたしたちを殺すための刺客に決まっているじゃありませんか。あなたはメスで左脇腹を切られたんですよ」

清香は背負っていたリュック状のバッグをおろして傷口を見る。ワイシャツに血が滲んでいたが、上着やワイシャツのお陰で深傷《ふかで》は免れたようだ。

「『国分寺窃盗・強殺事件』が起きたマンションで、植木鉢が落ちて来た事案もまた、彼女たちの仕業だったようです。今回のお招きは、黒幕に命じられてのことでしょう。生き残って講堂を出られるのは、どちらか。わざわざ大掛かりなセットを作るあたりに、黒幕のいやらしさが垣間見えていると思います。この様子は中継されているかもしれません」

応急手当てをしながら言った。

「え？」

孝太郎はつい周囲を見まわしている。が、目に入ったのは、高さが三メートルほどの板と講堂の照明器具だけだった。清香は手早く傷口を消毒し、大きめの絆創膏を貼った。

「行きましょう」

絆創膏を軽く叩いて立ち上がる。

「待ってください、検屍官。いったん戻りましょう。入って来たところから出て、応援を呼んで来るのが得策だと思います」

早口で言った。危険にまっしぐらの清香と動くのは命懸《いのちが》けだ。

「逃げ道はないと思いますが」

足を踏ん張る素振りを見せたが、孝太郎は強引に腕を引っ張る。講堂の外へ出るべく駆け戻った。外でだれかが待っているかもしれない。扉を開けたそのときが、勝負の分かれ目か。

孝太郎は大きく深呼吸する。

「一、二、三！」

掛け声と同時に外への扉を勢いよく開けた。

「いや、どうも、どうも。ご苦労様です」

待っていたのは、国分寺の所轄の若林巡査と若手の警察官たちだった。

「まさか」

孝太郎は驚いたが、清香は平然としていた。

「あなたとは、このような形で話をしたくありませんでしたわ」

「自分もです、検屍官。色々事情がありまして」

若林は唇をゆがめながら答えた。

「報酬は、二階級特進ですか。上司の苛《いじ》めやパワハラを飛び越えて、一日も早くそれができる側になる。警察という特殊な組織の中で、楽に生きるための処世術《しょせいじゅつ》かもしれませんわね」

「お褒めに与りまして恐悦至極に存じます。成功した暁《あかつき》には警部補を約束されているんですよ。今時なかなかないでしょう、こんなスキップ出世は。それに言われたとおり、『サングラスの女』は見つけましたからね。存分に戦ってください。さあ、中へお戻りいただきましょうか」

薄笑いを浮かべている。他の若手たちも同様なのだろう、さりげなく逃げ道を塞いでいた。

「もはや、死語かもしれませんが」

清香は十八番を口にした。

「オタンコナスを相手にしても仕方ありませんわ。正々堂々と勝負するのみ。まいりましょうか」

潔《いさぎよ》く背を向けて、ふたたび講堂に足を向ける。若林は不敵に嗤いながら、わざとらしく音をたてて扉を閉めた。

3

「お帰りなさい、ドクター」

リカコの嘲《あざけ》りが響いた。

「言ったじゃないさ、病院の敷地内は治外法権特区なんだよ。だれも助けに来ないし、だれかが死んでも罪に問われない。あたしたちは、この『アリスの部屋』では神なんだ。なにをしても許されるのさ」

「なんという傲慢《ごうまん》な考えなのでしょう」

清香は負けずに反論する。

「悪事に手を染めた人間は、滅びるのが定め。常に正義が勝つとは言い切れませんが、わたくしは常に勝ちます。もう一度、言いますよ。自首しなさい、成瀬リカコ、青木千尋。未成年であることを裁判官は考慮します。わたくしも証言いたします。今ならまだ……」

「うるさいんだよっ」

右側の扉が開き、リカコがナイフを突き出した。が、すぐに扉を閉めて、姿が見えなくなる。ほとんど同時に左側の扉が開いて、今度は千尋が入って来た。突き出されたメスを、孝太郎は特殊警棒で応戦する。

二人の少女はセーラー服に着替えていた。清香は背負っていたバッグを置いて、特殊警棒を構えた。

「攻め続けるんだよ、千尋」

右側の扉から再度、リカコが攻めて来た。清香は伸ばした特殊警棒を操って激しい攻撃を受ける。孝太郎は千尋の激しい攻撃をかわすだけで精一杯だ。戦闘モードに入ったのか、少女は目が据《す》わっている。危険極まりない刺客となって、孝太郎の腕を狙っていた。

「くっ」

特殊警棒に長さがある分、どうにか防げていたが、いつまでもつだろう。清香と背中合わせになって、逃げ場のない戦いを繰り広げている。

（速い）

千尋はナイフでの戦い方の指南を受けたことがあるのではないだろうか。孝太郎の左脇腹を切り裂いたときの姿はどこへやら、まさに『最凶のＪＫ』となって襲いかかって来る。右からフェイントをかけておき、鋭い左への一撃を繰り出した。怪我をした場所を狙っているのは間違いあるまい。

孝太郎はかろうじて避け続けていた。

「女子高生がそんなものを持つと怪我をしますよ」

検屍官は冷静に警告した。むろん特殊警棒で防ぎながらなのは言うまでもない。意外にも健闘していた。

「葉月先生はもう助けてくれませんが、やけを起こしては駄目です。わたくしが力になりますよ。日本一の医者ですから……」

「うるさい！」

リカコは思いきり深く踏み込んだ。清香は特殊警棒で彼女の右手首を音がするほど強く打つ。痛かったのだろう、リカコがナイフを落としたその一瞬を検屍官はのがさなかった。縮めた特殊警棒で彼女の腹を突いた。

「うぐぅっ」

リカコは呻いて、うずくまる。

「リカコ!?」

千尋はあきらかに狼狽えた。攻撃するのを忘れて棒立ちになった。

「いったん退《ひ》けっ」

と口では言ったが、リカコは小狡《こずる》い策に出た。うずくまりながら拾ったナイフを、清香めがけて突き出したのである。検屍官は横にした特殊警棒で第一撃をかわしたが、リカコはすかさず腹に第二撃を繰り出そうとした。

「検屍官！」

孝太郎はとっさにリカコを押さえつけ、力の限り押した。文系で非力とはいえ、いざというときの力は男の方が勝る。リカコは尻餅をつくように座り込んだ。右手に握り締めていたナイフが、彼女自身の右太腿をつらぬいていた。

「あっ」

声を上げたのは、千尋だった。

「リカ、リカコ、だ、大丈夫？」

唇をわななかせて訊いた。

「言っただろっ、いったん退くよ！」

リカコは呻き声すら洩らさなかった。右太腿から血を流しながらも、右扉の向こうへ消えた。千尋も左扉から迷路に逃げ込んだ。

「手当てをいたしましょう」

清香は、恐れるふうもなく右扉を開いた。置いていたバッグを肩に担ぎ、リカコを追いかける。孝太郎も当然、後ろについたが、相当、出血しているようだった。大量の血が、講堂の床に流れ落ちていた。

「隠れても血が、あなたがたの居場所を教えてくれます。太腿は太い動脈がある場所なので、すぐに止血して縫わないと命が危なくなりますよ。これは脅しではありません。わたくしは、常に本当のことしか言いませんから」

最後の一文は嘘だと思ったが、孝太郎は異論を唱えなかった。清香が背負っていたリュック型バッグを後ろから取って代わりに持つ。リカコは証拠を残しながら逃げているので探す手間などはなかった。

いくつかの扉を開けた後、

「来るなっ」

リカコが叫んだ。講堂の一番後ろ、雛壇の最上段に座り込み、隣には青ざめた千尋が座っている。彼女から取り上げたメスだろう。リカコは右太腿にナイフが突き刺さったまま、メスをきつく握り締めて威嚇《いかく》の姿勢を取っていた。

「近寄るんじゃないよ、来たら刺すからね」

威嚇の声は弱々しかった。激しい出血によって若い少女の肉体は、みるまに生気を失っていく。早くも顔が青ざめていた。

「まずは止血です」

清香は言った。

「清潔な場所ではありませんが、緊急手術を執り行います。安心してください。わたくしは日本一の医者ですから、絶対にあなたを助けます」

歩み寄ろうとしたが、

「近づくなと言っただろ」

リカコはメスを構えたままだった。声は小さくなっているが、両目だけは手負いの狼のように鋭く輝いていた。

「し、死んじゃうよ、リカコ。手術してもらおうよ、ドクターに。こんなに血がたくさん出ちゃって」

対する千尋は、オロオロするばかりだ。涙ぐみ、友の顔を見つめている。リカコはさらに顔色が悪くなっていた。

「いいですか、行きますよ」

清香は一歩踏み出した。

「条件は？」

リカコはメスを掲げて、訊いた。常に対価を求められながら、生きてきたに違いない。金をもらう代わりに若い肉体を提供したのも一度や二度ではないだろう。二人には無償の愛を捧げてくれる存在がいなかったのではないだろうか。かなり痛むだろうに、リカコはおくびにも出さなかった。たいした精神力だった。

清香はやわらかな微笑を返した。

「命を助けるのに、なにか条件がいるのですか」

「………」

このとき身裡《みうち》に走った戦慄《せんりつ》を、孝太郎は一生忘れないだろう。文字どおり、大きな衝撃がつらぬき走った。陳腐《ちんぷ》かもしれないが、それは感動という名の衝撃だった。

「来て、ドクター、仲間の看護士の居所を教えるから。早く、早く来て！」

千尋が答えた。リカコは意識が朦朧としてきたのか、目の焦点が合わなくなっている。清香はすぐにそばへ行った。

「意識を失ってしまうかもしれません。ここには除細動器があるはずです。用意しておいてください」

「は、はい」

千尋は素直に動いた。迷路を熟知しているので彼女にまかせた方がいいと思い、孝太郎は持っていたバッグを床に置いた。清香は中から薄いシートを出して広げ、その上にトレーや医者の七つ道具を並べていく。

「あたしが健次に言ったんだ、『刺せ！』って」

リカコはかぼそい声で自白を始めた。

「話し続けてください」

清香は孝太郎に言い、メスや鋏だけでなく、真空パックされた綺麗なタオルや麻酔薬、消毒薬、ナトリウムの点滴なども準備する。使い捨てタイプの白衣を着て、プラスチック製のゴーグルとマスクを着けた。

「相沢利正さんの事案か。渡辺健次が残した血の足跡を、なぞるように踏んで行ったのは君だよね」

孝太郎はメモしながら訊いた。妹に話しかけるような口調にしていた。

「そう」

張り詰めていたリカコの顔が、除細動器を手にして戻って来た千尋を見て、ゆるむ。

この二人はこうやって支え合って来たのだろう。強い繋がりを感じた。

「自己顕示欲が強いタイプ、あるいは抑圧された状況下、つまり、気持ちを押し殺して生きているような環境にいるため、異常な行為によって無意識のうちに『自分はここにいる』と訴えたのか？」

孝太郎が読み上げた推測に苦笑いした。

「それって、あたしの分析結果？」

「そんなところだね」

「当たってるよ。自分でも、なぜ、あんなことをやったのか、よくわからないんだ。証拠は残さないのが鉄則だからさ。あとで面倒なことになるって心のどこかでわかっていたのにね、気づいたらやってた」

「始めます」

清香が申し渡した。

「手術が終わり次第、ドクターヘリで他の病院へ緊急搬送します。大丈夫ですから安心して……」

「ミッションが終わらないと、ここからは出られないよ」

千尋が躊躇いがちに言った。

「ミッションとは？」

孝太郎の問いに、またもや躊躇いながら答えた。

「ミッション名『オッド・アイ』。それは一柳ドクターをここで抹殺することなんだ。今はカメラの死角に入っているから見えていないだろうけどさ。離れた場所からもちろん見張っているし、外にも見張り役がいたでしょ？」

「………」

孝太郎は慄《ふる》えた。黒幕は清香の死体を見ない限り、『最凶のJK』を解放しないつもりなのだ。

「ど、どうしますか、検屍官」

「大丈夫です。わたくしに考えがありますから」

両手を携帯用の消毒薬で浄《きよ》め、手袋を嵌《は》めて、もう一度告げた。

「始めます。安心してくださいな。わたくし、お裁縫は苦手ですが、人間の皮膚を縫うのは得意なんです。いつもご遺体の皮膚を縫っていますから」

「ふふっ」

と、リカコが噴き出した。

「あんたって、ほんと、変な女」

「失礼な」

そう答えつつ、笑っていた。しかし、予断を許さない状況が改善されたわけではない。清香はどうやって、二人の少女が『アリスの部屋』と呼ぶこの墓場から脱出するつもりなのか。

講堂内は、不気味に静まり返っていた。

4

三時間後。

（信じられない。ぼくが見ているこれは本当に現実なのか）

孝太郎は、講堂の外へ出る扉の前で、セーラー服姿の二人を見つめている。背中には手術を終えたばかりのリカコを背負っていたが、少女はまだ麻酔から覚めていなかった。

（まるで魔法だ）

少しの間、離れた場所にいるよう清香に言われたのだが、呼ばれたとき目にした現実を受け入れるのに時間を要している。成瀬リカコは清香に施されたメイクで、一柳清香に変身していた。髪型も変えて白衣を着ければ、驚くなかれ、清香のそっくりさん誕生となったのである。

そして、本物の清香は、リカコのセーラー服を着て堂々と素顔を曝し、『最凶のJ

K』のひとりになりすましていた。薄化粧した看護師姿のリカコを見た瞬間、だれかに似ていると思ったのも道理、清香に瓜二つだったのだ。

(セーラー服が似合いすぎているのが恐い)

髪を後ろにまとめて三つ編みにした姿は、とても三十八歳には見えない。ふだんから手入れを怠らないのだろう。シミや皺ひとつない顔は、童女のように綺麗だった。

(だが、これで検屍官と細川課長が言った『「あら」「おや」の謎』も解ける)

携帯で素顔の成瀬リカコを見たときに、二人は思わず出たという感じの声を同時に上げた。あれは化粧を落とした素顔の清香に似ているという驚きだったに違いない。素顔の部分に不可解な別の引っかかりを覚えたが、答えには行き着けなかった。

「似ているとは思っていたけど」

千尋もまた、検屍官と孝太郎が背負ったリカコを凝視している。やめようと思っても目が行き来してしまうのだろう。二人を交互に見やっていた。

「ここまでそっくりだとは思わなかった」

「さあ、行くよ」

リカコに扮した清香が言った。右太腿に刺さっていたナイフを持ち、器用にまわしたりして操っている。

「二人は喋らなくていいからね。全部、あたしがやるから大丈夫。なんと言っても、日本一のＪＫだからさ」

　軽い口調や雰囲気までもが、成瀬リカコだった。そう言われても不安は残るが、この墓場から脱出するには、清香の策を用いるしかない。ともすれば恐怖で叫びそうになる気持ちを、孝太郎はかつての相棒、上條麗子が残してくれた清香手帖の一部を思い出すことで懸命に抑えている。

〝検屍官は、時々とんでもないことを考えつくが、うまくフォローしてやると、事件解決に結びつく場合が多い〟

　これを信じるしかなかった。

「千尋」

　清香の言葉で動いた。

「はい」

　講堂の扉をゆっくりと開けた。待ち構えていた若林浩一と他の警察官が集まって来る。孝太郎が無事なのを見て、不満そうな顔になった。

「終わっていないじゃないか」

「首尾は上々、これからボスのところに連れて行くんだよ。まとめて始末するようにって、言われたんだ。背負われているあいつは見てのとおり、もはや虫の息」

　清香は顎で孝太郎に背負われたリカコを指した。

「スパイの看護士ともども、屋上からヘリでどこかに運ぶんだってさ。あたしたちに護衛役を務めろっていう仰せなんだ。講堂はこのままにして、あんたらもさっさと持ち場に戻りなよ」

真実を知っていてもなお、その演技力に騙されてしまう。素顔の検屍官は少女のように初々《ういうい》しく、凜々《りり》しかった。

「わかった」

若林は答えたが、怪訝そうに眉を寄せる。

「なんか、おまえ、雰囲気が変わったな。大人っぽくなったような」

それはそうだろうと、孝太郎は心の中でのみ相槌をうつ。検屍官は大人なのだから当然ではないか。

「憶えときな」

清香はふふんと鼻で笑った。

「女ってのはさ。一秒ごとに進化する生き物なんだよ」

捨て台詞《ぜりふ》を吐き、「行くよ」と号令をかけた。清香の隣を歩く千尋は、きつく検屍官の手を握り締めている。多少、違和感を覚えたかもしれないが、若林は見事な化けっぷりを見破ることはできなかった。他の若手とともに、孝太郎たちを追い抜いて行く。

渡り廊下から病院内に戻ったとき、

「よかった」

孝太郎は安堵の吐息をついた。汗びっしょりだったが、廊下の端に置かれていたストレッチャーにリカコを横たえて白衣姿にバスタオルをかける。千尋はエレベーターのボタンを押して、待っていた。

「早く屋上に」

若林たちが戻って来るのではないかと、気が気ではない様子が見て取れた。孝太郎と同じように、苦労性で貧乏性なのかもしれない。ひとり、清香だけは鼻歌まじりで機嫌がよかった。

「細川課長だよ」

リカコの言動のまま携帯を見ながら言った。

「重症患者をヘリで搬送するミッションは終了。残すは、葉月先生と山内部長の二人だけだってさ。合流する前に、神木さんを助けないとね」

爆破予告による避難は終わりに近づいているようだ。エントランスホールや待合室に、患者や職員の姿はほとんど見えなくなっていた。孝太郎たちはエレベーターに乗って八階で降りる。まっすぐナース室に行った。

「あんた、まだ、いたの」

清香は、身体も精神力もタフそうな五十前後の看護師長に話しかける。

「はい。ギリギリまでいるように言われましたので」

黒幕の命令を受けているのかもしれない。瑠奈の居所を知っていた可能性が高かった。

「例のものの見張り役か。解放してやるよ。受け取った後、合流して、屋上からヘリに乗るんだ。今はこの階にいるんだろ?」

ナイフを両手で弄《もてあそ》びながら『最凶のJK』を装っていた。孝太郎たちを警戒して、瑠奈は職員用のエレベーターを使い、病院内を移動させられていたらしい。人手の足りない行動科学課を欺くための単純にして厄介な策だったのは確かだろう。事実、探し当てることはできなかった。

「はい」

ベテランの看護師長は、リカコが苦手なのか。薄気味悪そうに眉をひそめていたが、

「こちらです」と先に立って案内し始めた。避難が完了した八階は、ついさっきまでの喧噪《けんそう》が嘘のように静まり返っている。看護師長は職員用のロッカールームの鍵を開けた。

「もういいからさ。あんたも逃げな」

清香は言い、なかば強引に鍵を奪い取る。いつ爆発するかもしれない中、最後まで

残って職務を遂行した看護師長は無言で頷き返した。踵を返して立ち去るのを確かめてから、清香はロッカールームに入った。

孝太郎は千尋と一緒に、ストレッチャーを押して中に入る。

「神木さん」

清香が電気を点けたとたん、縛られて口に猿轡《さるぐつわ》をされた瑠奈は目をしばたたかせた。近づいて来たのがリカコと気づき、恐怖に顔を引き攣らせる。なにをするのかわからない不気味な恐ろしさが、先程までのJKたちにはあった。瑠奈は座ったまま懸命に逃げようとしていた。

「落ち着いてください。わたしです、神木さん。一柳清香です」

清香は、リカコの顔でありながら、検屍官の口調と声になっている。

「………」

瑠奈は混乱と当惑の渦に落ちたようだった。見つめ続けるのを無視して、清香は持っていたナイフで素早く縛《いまし》めを解いた。メスを扱い慣れているので、ナイフも巧みに操る。猿轡を解いたとき、

「本当に、ひ、一柳検屍官、ですか？」

瑠奈が訊いた。声が裏返っていた。長時間の縛めで喉《のど》がカラカラだったこともあるだろうが、それだけではないだろう。

「そうです。あら、また、細川課長ですわ」

携帯を受けつつ、バッグから水と缶入りだしを出して、瑠奈に渡した。リカコの言動ならばまだしも、姿はJKのまま、言葉遣いや態度を検屍官にされると違和感しか覚えなかった。

孝太郎や千尋の視線に気づいたのか、

「葉月先生と山内部長を、八階に連れて来るってさ。ヘリに乗る前に八階の脳神経外科病棟をもう一度、見たいと山内が言ったんだって。任意同行に対しては了承したらしいから、最後にひと目って感じなんだろうね」

清香はリカコに戻って告げた。一気に水を飲んだ瑠奈は、缶入りだしを飲み始める。とたんに目を丸くした。

「これ、美味しい」

「でしょう？」

得意げな清香は、だれよりも早く廊下に出る。瑠奈はまだ動くのが辛いようだったが、孝太郎は手を貸して歩くのを支えた。ストレッチャーを押す千尋と一緒に、検屍官を追いかける。

「あ」

細川がエレベーターから出て来た。葉月と山内を連れていたが、ひと目でセーラー服姿の少女が清香だと見抜いたようだった。しかし、察知されてはまずいと考えたのだろう。素知らぬ顔で山内に付き添い、ナース室の方へ歩を進めた。

対する葉月はセーラー服姿の清香を、リカコと思っているのではないだろうか。廊下の隅に寄って小声でなにか話を始めた。

（待てよ）

孝太郎は不意に閃いた。なぜ、細川は清香の変装を見破ったのか。常日頃から素顔の検屍官の顔を見慣れていたからではないのか。

（素顔を見る場所）

それは風呂に入った後が、一番多いのではないだろうか。つまり、二人はそういう時間を頻繁に持っているわけだ。

「あぁっ」

ようやく妹が馬鹿にした理由を悟った。素顔喫茶なんてと言った孝太郎に対して、兄とは思えないと揶揄した真奈美。甘い時を持つカップルの男性こそが、パートナーの素顔を見られる。素顔喫茶ではそういう特別な恩恵に与《あずか》れるからこそ、お金を払ってでも行く価値があるのではないか……。

「わたしは山内三千雄」

突然、響いた院内放送が、孝太郎の妄想迷路を打ち消した。急いでナース室に向かった。

5

山内がマイクの前に立っていた。

「脳神経外科医であり、『神の手を持つ脳外科医』という賛辞を患者さんたちからいただいている。長年、苦楽をともにしてきた南北市民病院で、あらいざらい告白したいと思い、ここに立つ決心をした」

深呼吸して、告げた。

「立て続けに起きた転落死事件の犯人は、わたしだ」

一瞬、周囲は静まり返った。避難を終えた院内に残っているのは、爆弾探しを続ける警察官たちだが、わずかにいた医師や看護師たちは立ちつくしていた。山内の隣には細川が立っている。逃がさないように緊張しているのがわかった。

「動機は、許せなかったからだ。具合が悪くて手術を取り止めるしかなかったわたしに代わり、若造が手術を執り行った。手際《てぎわ》は悪いし、縫い目は汚いしで、ひどいものだったよ。なにが葉月組だ、期待される若手軍団だ。冗談じゃない。あんな手術をしておきながら、わたしが執刀者だと公言されるのは耐えられなかった」

「山内先生、おやめください。体調がよくないからなんでしょう。三人を殺したと思い込んでいるだけなんです。落ち着いてください」

遅れて駆けつけた葉月は必死に訴えたが、

「ひとり目は、膵臓ガンが発見されてしまい、悩んでいた」

山内は完全に無視した。

「夜中、屋上によくいるのは知っていたので行ったんだ、殺すためにね。本人も自死したいと言っていたから楽だったよ。両足を抱え持って、落とした」

大きく深呼吸して、続ける。

「二人目には睡眠薬を与えて、朦朧とした状態のときに目覚めさせた。検査に行くと告げたら、素直に歩き出したよ。ベランダに連れ出して、あとはひとり目と同じ運命を辿らせた」

細川は手錠を出して逮捕の瞬間を狙っている。それを察した山内は、「待て」と仕草で示してさらに言った。

「三人目のときは、斉藤医師の力を借りた」

「嘘ですっ」

葉月が叫んだ。彼女のそばにいた清香が、しっかり腕を握り締めている。何人かの制服警官が廊下に来たが、若林でさえ敵側の人間だったのを考えると、事件の被疑者をまかせられなかった。孝太郎は瑠奈と千尋、そして、ストレッチャーに横たわったままのリカコのそばについていた。

「嘘ではない」

山内は落ち着いていた。

「病室のカーテンを閉めておいたとき、わたしは特別室の中に入って身を潜めた。あそこはカーテンが電動式だからな。わざと開けて、外から見えるようにしたんだよ」

「なぜですか」

細川が訊いた。当然、録音しているに違いない。携帯を差し出していた。

「新たに設置した防犯カメラに、事件ではなく、自死だと証明してもらうためだ。三人目の患者にも睡眠薬を与えておいたんでね。呼びかけて起こせば、あとは二人目と同じ運命だよ。ベランダに出た患者の両足を抱えて、突き落とした」

「もうおやめください、山内先生。混乱していらっしゃるだけなんです。殺してなんかいません。患者さんは自ら命を……」

「二人目のとき、君は四階で落ちるのを見ていた」

山内は静かに遮る。

「面白かったと言っていたじゃないか。わたしはしっかり憶えているよ、斉藤先生。お年のせいで記憶力が落ちたんでしょうと馬鹿にしていたがね。一言一句、忘れていない。そうそう、三人目は君の義父上《ちちうえ》だったたな」

冷ややかに睨《ね》めつけながら続けた。

「二人目までは、わたしの意志だったが、三人目は脅されて仕方なくやったことだ。脳神経外科医としてはもう手術ができないことや、二件の殺害を警察に知らせると脅されたため、やむなく応じた。三人目はまだ手術前だったんだよ。葉月組とやらの若手が、ひどい手術をしたわけではない。わたしは、やりたくなかった」

最後の部分に本音が浮かび上がっているように感じられた。自らの意志で三人を殺害した場合、罪が重くなるのは自明の理。保身が働いている部分もあるだろうが、最後の部分は真実のように思えた。

「すべて嘘です」

葉月は昂然《こうぜん》と顎を上げた。

「山内先生は、精神面で問題を抱えております。さらにここは病院であり、警察の取調室ではありません。自白や正式な供述とは認められないと思います」

「君は義父上を始末したかった」

山内は容赦なく続けた。

「その理由を今ここで……」

「やめて！」

悲痛な叫びを上げた。

「先生がなにを言おうと、わたしには関係のないことです。心から義父を愛しておりました。まさか、殺されるとは思ってもいませんでした。医師の身でありながら、人を殺すなど考えられません」

「でもさ。あんたも一柳清香を始末しようとしたじゃないか」

清香がリカコの口調で言った。持っていた携帯を操作する。

〝なにをしているのよ。検屍官は、まだ生きているじゃないの〟

葉月の声が流れた。

〝まとめて始末するっていう連絡が来たんだよ。病院内ではさすがにまずいと思ったんじゃないの。スパイの看護士と一緒に、屋上からヘリに乗せろってさ〟

リカコに扮した清香が答える。

〝そんな話、聞いていないわ。確かめてみるから、ちょっと待ちなさい〟

もとから色の白い葉月だが、まさに紙のような白さになった。立ちつくしたまま、穴が開くほどセーラー服姿の少女を凝視《みつ》めていた。

「あなた、だれ？」

ようやく発せられた問いは、かすかに震えていた。

「なにとぼけたこと言ってんだよ。あたしはリカコ、成瀬リカコに決まってんだろ。あんたの命令を受けて、迷路を設置した講堂に一柳検屍官を導き、殺せと言われたから言うとおりにした。彼女は虫の息さ」

　ナイフでストレッチャーを指した。

「ふざけないで、いったい、だれなのよ。言いなさいよ、正直に。リカコじゃないでしょう、あんたはだれなのよ！」

　飛びかかろうとした葉月を、孝太郎は素早く後ろから押さえた。

「あとは署で話していただきます」

　申し渡したが、肩越しに睨みつけられる。

「これはあきらかに囮捜査です。先程、録音したやりとりは証拠にはなりません。わたしは黙秘しますので」

「往生際が悪いぞ、斉藤先生」

　山内が揶揄するように言った。

「我々は一蓮托生《いちれんたくしょう》じゃないか。そういう覚悟で臨《のぞ》んだんじゃないのか。血の繋がりがないとはいえ、君が義父上を殺《あや》めようとしたのは、まぎれもない事実だ。どうせ、わたしにも牙を剝《む》くつもりだったんだろう。殺られる前に殺るのが、山内流だよ」

　細川に逮捕を申し渡されて、手錠を掛けられながらも笑っていた。最後の虚勢だったのかもしれない。『神の手を持つ脳外科医』の異名をほしいままにした天才医師は、葉月に冷笑を向けていた。

「どっちもどっちですわね」

不意にリカコが口を開いた。むろんストレッチャーに横たわったままである。清香にメイクを施された十六歳の少女は、起き上がれないものの、不敵な笑みを浮かべていた。

「似た者同士の言い争いには、笑うしかありませんわ。あなた方がなにを考え、なにを命じたか。わたくし、証言できましてよ」

「………」

孝太郎は寒気を覚えた。状況を把握しているのに混乱の渦に落ちた。清香とリカコは人格が入れ替わったのか。それとも、最初から清香は清香のままであり、リカコはリカコのままだったのだろうか。

「だ、だれ？」

葉月は驚愕して唇をわななかせる。さがろうとしたが、孝太郎は後ろに立ち、それをさせなかった。驚いたふりをして逃げることも考えられたからだ。

「わたくしは一柳清香。あなたが殺そうとした美人検屍官ですわ」

リカコは、なりきっていた。口調や声音はもちろんのこと、美しい笑顔までもが清香だった。

「署までご同行願います」

細川の言葉で、孝太郎は葉月に手錠を掛ける。

『国分寺窃盗・強殺事件』と『病院転落死事件』、さらに『ME号爆破事件』という三つの事件が、繋がった瞬間だった。

6

斉藤葉月が、義父を殺害した動機とは——。

「葉月は、女子大生のとき、風俗嬢をして学費や生活費を稼いでいたんです」

告白したのは、葉月の夫——斉藤智彦だった。妻が任意同行されたと聞いて、重かった口が開いたに違いない。

「働いていたのは吉原の風俗店でした。一流の店だったらしいですが、一流だの、三流だのは関係ありませんよ。要はただの風俗嬢です」

事実確認は、店長だった伊藤から得られていた。葉月は伊藤の店で働き、そこでのちに義父となる斉藤明彦に出会ったが、交際を始めた智彦に両親と紹介されるまでは、まさか自分の客とは思わなかったらしい。

斉藤という平凡な名字がもたらした悲劇は、しかし、意外な形を迎える。

「妻は、ぼくに隠れて父と肉体関係を持っていたんですよ」

智彦は吐き捨てるように言った。

「父に風俗嬢だったことをばらすと脅されたとか、無理やり強姦《レイプ》されたと言っていましたが」

呑み込んだ部分に込められていたのは、父や妻への疑惑と不信だろう。葉月は、山内や葉月組の若手医師たちとも関係を持っていた。

「父が完治の見込みがない脳腫瘍と知ったとき」

智彦は顎を上げて、聴取役の清香を見据えた。

「よかったと思いましたよ。これで長い地獄が終わる。もし、今回のような結果にならなければ、間違いなく父を殺していました」

一度区切って、告げた。

「ぼくがね」

あまりにも正直すぎる告白に、地獄のような日々が表れていたのではないだろうか。葉月は高くなりすぎた学費の被害者だったが、それゆえに加害者となった。

「そう。一柳検屍官を殺せって命じられたんだ」

成瀬リカコもまた、正直な自供を始めた。

「『オッド・アイ』は、そういうミッションだったんだけど、葉月先生が考えたとは思えない。病院に爆発物を仕掛けたという話は嘘だけどさ。警察まで動かす力はないよ、彼女には。黒幕が後ろにいる感じがしたけどね。どうでもいいことだったからさ、あたしと千尋にとっては」

殺害命令については曖昧な部分があったものの、窃盗事件のボスはおそらく葉月だと断言した。孝太郎がいた所轄や隣の区で起きた『高額なタンス預金空き巣事件』もまた、リカコたちの仕業だった。

「いつ旦那から離婚を切り出されるかわからないでしょう。それでお金がほしかったんじゃないかな。でも、一番の目的は男への復讐だったのかもね。悠々自適のセレブを見ると、殺してやりたいほど腹が立つと言っていたもの。怒りと憎しみで、息もできないほどになるんだってさ」

頭脳明晰《ずのうめいせき》なJKらしい推測を口にした。義父である斉藤明彦の援助を受けて、大学を卒業したのは事実だったが、はたして、葉月が望んだ関係だったのかどうか。夫の智彦の推測は激しい嫉妬まじりであるゆえ、鵜呑みにはできない。

リカコの考えが当たっているのかもしれなかった。

（シャーデンフロイデ）

孝太郎は、心理学の用語を思い浮かべていた。失敗したり、うまくいかなくて落ち込んでいるとき、だいたいの人間は『成功している人の不幸』を望んでしまう。ごく当たり前のことなのだが、激しく心のバランスをくずした場合、葉月のような表れ方をするのかもしれなかった。

「獲物にしたのは、あたしのお姉ちゃんの客だった男たちだよ」

驚いたことに、リカコの姉も女子大生のときに風俗嬢だった。葉月に傾倒した最大の理由がここにある。復讐に加担することによって、姉の仇《かたき》を討つといったような、ゆがんだ気持ちがあったのではないだろうか。

「お姉ちゃん、上客とは、外引きしてたんだ。手帳に名前や住所、どれぐらいの資産があるかという情報が書かれていたよ」

外引きとは女の子が店を通さずに外で客に会うことを言うのだが、女子高生の顔で吉原の専門用語を口にするのは違和感がある。リカコの家は経済的に困窮していたらしく、姉はかなりの額を家に入れていた。

「結局、自殺しちゃったんだよね」

ぽつりと言った。

「一流大学を出たお陰でいい会社に就職できて、同じように一流大学を出た同僚の男と結婚間近だったんだよ。でも……なんでなのかなあ。いつばれるか、みたいな不安があったのかなあ」

上を向いて目をしばたたかせる。涙をこらえているのだとわかった。

「なんていうのか、こう、やり場のない怒りってやつ？」

と、リカコは唇をゆがめた。自嘲を込めた泣き笑いのように見えた。

「ムラムラ湧いてきちゃってさ。葉月先生に賛同したってわけ。彼女が旦那と共同研究していた『トロイの木馬』だったかな。リサイクル店で獲物に、盗聴器を仕込んだお掃除ロボットを売りつけて、情報を得るやり方だよ。当人曰く、旦那との研究を模した手口なんだってさ」

やはり『トロイの木馬』に関しては、清香の推測どおりだった。『トロイの木馬』の話が出たとき、葉月が一瞬黙り込んだのは、見事に言い当てられたからだろう。検屍官の恐ろしさを実感した瞬間かもしれない。

空き巣被害に遭った坂口和輝と、不幸にも殺害された相沢利正は、リカコの姉の客だった男たちだ。タンス預金があるのを知ったうえで、お掃除ロボットを売りつけ、不在の日や家族構成といった情報を得て空き巣を行おうとしたのだが……。

「まさか、帰って来るとは思わなかった」

リカコの表情と声が重く沈んだ。相沢利正は風俗に行き、朝帰りしたのかもしれない。引きこもりの娘は凶行に気づくこともなく、ゲームに没頭していた。

「葉月先生に言われて、あたし、坂口と寝たんだ。そのときに、やつの自宅の鍵を盗んだんだよ」

リカコは笑って肩をすくめた。大丈夫、なんでもないことだと、自分に言い聞かせているように思えた。

「坂口とベッドインさせたのは、留守の日を確実に知るためと言っていたけどさ。なにか起きたとき、今みたいな状態だよね。要は坂口懐柔作戦というか、警察によけいな話をさせないための事前策だったんじゃないのかな。いい大人が女子高生と寝たら、まずいでしょ、やっぱ」

笑顔を向けられたが、孝太郎と清香は笑えなかった。リカコの供述が出て隠しとおすのは無理だと思ったのか、坂口は女子高生への買春行為を認めた。離婚が決定的になってしまい、やけになった部分もあるだろう。また、リサイクル店主夫妻も窃盗犯の一味であることを認めた。

さらに『小さな足跡の人物』として名乗りを上げた小林麻由子は、金のために嘘をついたと自白して、それまでの供述を翻《ひるがえ》している。葉月の命令で小林家を訪れた偽名家族の母親役が、偽りの役目を持ちかけたとのことだった。

「病院の防犯カメラに映っていた『サングラスの女』も、ME号の下に爆弾を置いたのも、あなたですね。市内でカーシェアした車を使い、ME号の隣に停めた。車の運転ができることには驚きましたが」

清香の確認に頷き返した。

「そう、無免許だけどね。付き合った男にバイクや車の運転を習ったんだ。あたし、運転が好きなんだよ。銃を含むメカ系、割と得意なんだ。あ、そうそう、爆弾も作れるよ」

剣呑《けんのん》な自慢話には、苦笑するしかない。

「では、ME号を爆破した爆弾もあなたが作ったのですか」

「ううん、あれは違う。邪魔な行動科学課への威嚇だって言われたよ。びびって逃げ出せば殺すのは許してやろうじゃないか、なぁんて、葉月先生は言ってたけどさ。一柳検屍官を許す気はなかったと思うな。命令を実行しなきゃ次に始末されるのは、葉月先生だからね」

「青木千尋さんは……」

その質問は素早く遮った。

「中学のときからの親友なんだ。いい稼ぎになるバイトがあると言って、あたしが誘ったんだよ。千尋は関係ないんだ。援交もしていないし、相沢や坂口とは会ったこともない。あいつの家はシングルマザーで幼い弟や妹がいるんだけど、ひどい母親でさ。ろくに飯も作らないくせに、千尋が金を持っていると知るや、残らず奪い取るんだって。付き合う男がしょっちゅう代わるってさ」

必死に友を庇う姿が健気《けなげ》だった。

貧困家庭で起きているのは、金銭面の問題だけではない。リカコと千尋は、精神面に大きな問題をかかえている。葉月はそこをうまく利用して、二人を『最凶のJK』に仕立て上げた。

「条件なしに助けてくれた大人は、あんたが初めてだよ」

リカコは目を潤ませた。

「馬鹿にしないで対等に扱ってくれたのも、検屍官が初めてだった。命を助けてくれた恩は一生、忘れない。ありがとう」

「ありがとうございます」

清香は言い直して、微笑する。

「やり直すことは、いくらでもできます。幸いにも、あなたは美しい顔と優れた頭脳を持っている。千尋さんは手先が器用なようですしね。わたしは二人を応援しますよ。一生懸命、勉強してください」

「わかった」

そう返事した後、

「わかりました」

リカコは素早く言い直した。

三つの事件は繋がって、意外な形の結末を迎えた。

斉藤葉月は黙秘しているが、いつまで続けられるだろう。本庁との合同捜査になった事件は、行動科学課が指揮官を務めることになっていた。

7

テレビでは、リカコに扮した清香が、南北市民病院から出て来た場面を映し出している。セーラー服に三つ編み姿でもみくちゃにされていた。

「もしや、一柳検屍官、ですか？」

女性リポーターの質問を、他局の男性リポーターが継いだ。

「いや、違うでしょう。確か検屍官は三十八歳のはずです。この素顔はどう見ても女子高生だ。一柳検屍官はどこにいるんですか」

「だから、言っているじゃないですか。三つ編みにセーラー服姿の彼女こそ、三十八歳の一柳検屍官ですよ」

女性リポーターは不満そうに反論する。

「またまた、そんな勘違いを」

「検屍官のわけないでしょう。女子高生じゃないですか」

「三十八歳ですよ」

連呼された年齢に異論はあっただろうが、孝太郎は清香を庇いながら、本庁の捜査一課長が使う高級仕様の警察車輛に乗り込んだ。三つの事件を見事に解決した行動科学課に対しては、新たなＭＥ号がすでに発注されていた……。

二週間後。

「んもう、もうもうもう！」

清香はパソコンの画面を叩こうとしたが、いち早く孝太郎が守っていた。三人は新しいME号で警視庁へ出勤するところで、細川が上機嫌で運転している。先に出勤していた優美は、携帯のテレビ電話で朝の会議に参加していた。

「三十八歳、三十八歳って、何回、繰り返すのかしら。信じられないわ。あんなにマスコミが集まっているとわかっていたら、戦闘服に着替えてきちんとメイクをしたのに……悔しいぃ！」

地団駄を踏むとはまさにこのこと。ME号の床を踏み鳴らしていた。ちなみに清香が言う戦闘服とは、高級ブランドの服という意味だ。

「ですが、一柳先生」

優美がテレビ電話で異論を唱える。

「そのお陰で会社更生法の申請をしていたお母様の会社〈ＳＡＹＡＫＡ〉の株は、急上昇中らしいじゃないですか。さっそく特製パックの製造販売を始めたとも聞きました。当面はネット販売だけでやるみたいですが、この分なら立て直せるんじゃないですか」

冷静な言葉どおり、今も週刊誌やテレビのワイドショーで、一柳検屍官は話題になっていた。

――赤ちゃんのようなマシュマロ肌は、〈ＳＡＹＡＫＡ〉の特製パックのお陰？

――三十八歳なのに天使のような美肌の美魔女。一柳清香は地上に舞い降りた奇跡の女神だ。

――素顔で勝負できる美女。美しい肌を手に入れたい女たちは、特製パック、別名プルフワパックを手に入れるために奔走中。

――特製パック、あっという間に売り切れで一時販売中止の状態に。

インターネットでも騒がれて〈ＳＡＹＡＫＡ〉の株は上がるばかり。にもかかわらず、当の清香はご機嫌斜めなのだった。

「特製パックは、売り出してほしくなかった。わたしが許した人にしか使ってほしくないんです。それなのに」

清香の呟きに、孝太郎は問いを返した。

「検屍官が許した人というのは？」

「麗子ですわ。わたしと麗子、麗子とわたし、わたしと……」

「もういいです」

遮って、近づいて来た警視庁を見やる。

「さすがに今日はいないと思いますが、しつこいですからねえ、マスコミは。いまや検屍官は、美の女神。〈SAYAKA〉を立て直す件とからめて、なにかと話題にしたいんでしょう。妹は『これで検屍官は年をごまかせなくなった』と……」

失言は細川の空咳に窘《たしな》められた。年齢の話はご法度である。あまりにもマスコミ攻勢がすごいため、清香は自宅に帰れず、あちこち泊まり歩いていた。昨日、納車されたばかりのME号のお披露目もかねて、細川に迎えに来てもらったのだが、有名になりすぎるといい話ばかりではないだろう。

「斉藤葉月は、黒幕の存在を絶対、口にしませんね」

孝太郎は別の話を振った。葉月は少しずつ供述を始めているのだが、窃盗事件への関与は認めたものの、『病院転落死事件』や『ME号爆破事件』に関しては与り知らぬことと言っていた。背後関係については、だれも関わっていないの一点ばりで、リカコの曖昧な推測だけでは、起訴は不可能と見られている。

「喋ったら始末されてしまいますもの」

清香は答えた。

「一柳清香抹殺指令だった『オッド・アイ』が失敗したことによって、所轄で副署長を務めていた元宮真守と、国分寺の所轄にいた若林浩一を含む若手グループは、地方に飛ばされました。要は左遷《させん》ですね。怒りにとらわれた黒幕が命じたのは間違いないでしょう。当分の間、かれらは戻って来られないと思います」

「成瀬リカコと青木千尋は、少年院に送られることになりそうです。検屍官は二人に色々差し入れしているじゃないですか。主に参考書や経済書といった本が多いようですが」

今度は元『最凶のＪＫ』の話に変える。清香の顔がほころんだ。

「わたしは二人が可愛くて……残念ですが子供を産む余裕はなさそうですからね。彼女たちを我が子と思い、普通に愛して大事にしてあげたいと思っています。特にリカコのような顔をしている女は」

すなわち清香のような顔の女なのだが、少し遠い目をして、続けた。

「一歩道を誤ると、とんでもない桁外《けたはず》れの悪になる可能性があります。でも、たっぷり愛情を注いで慈しんであげれば、きっとまっとうな道に進んでくれるはず。どんな女性になるのか、それが今から楽しみなんです」

夢見るような表情をしていた。成瀬リカコの知能指数は驚くほど高かったらしく、担当検査官は間違いではないかと何度かやり直したらしい。そんな清香の気持ちを感じるのか、助けられた恩を感じているのか。

二人は毎日のように手紙を送って来た。孝太郎は密かに警察官になるのではないかと思っていたが、口にはしなかった。

「検屍官は千尋さんについて、手先が器用と仰っていましたが、なにを見てそう思ったんですか」

気になったことを質問する。

「あなたに席を外してもらったとき、リカコさんの手当てをしたときですが、千尋さんに手伝ってもらったんです。そのとき助手役やメイクを、とても上手くやってくれたんですよ。なにか手に職をつけたら、素晴らしい技術者になるような気がします」

「山内部長ですが、バセドウ病だったようですね」

孝太郎は最後に山内に対しての質問を口にした。のどぼとけの下くらいにある甲状腺は、チョウが羽を広げたような形をしているのだが、その甲状腺の働きが活発になりすぎて、必要以上にホルモンがつくられるのがバセドウ病だ。

「ええ。患者の八割は女性で、二十代から三十代にもっとも多い病気とされていますが、なかには例外の方もいます。症状としては、苛々して集中力が落ちる、しっかり食べているのに痩せる、手足が震えて力が入らないといったものですが、山内部長はまさかと思っていたのでしょう。今は治療をして落ち着いたと聞きました」

「ああ、今日もいますね」

運転手役の細川が、うんざりしたように言った。警視庁の駐車場入り口には、かなりの数のマスコミが待ち構えていた。

「表玄関にまわしてください。素早く中に入りますわ」

「わかりました」

細川は表玄関に向かったが、マスコミはそのままついて来る。移動の先にいたのもまた、マスコミだった。

「よけい数が増えましたね」

孝太郎は言い、清香のリュック型にもなる大きなバッグを持った。

「自分が盾になります。検屍官は隙を見て、駆け込んでください」

「ありがとうございます。お願いしますわ」

「行きます」

ＭＥ号が停まった瞬間、孝太郎は外に出た。扉を開けて清香を降ろしたが、群がったマスコミに阻まれて進めない。

「検屍官、今日は素顔じゃないんですね」

「先日のあれは、特製パックを売るための策だったという話が出ています。いかがなんでしょうか」

「事実、〈ＳＡＹＡＫＡ〉の株は急上昇、ネット販売でやっていけそうな状態まで改善しているらしいじゃないですか」

「『一柳清香制服写真集』を出しませんかと、出版社から持ちかけられているそうですね。個人的には受けてほしいなあ」

「別の制服姿も見たい」

などなど、主に男性リポーターが、口々に勝手なことを言っていた。清香は立ち止まって、静かにするよう仕草で示した。これはなにか重大発言かと、マスコミ連は矢継ぎ早の質問をやめる。

静寂が戻ったとき、

「もはや、死語かもしれませんが」

清香の口から十八番が出た。

「一昨日《おととい》、来やがれ!!」

中指を立てたポーズを、孝太郎は焦って隠した。なにを言われたのか、わからなかったのだろう。

「………」

マスコミ連が唖然とした隙に、孝太郎は清香と一緒に本庁へ駆け込んだ。検屍官のいるところ、常に騒ぎがつきまとう。

警視庁行動科学課は――。

とりあえず、本日は安泰のようだった。

〈参考文献〉

『国家戦略特区の正体――外資に売られる日本』郭洋春　集英社新書
『生命科学の現場から』岡田節人　新潮選書
『吉原で生きる』吉岡優一郎　彩図社
『ドクター・プレジデント――開業医の戦略的事業拡大ストーリー』田畑陽一郎　幻冬舎
『本当の医療崩壊はこれからやってくる！』本田宏　洋泉社
『科学捜査㊙犯罪ファイル――犯罪捜査の現場から』須藤武雄、科学捜査研究会　日本文芸社
『売春島――「最後の桃源郷」渡鹿野島ルポ』高木瑞穂　彩図社
『流しの公務員の冒険――霞が関から現場への旅』山田朝夫　時事通信社
『巨大倒産――「絶対潰れない会社」を潰した社長たち』有森隆　さくら舎
『歴史の読み解き方――江戸期日本の危機管理に学ぶ』磯田道史　朝日新書
『脳外科医マーシュの告白』ヘンリー・マーシュ　訳・栗木さつき　ＮＨＫ出版

あとがき

「常に正義が勝つとは言い切れませんが、わたくしは常に勝ちます」
いつも強気で自信満々、ぶれない美人検屍官、一柳清香が活躍するシリーズです。今回は特に八面六臂の大活躍、意外な展開に私自身も驚きつつ、楽しみながら書き進めました。

舞台は東京のやや郊外になる国分寺市と立川市。

文中にも書きましたが、中央線沿線は再開発がどんどん進み、タワーマンションが林立しています。おそらく病院が足りていないのではないでしょうか。二十三区内も混むかもしれませんが、まあ、どの病院もクリニックも混雑ぶりが凄いです。二時間待ちは普通で、ひどいときは四時間待ちなんていうときもある。それを緩和するために、病院側も努力はしているんでしょう。最近はさすがに四時間待ちはなくなりましたが……。

パソコンだけを見て患者を診ない担当医というのも、いまや珍しくなくなりました。二時間待たされた挙げ句、診察が五分では処方箋を取りに行っているようなもの。A

Iが相手でもいいのではないかしら、なぁんて、意地悪なことを考えたりもします。病院に行って病気をうつされることを思うと、近い将来ありうるかもと思ったりして。

私はリウマチの治療で生物学的製剤の自己注射をしているため、免疫力が抑えられてしまい、感染症にかかりやすいんですね。パソコン越しに自宅で診察できれば、そういうマイナス面を補えるのではないかしら。長ーい時間、ただただ待合室で待つのは、けっこう辛いものがあります。

さて、今回は、（今回も、かもしれませんが）、前シリーズ『警視庁行動科学課』で取り上げたテーマを、さらに発展させた内容になりました。もちろん前シリーズをお読みいただかなくても、ちゃんとわかる話になっています。いくつかの事件を追いながら、「あなたはどう思いますか」と問いかける、みたいな感じでしょうか。

被害者が加害者になり、加害者が被害者になる。

今回の場合は言うなれば国の制度が加害者なので、後者の事例はあてはまりませんが、私なりに問題提起をしたつもりです。一柳清香というキャラクターを通すことによって、陰鬱《いんうつ》な湿っぽさはないと思いますが、いかがでしょうか？

三巻目でも、彼女の弾《はじ》けっぷりを楽しみたいと思います。

いやはや、今回は吃驚しました。ぶっとんだ検屍官ぶりをご堪能ください。

この作品は徳間文庫のために書下されました。
なお本作品はフィクションであり実在の個人・団体などとは一切関係がありません。

徳間文庫

医療捜査官 一柳清香

トロイの木馬《もくば》

2018年11月15日 初刷

著者 六《りく》道《どう》慧《けい》

発行者 平野健一

発行所 株式会社徳間書店

東京都品川区上大崎三―一―一
目黒セントラルスクエア 〒141―8202

電話 編集〇三(五四〇三)四三四九
販売〇四八(四五一)五九六〇

振替 〇〇一四〇―〇―四四三九二

印刷
製本 図書印刷株式会社

ISBN978-4-19-894412-4 (乱丁、落丁本はお取りかえいたします)

徳間文庫の好評既刊

六道 慧

警察庁α特務班
キメラの刻印

書下し

男と女の間に流れる深い川。そこに広がる暗さは当事者にしかわからないという——。ＡＳＶ特務班。通称「α特務班」はＤＶやストーカー、虐待などの犯罪に特化し、所轄を渡り歩きながらそのスキルを伝える特任捜査チームである。シングルマザーの女刑事・夏目凜子を軸に、女性監察医、熱血若手刑事、元マル暴のベテラン刑事などの個性的なメンバーたちが男女の闇に切り込んでいく。